Y씨의 거세에 관한 잡스러운 기록지

Y씨의 자세에 관한 잡스러운 기록지

강병융 장편소설

자음과모음

'타소스 출신의 헤게몬과
『데일리아다』의 작가 니코카레스'*를 추억하며

* Aristoteles 지음. 이상섭 옮김. 『시학』. 문학과지성사. 2005. 19쪽

차례

editor's letter 그깟 코 하나쯤 없어도 괜찮다 ● 11

남들과 다르다면 ● 19

birth 피폭소년, 노하라 신노스케는 명랑했다 • 21
babyhood 문경시 아이둥근터로 오세요 • 29
move 시골에 오길 참 잘했네 vs 진작 서울에 올걸 • 38
butterfly 문경나비대축제 8년 연속 대한민국 최우수 축제 선정 • 45
family 아빠가 둘이든지, 엄마가 남자든지 • 47
toy 뽀통령은 가라 이제 꼬까신이다 • 55
first love 당신은 몇 살 때 첫사랑에 빠지셨나요? • 62
decisive moment "사랑을 찾습니다." 엘리베이터에 붙은 귀여운 순애보 • 68
music 폭발적 율동, 전통적 멜로디 댄싱 그룹
  '불나비스타일쏘세지글러브' 주가 급상승 • 71
baseball 동성애자들 사회인 야구단 버디스 창단 • 75
love place 우리는 왜 그토록 자주 엘리베이터에서 사랑에 빠지나? • 77
elementary school entrance 구로구, 18일 장애아동 취학설명회 개최 • 82
game '잇 더 소시지' 최고의 캐주얼 게임으로 선정 • 85
highlight 태어나 보니 코가 없고, 아빠는 동성애자 • 87

당하기만 한다면 ● 91

elementary school life 상품권 상납하고, 사포로 코 없는 장애우 얼굴 문지르고 • 93
problem about parents 한글을 모를 땐 여기로! 국립국어원 콜센터,
　　　　　　　　　　가나다라마바사 전화 • 101
music '불나비스타일쏘세지글러브' 2집 음반 불티 • 107
friend's appearance 어른들은 모르는 '초딩만의 세계' • 110
magazine 교육 잡지 『Mom마음』
　　　　　다양화된 교육 환경과 논술 사고력 증진법 소개 • 120
music '불나비스타일쏘세지글러브' 3집 앨범
　　　다양한 장르로 강한 사회적 메시지 투척 • 122
education 요즘 중학생들 "공부? 왜 해요?" • 125
middle school life 코 없는 중학생 집단 '왕따' 그러나 학교선 '쉬쉬' • 132
music 돌아오는 '불나비스타일쏘세지글러브' 또다시 성공할까? • 136
teenager crime 타락의 종합 선물 세트! 노래는 부르지 않는 여기가 노래방? • 140
baseball "늘 야구공을 쥐고 다녔어요!"
　　　　동성애자 야구 팀서 고교생이 '노히트노런' 기록 • 146
criminal psychology 아동 성범죄 왜 자꾸 일어나나? • 153
cutting "두 손이 따로 놀아?"
　　　외계인 손 증후군 환자 자신의 손목 스스로 절단 • 158
robbery 종이 한 장으로, 사이드미러만 보고…… 다양한 차량 절도 수법 등장 • 160
literature 문학인가? 외설인가?
　　　　 강모 『난 카라멜마끼아또』 출판사 책임 편집자 구속 • 163
highlight 코 없는 학생의 괴로운 학창 시절 • 168

사랑도 못한다면 ● 171

entrance examination 주요 대학 신입생 정시 모집 경쟁률 하락,
　　　　　　　　　　낙성대 철학과 20 대 1 이례적 • 173
party for the freshmen 주색에서 환각까지 '막장' 신입생 환영회 • 176
irrationality 학구열 높은 한·중·일에서 동시에 터진 충격적 입시 부정 • 184
enlistment 그들은 왜 일찍 군대에 가려 하는가? • 190
friendship 치밀하게 준비한 희대의 입시 부정인가?
　　　　　　환각 상태에서 뱉어낸 희대의 거짓말인가? • 193
the others '먹고 대학생' 사라져 • 198
rejection 노래방 도우미들이 밝히는 '이런 남자 절대 돕고 싶지 않다' • 201
music '불나비스타일쏘세지글러브' 은퇴 공식 발표 • 206
destiny 살아 있는 현대미술 대표 작가 장민영을 서울에서 만나다 • 208
heart 츠란프 프카프는 왜? 구레가리 잠바는 어째서? • 213
contempt 콧대가 낮을수록 모멸감을 크게 느낀다 • 219
first crime 나비를 핑계로 유명 소설가 아들이 유치원 여아 성폭행 • 221
testimony 아파트 단지의 평화를 위해 법정서 진술 • 225
suicide attempt '나비 성폭행' Y씨, 자살 기도 중태 • 228
revival '나비 성폭행' Y씨, 일반실로 돌아가 • 230
last warm 눈 대신 햇살 가득한 소설 • 233
determination 집행 없는 화학적 거세 • 235
castration 대한민국 화학적 거세 제1호 '나비 성폭행' Y씨 • 238
music 태히 컴백 사실, 새 음반 내달 8일 전격 발매 • 249
nature 내년 문경나비대축제 주인공은 '불나비' • 252
freedom '나비 성폭행' Y, '광복절 특사' 가석방 소식에 네티즌 갑론을박 • 254
highlight Y, 스스로 '거세'를 선택하다 • 257

정말로 그렇다면 ● 259

life's essential 아름답고 깨끗할 뿐만 아니라 예술적이기까지 한 으뜸 화장실들 • 261
repetition 대구서 여성 상대 성폭행 등 강력 범죄 잇달아 • 264
tool 단순히 좋은 칼이 아닌 소비자에게 완벽한 '절단'을 선사하는 칼 • 267
cutting 고기는 제대로 잘라야 제맛! • 271
suicide 태히의 삶, 음악 한국 모던댄싱뮤직의 별 지다 • 274
finally Y, 거세된 채로 노래방에서 발견 • 278
mother '장민영 개인전', 갤러리 지움에서 8월 28일까지 • 280
highlight 화장실을 그래도 화장실 • 283
books 새 책 소개 • 285
weather 오늘의 날씨 • 288

추천사 후안 마누엘 마르케스 ● 290
Recommendation Juan Manuel Marquez ● 295

참고 기사 목록 ● 300
해설 'why'의 비극, 'how'의 희극 — 강병융의 小說을 읽기 위한 또 하나의 허구적 間作
  _최정우 ● 305

editor's letter

그깟 코 하나쯤 없어도 괜찮다

『백 년 동안의 고독』으로 널리 알려진 노벨문학상 수상자 콜롬비아의 작가 가브리엘 마르케스는 어느 날, 예기치 못한 편지 한 통을 받게 된다. 감사의 편지인데 내용은 대략 이렇다.

안녕하세요. 마르케스 작가님, 저는 대한민국 경상북도 문경시 동로면 간송리 윗무랑마을에서 작은 구멍가게를 운영하고 있는 이십 대 청년입니다. 노벨상까지 받으신 마르케스 작가님도 제가 사는 곳이 어디인지는 모르실 겁니다. 한국 사람들도 잘 모르는 곳이니까요. 하지만 그건 중요하지 않습니다. 그냥 작은 시골 마을에 살고 있고, 저희 마을에는 저와 같은 성을 가진 사람들이 많이 모여 있다는 것을 말씀드리고 싶을 뿐입니다.

〈중략〉

제가 편지를 쓴 이유는 마르케스 작가님께 감사하다는 말씀을 전하고 싶어서입니다.

감사드립니다. 정말 고맙습니다, 선생님. 마르케스 작가님 덕분에 저는 큰 자신감을 얻게 되었습니다.

사실, 제겐 돼지 꼬리가 있거든요. 작가님 소설 속에 등장하는 인물처럼 '돼지 꼬리 달린 아이'로 태어난 것이지요. 그 때문에 부모님께서 늘 저에게 미안한 마음을 가지고 계셨습니다. 그래서 지금 곁에 살고 있는 형이나 서울에서 살고 있는 누나도 제게 너무나 따뜻하고 친절하게 대해줬습니다. 다른 집 막내들보다 훨씬 극진한 대우(?)를 받았습니다. 부모님께서는 특별히(!) 형과 누나가 아닌 제게 작은 가게도 물려주셨습니다. 전 그것이 미안함 때문이라고 생각합니다. 전 그런 배려에 익숙해져 있었습니다. 하지만 다른 한편으로 외모 때문에 늘 소심할 수밖에 없었습니다.

그런데 작가님의 『백 년 동안의 고독』이라는 작품에 등장한 '돼지 꼬리 달린 아이'가 저를 변하게 했습니다. 그 인물을 통해 저 말고도 세상 어딘가에는 이런 사람이 또 있겠구나라는 생각에 용기를 얻었습니다. 부모님께서도 작가님의 작품을 읽고 눈물 흘리셨습니다. 형과 누나도 선생님의 책을 읽었습니다. 작가님의 작품이 저희 가족에게는 특별한 의미로 다가왔습니다. 저도 본디 책 읽기를 좋아하기는 했지만,『백 년 동안의 고독』 이후로 더 독서에 빠져들게 되었습니다. 이 역시 감사드릴 일이지요.

〈중략〉

지금은 연애도 하고 있습니다. 상대는 '꼬리가 없는' 여자입니다. 그림을 아주 잘 그리는 사람이에요. 저는 항상 애인 앞에서 당당하게 돼지 꼬리를 보여줍니다. 심지어는 흔들어주기도 합니다. 가끔 그녀가 제 꼬리를 그려주기도 해요! 살랑살랑.

우리는 서로 몸을 탐하는 사이는 아닙니다. 정말로 정신적인 사랑을 나누고 있습니다. 전 그녀와 키스할 때보다 이야기를 나눌 때 더 행복합니다. 가끔씩 그녀가 먼저 애무를 해 오면 당혹스럽기까지 합니다.—제가 애무를 먼저 하는 경우는 없습니다—그녀의 애무보다는 그녀의 그림이 더 좋습니다.

전 그녀의 몸보다는 마음을 사랑하고 있습니다. 이것은 100퍼센트 진실입니다. 그녀는 제 꼬리를 보고 귀엽다고 말하곤 합니다. 제 귀엔 그 말이 '사랑한다'는 말로 들린답니다.

작가님 덕분에 새로운 사랑뿐만 아니라, 새로운 우정도 생겼습니다. 전 세계에 살고 있는 돼지 꼬리가 달린 친구들과 연락도 하고 지냅니다. 저를 이해하고 공감할 수 있는 친구가 전 세계 도처에 있다는 사실은 그야말로 멋진 일입니다.

제가 윗무랑마을에서 돼지 꼬리를 흔들며 노란 소시지를 팔고 있을 때, 지구 반대편 우루과이 피라이 폴리스 해변에서는 소년 디에고가 돼지 꼬리를 흔들며 축구를 하고 있다고 생각하면 한결 마음이 가벼워집니다. 이렇듯 저희는 서로 연대하고 있으며, 모두들 선생님께 깊이 감사하고 있습니다. 크리스마스 전후로 저희의 마음을 모아 작가님께 전달할 계획입니다. 혹시 크리스마스까지 선물 전달이 어려워진다면, 스승의 날에 드릴지도 모르겠네요.―콜롬비아의 '스승의 날'이 8월 8일이라고 들은 적이 있습니다.

마르케스 작가님은 저희에게 진정 거대한, 아니 위대한 선물을 주셨습니다.

〈하략〉

이 편지는 마르케스에게 충격과 감동을 동시에 안겨준다. (하지만 마르케스는 이 편지를 '우울한 편지'라고 명명했다. 상상 속에만 있어야 할 일이 실제로 있다는 사실에 우울함을 느꼈기 때문이라고 한다.)

아무튼 이 작품을 계기로 숨어 살았던 돼지 꼬리가 달린 사람들은 당당하게 세상 밖으로 나오기 시작한다. 마르케스의 소설 덕에 그들은 세상을 새로운 시각으로 보게 된 것이다. 물론 세상은 그들에게 여전히 무관심하지만.

마르케스가 돼지 꼬리 인간들에게 선물한 것은 다름 아닌 용기이다.

이 좁은 세상에는 참으로 다양한 인간들이 산다. 돼지 꼬리 달린 인간도 살고, 물론 돼지 꼬리가 안 달린 인간은 더 많이 살고, 모르긴 몰라도 어딘가엔 말 꼬리 달린 인간, 쥐 꼬리 달린 인간들이 살고 있을 것이 확실하다. (쥐새끼 같은 인간들은 두말할 나위도 없고. 쥐새끼를 닮은 인간들이 탐욕스럽다는 사실은 이미 널리 알려진 바다.)

캥거루 주머니가 달린 인간도 많진 않겠지만 분명히 대륙별로 한두 명은 있을 것이다. 단순하게 예상해보자면, 그들은 오세아니아 주에 많을 것 같다.

그러나 그들은 잘 등장하지 않는다. 밖으로, 집 밖으로, 세상 밖으로 나오기를 꺼린다. 그냥 살고만 있다. 말 꼬리, 쥐 꼬리, 캥거루 주머니가 달린 인간들은 아직 용기가 넉넉지 않다. (쥐새끼 닮은 인간들은 좀 예외가 될 수 있겠다.) 하지만 확실한 것은 그들이 등장해도, 혹 그러지 않아도 이 세상은 크게 달라지지 않는다는 사실이다. 돼지 꼬리 달린 인간이 대형 마트의 사장이 된다고 해가 북서쪽에서 뜨지 않는다. 돼지 꼬리 달린 인간이 어느 날 갑자기 장사가 기똥차게 잘 되던 구멍가게를 내다 팔고, 포르노 작가가 된다 해도 대부분의 세상 사람들은 무심할 것이다. 해는 여전히 동쪽에서 뜰 것이며, 물도 높은 곳에서 낮은 곳으로 흐를 것이다. 캥거루 주머니가 달렸다고 버스 운전기사가 되지 말라는 법도 없다. 캥거루 주머니가 운전을 방해할 확률은 아주 낮다. 오히려 그 안에 가족사진이나 공구 따위를 넣어두면 운전에 도움이 될 수도 있을 듯하다.

그들은 단지 대다수와 다소 다를 뿐이다. 다른 것은 틀린 것이 아니다. 그냥 다른 것일 뿐이다. 흑인과 백인이 다르고, 홍인과 청인이 다르듯이. 거인과 소인이 다르고, 미녀와 추녀가 다른 것처럼 말이다.

어느 날 갑자기―아시다시피 소설에서나 현실에서나 이상한 일은 '어느 날 갑자기' 일어나는 법이니―, 사랑하는 아내 배 속에서 10개월 동안 무럭무럭 자라던 아이가 복숭아 같은 엉덩이에 앙증맞은 돼지 꼬리를 수줍게 달고 태어날 수도 있다!

그럴 때, 대수롭지 않게 이렇게 말할 순 없을까?

"자기야! 자기야! 우리 아기 엉덩이에 돼지 꼬리가 달렸어! 너무 귀엽다. 봐봐! 진짜 짱이야! 짱!"

또는 어느 날 아침, 출근하려고 눈을 떠보니 머리카락 대신 더듬이가 자라 있고, 다리는 여섯 개로 늘어 있으며, 검고 딱딱한 등껍질이 생겨 양복을 입기 곤란해질 수도 있다. 이때도 기겁하지 말고 이렇게 말해보면 어떨까?

"아이, 이거 참 번거롭게 되었군. 입고 갈 옷이 없잖아. 퇴근길에 양복 하나 맞춰야겠어. 기성복은 영 안 되겠는걸. 다리도 많아졌으니, 이참에 신발도 좀 사야겠네. 딱딱해진 등은 마사지를 받으면 좀 풀리려나?"

또 이런 것도 괜찮을 것 같다.

책가방을 메고 부모님께 등교 인사를 하고 신발장에서 운동화까지 신은 뒤, 마지막으로 현관 앞에 서서 거울을 보니 방금 전까지 내 얼굴에 잘 붙어 있었던 코가 싹 사라져버렸다면! 심지어 콧구멍까지 싹 증발해버렸다면! 그럴 때도, 놀라지 말고, 쫄지 말고, '쏘쿨$^{so\ cool}$'하게 이렇게 말할 수 있었으면 좋겠다.

"그깟 코 하나쯤 없으면 어때! 콧구멍 없으면 어때! 코 없는 게 죄는 아니잖아. 구멍 없다고 죽나? 코감기 걸려도 이제 콧물 안 나오니 거참 편하겠는걸. 이제 똥 냄새도 맡을 일 없겠어! 허허허!"

그렇게 시원하게 말하고, 옆집에 사는 돼지 꼬리가 달린 친구와 손잡고 평소처럼 학교에 가서 더듬이 달린 국어 선생님께 수업을 들을 수 있다면 얼마나 좋을까? 그렇게 된다고 세상은 크게 달라지지 않을 텐데. (그런데 이렇게 코가 사라져도 별 탈 없이 살 수 있는 세상이 온다면, 대한민국 성형외과 의사들은 좋아할까, 아님 싫어할까?)

남들과 다르다면

birth

피폭소년, 노하라 신노스케는 명랑했다

환경과산모신문 | 기사 입력 0000년 9월 8일

8년 전 전국적으로 이상한 문자메시지와 메일이 불특정 다수에게 유포된 적이 있었다.

임산부, 노약자, 특히 심장 약한 분들은 절대 보지 마세요! 후쿠시마 원전에서 방사능이 유출된 이후 한 임산부가 아기를 출산했는데, 안구의 흰자여야 할 부분이 검은색이고, 검은 눈동자 대신 새하얀 눈동자로 태어났대요. 심지어 이 신생아는 코도 없고, 머리는 비정상적으로 커서 몸과 머리의 비율이 거의 일대 일이라네요. 무서운 방사능 피폭의 공포가 드디어 시작되는 것 같아요! 사진도 첨부합니다.

문자메시지의 내용은 거짓이 아니었다.
일본 정부는 이 비정상적인 신생아의 출생이 사실이라고 즉각 확인한 뒤, 공식 발표를 했지만, 기형아의 출산은 방사능과는 무관한 일이라고 밝혔다. 물론 일본 정부의 발표를 믿는 사람은 많지 않았다. 그리고 아이에게 '노하라 신노스케'라는 이름이 있었음에도 불구하고, 이름 대신 '피폭꼬마' 혹은 '피폭소년'이라고 불렀으며 이 아이를 후쿠시마 원전 방사능 유출의 상징적 인물로 여겼다. 심지어『뉴욕 타임스』아시아판의 표지 모델로까지 거론되었다.

실제로 일본의 원전 사고 이후 일본과 한국 두 나라의 출산율은 크게 감소한 반면, 기형아 출산율은 대폭 상승했다. 특히 한국의 경우, 8년 전 1.88명이었던 출산율이 작년 0.88명이 되어 세계 최초로 0점대가 되었고, 2.8퍼센트였던 기형아 출산율은 작년에 3.8퍼센트까지 상승했다. 물론, 출산율 저하가 원전 유출과 직접적인 관련이 있다고 단정하는 것은 비약일 수 있으며, 최근 몇 년간 기형아 출산이 늘어난 것이 방사능 때문만이라고도 할 수 없을 것이다. 실제로 전문가들은 임신 고령화가 기형아 출산을 양적으로 증가시킨 가장 큰 이유라고 보고 있다.

일각에서는 기형아 출산율의 증가보다 더 심각한 문제는 다양한 종류의 기형아 발생이라고 지적하고 있다. 일부 전문가들은 이러한 다양한 기형아의 증가를 기형아의 양적 증가에 대비되는 개념으로 '기형아의 질적 증가' 혹은 줄여서 '기질증'이라고 부르기도 한다.

임신 중 모체의 질병, 유전적 또는 환경적 요인 등에 의하여 태어나면서부터 신체에 구조적 이상이 있는 경우를 기형아로 정의하는데, 이는 크게 내과적, 외과적 또는 성형적으로 심각한 문제를 가지고 있는 주기형major malformation과 그렇지 않은 소기형minor malformation으로 구분된다. 소기형이란 의학적이나 미용적으로 심각한 문제를 발생시키지 않는 기형을 의미한다. 예를 들면, 두개골이나 귀의 생김새, 눈의 형태나 간격, 손금 모양 등과 같은 곳에 생긴 기형을 포함한다. 그러므로 소기형은 태아에게 큰 문제가 된다고 보기 어려우며, 사회적 관심의 대상도 아니다. 주기형의 경우는 구개열이나 선천성 심실중격 결손 등의 외형적인 문제를 가지고 태어나는 것이기 때문에 사회적, 경제적 문제로 발전하기도 한다. 즉, 주기형을 가지고 태어난 아이는 남다른 외모 때문에 학교생활이나 사회생활에서 어려움을 겪게 될 확률이 매우 높으며, 치료에도 많은 돈이 든다. 뿐만 아니라 보험의 혜택마저 적다.

근래 바로 이러한 주기형이 다양화되고 있는 추세이다. 최근 서울 서대문구에서 연이어 태어난 콧구멍이 셋인 아이, 대전 대덕구의 팔이 넷인 신생아, 전북 고창에서 발견된 입이 코 옆에 달린 여아 등이 주기형의 다양화를 입증하는 예이다.

피폭을 포함한 환경적 요인이 날로 다양해지고, 입체 초음파의 무분별한 사용, 임산부의 약물 오남용, 부적절한 임산부 수혈, 그리고 정부가 주는 각종 스트레스 등으로 주기형 출생은 앞으로도 양적으로, 또 질적으로 계속 늘어날 전망이다.

주기형 신생아의 증가와 더불어 최근 출범한 '기형아를 다른 관점에서 보고자 하는 지식인들의 모임(이하 기관지)'이 주목을 받고 있다. 산부인과, 소아과, 소아정신과 전문의, 현역 작가와 핵물리학자들이 주축인 이 모임은 기형아 출산을 예방하고 그들을 치료하는 것만큼 여태까지와는 다른 관점으로 그들을 바라보는 것이 중요하다고 주장한다. 그런 취지에서 기관지의 회원들은 기형아 출산을 장려하기도 한다. 물론, 기관지가 일부러 기형아를 많이 낳자는 것은 아니다. 기형아를 임신해도 낙태하지 말고 출산하자는 것이 그들의 주장이다. 그들은 외형적으로 다수와 다르다는 이유만으로 아이가 태어나지 못한다는 것은 온당치 않다고 주장한다.

이 모임의 대표인 산부인과 전문의 오○○ 원장(둥근산부인과, 경북 문경시 소재)은 기관지 회원들과 함께 지난 8월, 후쿠시마에 가서 피폭소년 노하라 신노스케를 직접 만나고 왔다. 오 원장은 "솔직히 신노스케 군을 만나기 전까지는 마음이 굉장히 무거웠는데 신노스케 군이 명랑하게 뛰어노는 모습을 보고 모두들 행복해했다."고 전했다. 언론에 알려진 것과 같이 신노스케 군의 머리는 과도하게 컸고 넓적했으며, 코도 보이지 않을 정도로 작았고, 안구의 색도 비정상적이었지만, 행동이나 말투는 여느 초등학교 어린이들과 전혀 별다른 점이 없었다고 한다. 진한 눈썹과 성적인 농담을 즐기는 것이 꽤 인상적이었다고. 신노스케는 동갑내기들보다 어른스럽게 생각하며 말하는 모습을 보였다. 하지만 아이다운 천진함이 없는 것도 아니었다. 〈액션가면〉과 〈건담〉 로봇 장난감을 손에서 놓지 않았고, 네 살 어린 여동생 히마와리 양을 짓궂게 괴롭히는 모습도 자주 볼 수 있었다고 한다. 오 원장은 신노스케 군이 한국에서 온 손님들을 위해 특별히 '울라울라(일본 애니메이션 〈액션가면〉의 주제음악)' 노래를 부르며, 엉덩이춤까지 췄다고 말하며 웃었다.

신노스케 군이 비정상적인 외모를 가지고 있음에도 명랑하게 클

수 있었던 결정적인 원인은 주변의 도움과 일본 정부가 펼치고 있는 '무관심' 캠페인 덕이었다고 한다. 일본 정부는 수년 전부터 기형아에게 무관심하자는 이른바 '무관심' 캠페인을 벌이고 있는데, 이 캠페인은 기형아의 외모에 무심하자, 그들을 빤히 쳐다보지 말자, 그들에게 특별 대우를 해주지 말자는 취지에서 시작한 운동이다. 실제로 일본 사회에서는 이미 신노스케 군 정도의 비정상적인 외모는 큰 관심의 대상이 아니다. 신노스케 군의 아버지 요시토 씨의 증언에 따르면, 신노스케 군이 다니는 학교에는 자신의 아들보다 외형적으로 훨씬 심각한 학생들도 많다고 한다. 하지만 신노스케처럼 다른 장애 학생들도 별문제 없이 학교생활을 잘하고 있으며, 지역사회 내에서도 잘 어울려 생활하고 있다고 말했다.

신노스케 군의 이러한 명랑한 모습을 조만간에 애니메이션으로도 볼 수 있을 것 같다. 현재 신에이동화와 아사히 TV가 신노스케 군의 이야기를 〈Crayon Shin Chan〉이라는 제목의 TV용 애니메이션으로 제작 중이다. 우리나라에서도 동시 방영 예정이다. 향후 극장용 애니메이션으로 제작할 계획도 있다고 한다.

일본산부인과의사협회에서는 기형아 출산 시, 의사가 산모에게 위로의 말이나 미안함을 표하는 것을 협회 차원에서 금지시켰다. 기관지 역시 그런 일본산부인과의사협회의 결정에 적극 동의하고 나섰다.

실제로 지난달 8일 둥근산부인과에서 기형아가 태어났는데 당시 오 원장은 신생아의 부모에게 애석함을 전혀 표하지 않았다고 한다. 오 원장은 그때를 이렇게 회상한다.

"솔직히 기쁜 일이라고 할 순 없지요. 아이의 코가 없었거든요. 콧날이 서 있어야 할 곳이 반질반질했어요. 하지만 콧구멍은 시원하게 두 개가 잘 뚫려 있었어요. 그러니까 너무 크게 슬퍼하거나 낙담할 일도 아니라고 생각했어요. 냄새도 잘 맡을 수 있고, 기능적으로는 완벽한 상태였어요. 단지 콧대가 없었던 것이지요. 게다가 코가 없는 부위가 아주 매끈했기 때문에 미학적으로도 최악이라곤 할 수 없었어요. 매끈한 얼굴에 구멍이 두 개 뚫려 있었다고 보시면 됩니다. 아이는 평균치보다 약간 작은 미숙아였지만, 코 빼고는 다 정상이었어요. 특히 성기의 경우는 평균치보다 훨씬 큰 편이었어요. 심장도 팔딱팔딱 잘 뛰었고, 산모도 아주 건강했어요. 코 없는 신생아를 부모한테 보여주면서 일부러 이렇게 말했어요. '아드님 코 좀 보세요! 좀 작네요. 아니, 자세히 보니 아예 아무것도 없네요. 하하하. 하지만 고추 보세요. 정말 큼직하죠? 하하하. 콧살이 다 고추로 갔나 보네! 아주 장군감입니다, 장군감! 이놈 큰일 낼 놈이네! 하하하. 전생에 나라를 구했나 봐!'"

코가 없이 태어난 이 아이의 이름은 Y라고 했다.

Y의 부모는 아이를 처음 본 순간에는 큰 충격을 받고 상심했지만, 지금은 마음이 많이 편해졌다고 한다. 이제는 아들의 기형을 소재로 농담까지 한다. 그래도 입 없는 것보다는 코 없는 게 낫지 않겠냐며. 고추는 제대로 달렸으니, 남자구실을 하지 않겠냐며. 피폭소년보다는 Y가 훨씬 잘생겼다는 오 원장의 말에 Y의 부모들은 '물론'이라고 맞장구를 치며, 하이파이브까지 했다. 그리고 신노스케보다 훨씬 더

명랑한 아이로 키울 것을 다짐했다.

    물론, 기관지의 주장대로 장애아들을 다른 관점에서 바라보는 것이 문제의 근본적인 해결책이 될 수 없을지도 모른다. 일본의 '무관심' 캠페인 역시 마찬가지이다. 하지만 분명한 것은 앞으로 더 많이 태어날 외모가 조금 다른 아이들, 그리고 그들의 미래에 대해 더욱 진지하게 생각해볼 필요가 있다는 사실이다. 그들이 전부 신노스케처럼 엉덩이춤을 추며 명랑하게 살 순 없겠지만, 좀 다르게 생겼다는 이유로 엉덩이춤조차 못 추게 해서는 안 될 것이다. 신노스케의 경우처럼 애니메이션으로 만들어 널리 알리진 못할망정 장애를 쉬쉬하며 숨길 필요도 없어야 한다.

    일반적으로 기형아가 태어나는 이유는 유전적 요인이 48퍼센트, 환경적 요인이 8퍼센트, 그리고 원인을 알 수 없는 경우가 44퍼센트 정도를 차지한다. 결국 그들이 그렇게 태어난 것은 결코 그들 탓도, 그들의 부모 탓만도 아니라는 얘기다. 냉정하게 보자면, 절반은 타고난 것이지만, 나머지 절반은 산모에게 나쁜 환경을 제공한 사회의 탓, 환경의 탓, 우리 모두의 탓이라고도 볼 수 있다.

    기관지와 같은 단체의 노력에도 불구하고, 장애아 혹은 기형아에 대한 사회의 인식이 당분간 쉽게 바뀔 것 같지는 않다. 지난 8일 실시된 서울 시내 예비 부모 800명을 설문 조사한 결과 이중 88퍼센트가 '배 속 태아가 기형아라면 낳지 않겠다.'고 대답한 바 있다.

babyhood

문경시 아이둥근터로 오세요

문경교육일보 | 기사 입력 0002년 2월 18일

시대가 변해도 쉽게 변하지 않는 것들이 있다. 그중 하나가 엄마의 역할이다. 여권女權이 신장되고, 유래 없이 많은 여성들이 사회생활을 하고 있지만 엄마의 역할은 지난 세대와 크게 달라진 바가 없다. 집에 있건 밖에서 일하건 아이를 키우는 몫은 대부분 엄마 차지라는 사실을 적어도 대한민국 땅에서는 부인하기 쉽지 않다.

우리나라의 맞벌이 부부 비율은 이미 38퍼센트를 넘어섰다. 엄마 둘 중 하나는 소위 '직장맘'인 셈이다. '일하는 엄마' 인구는 계속 늘어나지만, 정부 차원의 대책은 미흡하기만 하다. 자연스레 맞벌이 가정의 육아 부담은 나날이 가중되고 있다. 도심을 벗어날수록 관련 시설은 열악해진다.

사실 육아 부담은 조금만 멀리 보면, 국가 경쟁력과 밀접한 관련이 있다. 육아 부담이 늘면 당연히 출산에 대한 거부감이 생기고, 반대로 육아 부담이 줄어들수록 출산에 대한 거부감도 줄기 마련이다. 결국, 과도한 육아 부담은 인구 감소로 이어지며 이는 국가 (경제) 발전에 걸림돌이 될 수 있는 것이다.

이를 해결해야 한다는 각성의 소리와 지적은 꾸준히 있어왔지만 현실은 녹록지 않다. 얼마 전 고용노동부 국민의식조사(만 28세 이상 성인 남녀 888명)에서도 응답자 대부분이 여성 취업의 가장 큰 장애 요인으로 '육아 부담(68.8퍼센트)'을 꼽았다. 한마디로 우리 사회는 여성들에게 아이냐, 일이냐, 둘 중 하나만 선택하라고 강요하고 있는 꼴이다.

이런 가운데 부모들이 건전하고 안전하게 자녀를 양육할 수 있도록 도와주는 곳이 경북 최초로 문경시에 문을 열었다. 이곳에서는 부모들에게 다양한 정보와 교육 기회를 주고 아이들에게는 실질적으로 도움이 되는 다양한 서비스를 제공하고 있다.

18개월 된 Y(문경시 동로면)는 요즘 문경시 아이등근터(이하 아둥터) 덕을 톡톡히 보고 있다. Y 엄마는 하루가 다르게 커가는 아이를 보며 장난감이나 그림책을 구매하는 게 여간 부담되는 게 아니었는데, 인근에 아둥터가 생겨 경제적 부담을 덜었다며 기뻐한다. 하지만 돈보다 더 값진 것은 전문가들의 도움을 받을 수 있다는 사실이다. Y 엄마는 남달리 육아에 관심이 많았다. 그러나 관심만큼 엄마의 역할을 하지 못했다고 자평한다. 너무 어린 나이에 엄마가 된 탓에 의욕만 앞섰지 아이를 위해 무엇을 해줘야 할지 몰랐기 때문이다. 더군다나 아들 Y는 심각한 안면 장애가 있어 보통 아이들보다 더 큰 관심과 사랑이 필요했다.

시골 마을(윗무랑마을)에서 글을 쓰며 작은 슈퍼마켓을 운영하는 남편은 낮에는 가게를 지켜야 했고 저녁에는 글을 썼다. Y의 엄마는 넉넉하지 못한 살림 탓에 하나뿐인 아들 Y를 위해 장난감이나 책 하나 제대로 사줄 경제적 여유도 없었다고 말했지만, 실은 경제적 이유보다 더 큰 문제는 안목이었다. 어떤 것이 Y에게 진짜 좋을지, 꼭 필요한 것인지 고르기가 쉽지 않았다. 하지만 하나뿐인 아들을 적당히 키우고 싶진 않았다. 그래서 이런저런 교육 관련 사이트를 검색하다가 우연히 문경시청 홈페이지에서 아둥터가 오픈했다는 내용을 접하고 회원이 됐다. 평일에는 주로 시아버지의 오미자 농장에서 일을 하기 때문에 자주 갈 수 없지만, 아둥터가 토요일, 일요일에도 운영하기 때문에 주말이면 아들 Y와 함께 자주 찾는 편이다. 비싼 돈 주지 않고서도 전문가들의 조언과 더불어 다양한 종류의 질 좋은 장난감을 빌릴 수 있다는 점이 Y네 가족에게는 가장 큰 매력으로 다가왔다.

아둥터 홈페이지에서 원하는 장난감이 있는지 미리 검색할 수 있는 데다 상주 직원들이 개월별(연령별), 영역별, 장애 유무별, 장애 등급별, 국적별로 나눠 아이에게 맞는 장난감을 선택할 수 있도록 도와주기 때문에 쉽고 편리하게 이용하고 있다.

이미 아둥터 대부분의 직원이 Y를 알고 있을 정도로 Y 모자는 열혈 회원이다. 직원들도 장애아인 Y에 대해 특별한 배려를 아끼지 않고 있다. 여기에 Y가 좋아하는 그림책까지 함께 대여가 가능해 한 번에 두 가지를 해결할 수 있어 크게 만족하고 있다.

아둥터에서는 아이를 대상으로 신체 운동 프로그램(유리드믹스)도 운영하는데, 여타 문화센터 못지않은 시설에 교육 수준까지 높은데도 이용료는 무료다. 향후에는 소리 지를 일이 많은 마을 아주머니들을 대상으로 '목짱 아줌마의 목소리 피트니스센터(노래 교실)' 등도 개설할 예정이다.

1차산업(농업)에 종사하는 가정과 다문화 가정에는 가구당 월 800원의 보조금이 지급되기도 한다. 전문가로 구성된 강사들은 부모들에게 아이의 발달단계에 맞는 특성을 설명해주고 그에 따른 활동을 구체적으로 제시해줘 아이와 부모 모두 유익하고 편안한 시간을 가질 수 있게 돕는다. 그리고 요즘 관심이 급증하고 있는 장애아 육아 문제나 다문화 가정의 육아 문제에 대한 특강도 꾸준히 하고 있다.

문경 시청은 지난해 8월부터 국립문경대학교와 함께 아둥터를 운영하고 있다. 그리하여 지방 중소 도시의 좋은 산학협동 모델로 주목받으며, 장난감, 도서 대여, 자녀 양육에 관한 정보 제공, 부모 교육, 영유아의 발달과 부모 양육 방법 상담, 전시, 장애아 양육 문제, 다문화 가정 육아 문제 등 인근 거주 부모들에게 필요한 서비스를 직접적으로 제공하고 있다.

아둥터 산하 동글동글도서관은 주 4일(화, 목, 토, 일) 운영한다. 평일은 오전 8시부터 오후 8시까지, 주말에는 8시부터 18시까지이다. 임산부부터 만 8세 이하 영유아(단, 장애아의 경우 만 12세까지)를 양육하는 부모는 관련 서류(회원가입신청서, 주민등록등본 및 초본, 신분증 사본, 부동산등기부등본)와 연회비 8,000원을 내면 추가 비용 없이 장난감과 도서를 무한대로 이용할 수 있다.

도서관에는 영유아 그림책 1,800여 권, 교사와 부모를 위한 도서 800여 권, 장난감 800여 점이 비치돼 있다. 특히, 장애아를 위한 특수 장난감도 80여 종 비치되어 있다. 최근 아이들 사이에 선풍적인 인기를 끌고 있는 뽀로로, 타요, 꼬까르와 같은 최신 장난감까지 구비되어 있다고 하니 그야말로 서울의 대형 장난감 대여점이 부럽지 않다. 현재 총 회원 180여 명이며, 월 평균 280여 건의 대여가 이뤄지고 있다고 한다.

장난감과 도서는 8일간 빌릴 수 있고, 홈페이지나 전화를 통해 한 달까지 연장 신청이 가능하다고 한다. 아둥터 홈페이지(www.adung-ter.or.kr)에서 소장 장난감 및 도서 검색이 가능하다.

오○○ 문경시 아이둥근터 원장에게 다양한 육아 지원 사업에 관해 들어봤다.

본지: '아이둥근터'라는 이름이 참 이채롭다.

오 원장: 큰 의미가 있는 것은 아니다. 이 공간 안에서만은 모든 아이들이 모나지 않게 둥글게 지냈으면 하는 바람으로 만든 이름이다. 내(I)가 먼저 둥근 사람이 되자는 의미도 있다. 사내에서 공모를 했는데, 만장일치로 결정된 이름이다.

본지: 문경시 아이둥근터에서는 어떤 일을 하나?

오 원장: 육아 지원 사업으로 문경과 이 일대에 거주하는 만 8세 이

하의 자녀(미취학 아동 및 초등학교 저학년)를 둔 부모들을 주 대상으로 장난감과 도서를 대여하고 부모 교육 및 상담도 제공한다. 또 문경시와 인근 보육 시설들에 양질의 보육 서비스를 위해 종사자 교육과 평가 인증을 도와주는 사업을 진행하고 있다. 팀장과 보육 전문 요원 등 총 8명이 근무하고 있다. 현재에는 평가 인증 사업보다는 도서 대여, 부모 교육, 상담 사업 쪽에 치중하고 있다. 장애아 교육에도 좀 더 관심을 가질 생각이다. 앞으로는 부부 문제나 이혼 상담도 병행할 계획이다. 여러 가지 문제로 이혼하는 부부들이 시골일수록 더 많다. 특히 잠자리 문제가 이혼까지 가는 일이 많은 걸로 알고 있다.

그밖에도 아이들을 위한 실내 체육관이 도내 행사가 있을 때는 컨벤션 센터의 역할도 한다. 문경나비대축제 때마다 아둥터 실내 체육관이 주요 행사장 역할을 한다.

본지: 어떤 목적으로 생겼나?

오 원장: 문경은 경북에서도 작은 도시 중의 한 곳이다. 그래서 시 차원에서 '작지만 인간 냄새 나는 따뜻한 마을(SM Town, Small but Mild Town)'이 될 수 없을까, 어른과 아이가 함께 행복한 소도시를 만들 수 없을까, 고민하던 차에 이런 제도가 생각이 났다. 그런데 시행하고 보니 경북 최초가 되었다. 늘 최초라는 것은 어려움과 영광이 동시에 따른다고 생각한다. 그래서 자랑스럽지만 힘들다.

자녀를 안심하고 양육할 수 있는 도시, 보육 서비스 질이 높은 도시가 될 수 있도록 부모와 보육 시설을 지원하기 위해 설립됐다. 싸우지 않는 가정, 불협화음이 없는 가정을 많이 만드는 것이 목표다.

아이들의 유년이 아름답게 기억될 수 있는 환경을 만들고 싶었다. 특히, 우리 지역에는 부모가 다 (오미자) 농장, (오미자김치) 공장 일을 하는 가구가 많은데, 그런 가구에 실질적인 도움을 주고 싶었다. 또한 육아 문제 때문에 대도시로 이사하는 것을 막고 싶었다. 물 좋고 공기 좋은데 아이를 제대로 키울 수 없어 이사한다는 것은 참 슬픈 일 아닌가?

우리 아이들이 어린 시절 상처 없이 자라는 데 도움을 줬으면 좋겠다. 어린 시절 트라우마 때문에 성인이 되어서까지 고통 받는 사람들이 너무나 많지 않은가?

본지: 문경시 영유아 자녀를 둔 부모들을 만나면서 느낀 점은?

오 원장: 일단 아둥터에서 젊은 부모들을 만나면 흐뭇하다. 다문화 가정을 꾸려 잘 사는 분들도 아주 보기 좋다. 최근에는 외국인 부부도 많이 생겼다. 부모가 모두 외국인인 경우를 말하는 것이다. 그들이 와서 도움을 구하는 것도 좋다. 그리고 그런 부모들이 예의 바르게 자녀를 양육하는 모습을 볼 때 행복하기까지 하다.

하지만 부모로서의 뚜렷한 교육철학이 없이 자녀의 뇌 발달 단계나 흥미 등은 고려하지 않고 지나치게 학습에만 치중하는 부모들은 좀 답답하다. 한마디로 개념 없는 부모들이 아직도 많다. 수강료를 오미자차로 내겠다는 부모도 있고, 몇천 원을 할부하겠다고 우기는 경우도 왕왕 있다. 어릴 때부터 영어에 집착하는 모습도 솔직히 꼴불견이다. 특히 대도시로 이사할 궁리만 하거나, 장애아에 대한 지나친 편견, 다문화 가정의 아이들에 대한 비상식적인 생각을 가지고 있는 분들도 의외로 꽤 많다. 또한 운영의 차원에선 대여한 장난감과 도서를 파손한 후 원만한 해결 방안을 함께 모색하기보다는 장난감의 질을 운운하며 오히려 언성을 높이시는 부모들을 볼 때 아쉬운 마음이 든다.

본지: 현재 아이들이 이용하는 지역 보육 시설에 대해 문제점은 없나?

오 원장: 질 높은 보육 서비스가 제공되기 위해서는 부모의 수준도 중요하지만, 역시 (전문) 보육 교사의 자질만큼 중요한 것은 없다. 경북 지역의 경우 보육 교사 근무 여건이 다른 지역에 비해 상대적으로 열악해 교사가 태부족하고 이직률이 높은 만큼 보육 교사의 근무 여건 개선을 위한 방안에 관심을 갖고 고민하고 있다. 아둥터의 경우, 다행히 현재는 좋은 선생님들이 많이 계신데, 앞으로가 문제이다. 실질적으로 연봉을 대기업 수준으로 올릴 수 있도록 개선책을 시청 차원에서 마련하려고 한다.

본지: 아이둥근터를 운영하면서 느낀 보람이나 개선해야 할 부분이 있다면?

오 원장: 부모들이 장난감과 도서 대여에 만족하고, 실제로 도움이 되는 교육을 받아서 좋다고 할 때 보람을 느낀다. 특별히 행복해 보이는 몇몇 아이들이 있다.

코가 없이 태어난 Y라는 꼬마가 센터에 자주 찾아오는데, 엄마도 그렇고 Y도 그렇고 올 때마다 밝아지는 것 같아 보기 너무 좋다. 어두웠던 인상이 점차 사라지고, 아이가 밝아지면서 더 예뻐지는 모습을 보면 정말 흐뭇하다. 얼마 전에는 꼬까르라는 고깔 모양의 인형을 자기 코라면서 들고 다니는 모습을 봤는데, 가슴이 짠해지기도 했다. 이런 자리에서 일하다 보면, 구체적인 현상에서 가슴이 움직이기 마련이다.

물론, 아쉬운 점도 있는데, 아이둥근터가 문경시청 내에 위치해 있긴 하지만, 꽤 먼 곳에서 오시는 분들도 무척 많다. 특히, 토요일, 일요일에는 장거리에서도 오시는데 센터 규모가 한정돼 단체가 오거나 아이와 부모가 한꺼번에 너무 몰리면 효율적으로 교육받을 수 없다는 점이 아쉽다. 또한 자가용 없이는 접근하기 용이하지 않아 못 오시는 분들이 많다는 얘기도 들었다. 그래서 시와 협의해 '둥근마을버스'라는 일종의 셔틀버스를 운영할 계획도 있다. 도에서는 경전철을 놓자는 의견이 나오기도 했다.

무엇보다도 아쉬운 것은 부모들의 인식이 궁극적으로 바뀌지 않는다는 현실이다. 잠시 와서 효과를 보고 아이들 놀이나 인성 교육에 관심을 갖다가도 금방 영유아 엘리트 교육이나 외국어, 특히 영어 조기교육으로 관심을 돌리는 경우가 많다.

move

시골에 오길 참 잘했네 vs 진작 서울에 올걸

주간귀농 | 기사 입력 0006년 5월 9일

"시골 냄새가 그리워 귀농을 결심했는데, 지역 특산품인 오미자김치 담그는 것을 익혀 이제 판매까지 하게 되니 정말 좋네요. 마음의 여유가 좀 생기는 것 같아요. 그리고 슈퍼마켓도 생각보다 잘되고 있습니다. 흙으로 지은 옛날 집의 상쾌함이 진짜 세상 살아가는 맛이 뭔지를 알려줬습니다. 자연의 맛, 오미자김치 좀 드셔보실래요?"

고향이 문경인 오○○(58) 씨는 서울 구로구에서 작은 슈퍼마켓을 운영하다 그만두고 남편과 고향으로 돌아왔다. 부부는 귀농 8개월여 만에 농촌에 대한 막연한 두려움을 떨쳐내고 점차 안정을 찾아가고 있다. 오 씨 부부가 귀농을 생각한 것은 벌써 10년 전 일이지만 거주지 문제, 경제적 어려움 등 이런저런 이유로 이주를 결정하지 못하다가 우연찮게 경상북도에서 실시한 '도농 간 교환이주정착 프로그램'에 참여한 후 문경으로 이주 결심을 굳혔다.

'도농 간 교환이주정착 프로그램'은 귀농하고 싶어 하는 도시인과 이농을 원하는 시골 사람이 서로 삶의 터전을 맞교환하는 프로그램이다. 경상북도를 중심으로 경상남도, 제주도 등이 현재 시범 운영 중이며, 성과가 좋을 경우 전국적으로 확대될 전망이다. 차후 남북 화해 무드가 조성되면 남북 간 교환이주까지 시도한다는 것이 정부의 방침이다.

오 씨의 경우, 오랫동안 구로구(현재 행정구역상 금천구) 한적한 지역에서 작은 슈퍼를 운영하고 있었는데, 최근 몇 년 사이에 그 일대가 소위 디지털단지로 변하면서 급작스럽게 복잡해진 도시 생활에 많은 어려움을 겪다가 최근 '도농 간 교환이주정착 프로그램' 관계자로부터 고향(문경 지역)에 자리가 생겼다는 소식을 접해 듣고 적극 참여하게 되었다고 한다.

그렇다면 오 씨를 대신해 서울로 오게 된 가족은 누구일까?

Y라는 아들을 둔 가족이었다. Y네 가족 역시 문경시에서 작은 슈퍼를 운영하고 있었는데 Y 아빠의 새로운 일 문제, 장애아인 Y의 진학 문제 및 시골 생활 적응 문제, Y네 가족의 특수성 등 몇 가지 문제를 시골에서 해결하기는 어렵다고 판단하여 상경을 결심했다.

두 가정 모두 슈퍼마켓을 운영했다는 공통점이 있고, 합당한 이주의 사유가 있음을 고려하여 교환 대상으로 선정되었으며, 거주지 교환 시 발생한 손익 차는 경상북도에서 미리 보전해주었다. 그리고 정부 보조금으로 새로운 삶의 터전을 수리, 보수했다. 오 씨 부부에게는 금천구의 슈퍼마켓과 인근 구로구 아파트 단지 내 작은 아파트가 한 채 있었다. Y네 가족은 윗무랑마을에 슈퍼마켓과 Y 할아버지 소유의 오미자 농장 일부가 있었는데, 이를 서로 맞교환하기로 했다. 이러한 조건으로 생활 터전을 교환했을 시 오 씨 부부가 8,800만 원 정도 손해를 보게 되는데, 경상북도는 이를 우선적으로 보전해주고, Y씨네 가족이 도청에 18년에 걸쳐 갚기로 했다. 그 결과 두 가정의 '교환이주정착'이 가능하게 되었다(대출이자에 대해선 금천구와 구로구가 공동 부담을 약속했다).

작년 8월 도시 생활을 완전히 정리하고 문경시 간송리 윗무랑마을로 이주해 온 오 씨 부부는 마을 교회 목사 아들(돼지 농장 운영)과 이장(무직) 등 2명의 멘토와 인연을 맺고 앞으로 농촌에서 무엇을 할 것인지를 상의한 결과 문경 지역 특산품 중 하나인 오미자김치를 담가 판매하는 것이 좋겠다는 데 뜻을 모았다.

오미자김치는 오미자 특유의 다섯 가지 맛(달고, 시고, 맵고, 짜고, 쓴)과 김치의 맛이 어우러져 건강과 맛을 동시에 보장하는 뉴 푸드 트렌드를 선도하고 있는 음식이다. 물론 그 맛을 만들어내기가 결코 쉬운 일이 아니었다. 오미자의 다섯 가지 맛과 김치 본연의 맛을 둘 다 살려야 하기 때문이다. 오 씨 부부가 지난 김장철에 갖다 버린 오미자김치가 산더미를 이룰 만큼 시행착오도 많았다고 한다. 하지만 주위 이웃들의 큰 도움과 격려 속에 인내를 갖고 연습에 연습을 거듭한 결과 지금은 마을에서 '오미자김치의 달인'으로 소문이 자자해 오히려 같은 마을 주민들은 물론이고, 이웃 마을에서도 비법을 배우기 위해 찾아올 정도라고 한다.

서울로 올라온 Y네 역시 차근차근 서울에 적응 중이다. Y는 아파트 단지 내 초등학교에 입학하기로 결정했으며 현재 거주지 인근의 어린이집에 다니고 있다. 안면 장애가 심한 Y(아이는 코가 없다)는 시골에 있을 때, 너무 많은 관심으로 생활이 어려운 상황이었다고 한다. 처음에는 시에서 운영하는 복지 기관 등을 다니며 긍정적으로 장애를 극복하려고 했다. 이러한 적극성이 긍정적인 효과를 보이는 것 같았는데, 너무 적극적이고 활동적으로 생활한 탓에 마을에 장애아에 대한 소문이 퍼져 주목의 대상이 되어버렸다고 한다. 그것이 Y에게 많은 상처를 준 것이다. 특히 다문화 가정의 아이들이 "얼굴 까만 것은 화장하면 되지만, 코 없는 것은 수술도 못 한다."고 Y를 많이 놀렸다고 한다.

하지만 서울에는 시골에 비해 비슷한 장애를 가진 사람들도 많을 뿐만 아니라, 도시 특유의 무관심이 생활에 큰 도움을 주고 있다고 한다. Y의 상경 소식을 접한 관내 고대구로병원에서는 Y를 위해 108가지 치료를 무상으로 지원하고 있다.

지난 8일 문경나비대축제 부대 행사로 열린 오미자김치 경연 대회에서 오 씨 부부는 당당히 아차상을 차지하는 영예를 안았다. 오 씨는 "오미자김치를 이웃에 판매하며 김치 대금이 통장에 착착 입금되는 것을 보면서 희망을 느꼈다. 물론 아직 시작하는 단계라 금액은 적지만 차츰 경제적인 여유는 물론이고 몸과 마음도 편해지고 있다."며 "이렇게 잘 적응할 수 있었던 것은 경상북도 도청의 도움도 있었지만, 삶의 터전을 교환해준 Y네 가족들의 도움도 컸다. 비록 Y네 식구들은 서울에 갔지만 여기 남아 계신 Y의 할머니, 할아버지, 큰아버지 등이 가족처럼 생각해주시며 돌봐주신다. 물론, 마을 멘토 두 분도 물심양면 아낌없이 지원해주신다. 무직이신 이장님은 거의 24시간 저희를 도와주시고, 목사 아드님(돼지 농장 운영)은 '오미자김치보쌈'이라는 걸 함께 개발해보고 싶다며 사업 아이템도 주셨다."고 환하게 웃으며 말했다.

Y네의 경우 Y의 안면 장애와 더불어 Y의 아빠가 동성애자인 점이 시골 생활을 어렵게 했다.

Y 아빠는 연하의 어린 여성과 결혼해 Y를 얻었는데, 결국 성 정체성 문제로 이혼했다. 그리고 지금의 (남성) 파트너를 만났다. 주변의 시선을 의식하지 않고 시골에서 잘 살아보려고 했으나, 생각보다 쉽지 않았다. Y도 아빠의 파트너를 가족처럼 따랐다. 하지만 보수적인 시골 어른들은 두 사람이 같이 다니는 것만으로도 역정을 내셨다고 한다. 작은 마을에서 '장애아인 Y를 기르는 동성애자인 부부'의 행동은 자주 '뒷담화' 거리가 되곤 했다. 몇몇 방송국에서는 취재 요청이 있기도 했다고.

윗무랑마을에서 작은 슈퍼를 운영하며, 글쓰기(북 칼럼니스트)로 생계를 유지했던 Y 아빠는 본격적인 글쓰기(소설)를 선언했고, '도농 간 교환이주정착 프로그램'을 신청한 뒤, 서울행을 결심했다. 결국 지난 8월 가족 문제와 생업을 위해 서울행 버스에 몸을 실었다.

Y 아빠는 현재 프리랜서로 신문, 잡지 등에 글을 기고하며, 편견 없는 사랑에 관한 이야기, 커피에 관한 소설, 장애인 아이의 성장기 등을 구상 중이라고 한다. 이미 인터넷에서는 '미친 독서광'으로 꽤 알려진 그는 서울에 올라온 후 원고 청탁이 두 배 이상 늘었다며 즐거워했다. 오 씨 부부가 운영했던 슈퍼(가산동 소재)도 Y네 식구가

맡아서 잘 운영하고 있다. 주변 회사의 젊은 사람들을 상대로 일을 하다 보니, 같은 슈퍼를 운영하는 일임에도 한적한 시골에서 얻을 수 없는 색다른 활기가 느껴진다고 만족스러워했다. Y 역시 인근에 살고 있는 사촌 누나와 어울리며 1여 년 뒤 시작될 서울에서의 초등학교 생활을 착실히 준비하고 있다.

보통 성공적인 귀농 생활을 일궈가고 있는 사람들이 말하는 성공 비결은 막연하다. 예를 들면, 시골 생활을 동경만 해서는 안 된다, 힘들어도 미래를 위해 지금을 견뎌내야 한다, 긍정의 마인드를 잃으면 절대 안 된다와 같은 다소 추상적인 소견이 많았다.

하지만 오 씨 부부는 조금 달랐다. 교환 프로그램이 없었다면 성공하지 못했을 거라고 딱 잘라 말한다. "누군가가 나 대신 서울에서 열심히 살고 있다는 생각을 했고, 그래서 나도 여기서 포기하거나 주저하면 안 되겠다는 다짐"을 여러 차례 했다고 한다. 또 "그 사람들도 낯선 서울에서 잘 살고 있는데 나라고 못할 이유는 없다."라는 생각이 오기와 긍정성을 심어줬다는 점도 강조한다. 그리고 이미 익숙한 슈퍼 운영을 통해 최소한의 생활비를 확보할 수 있었던 점 역시 성공의 요인 중 하나라고 했다. 즉, '슈퍼 운영'이라는 자신이 잘할 수 있는 일로 시골 생활을 시작했고, 그것을 바탕으로 오미자김치 생산이라는 본격적인 귀농 활동이 시작되었다고 오 씨 부부는 자평하고 있다.

Y네의 경우, 삶의 패턴이 크게 달라지진 않았다고 한다. Y 아빠는 여전히 글을 쓰고, 시골에 살 때와 마찬가지로 내외가 시간을 정해 번갈아가며 슈퍼 일을 챙긴다. 하지만 삶의 배경이 달라졌다는 것이 큰 변화라고 한다. 도회적인 배경이 그들에게 어울린다는 것이다. 도

시에서 장애나 동성애는 크게 문제가 되지 않는다는 것이 Y 아빠의 생각이다. 그는 "새집, 새 옷, 새 신발만큼 삶을 새롭게 세팅할 수 있는 방법이 있을까? 상경은 우리 삶의 완벽한 리프레시 자체"라고 기뻐한다. 무관심과 더불어 이해의 폭이 넓은 서울 사람들과 함께 어울려 사는 것이 행복하다고 했다.

오 씨 부부도, Y네 가족도 이제 시작일 뿐이다.
하지만 그 시작이 나쁘지 않다. '도농 간 교환이주정착 프로그램'이야말로 좋은 삶의 터전을 찾아주는 프로그램이라는 경상북도의 취지에 고개가 끄덕여진다. 그럼에도 아직 국내 이농 성공률은 8퍼센트 미만이다.
경상북도 '도농 간 교환이주정착 프로그램'에 관한 자세한 정보 및 문의는 http://do-nong.gyeongbuk.go.kr/life에서 확인 가능하다.

butterfly

문경나비대축제 8년 연속 대한민국 최우수 축제 선정

축제문화신문 | 기사 입력 0006년 12월 28일

매년 4월 문경에서 펼쳐지는 문경나비대축제가 8년 연속 대한민국 최우수 축제로 선정됐다.

28일 문경시에 따르면 최근 문화체육관광부가 전국 880여 개의 지역 축제를 대상으로 현장 평가, 서류 평가와 전문가 및 비전문가 심사를 거쳐 선정하는 0006년 문화관광예술스포츠축제에서 문경나비대축제가 8년 연속 대한민국 최우수 축제로 선정됐다.

특히 올해부터 최초로 관람객이 직접 참여하는 야외 나비 날리기 행사, 나비 요리 시식 행사 등을 시도해 지난 축제와 큰 차별화를 꾀했을 뿐만 아니라 쿠폰 도입, 나비 우표 발행 등으로 시민 소득 증대와 지역 경제 활성화에 도움이 되는 내실 있는 축제로 평가됐다. 특히, 나비 튀김은 상품화되어 홈쇼핑 등에서 큰 인기를 얻은 바 있다.

올해 치른 제18회 문경나비대축제가 축제 관련 세계 기구로 널리 알려진 세계문화영화축제협회Festival Union of Culture and Kino 축제 부문 피너클 어워드Pinnacle Awards에서 홍보 리플릿, 포스터, 축제 상품, 축제 이미지 등 4개 부문에서 아차상을 수상해 국내를 넘어 세계적인 축제로 한 걸음 다가섰다는 평가를 받고 있다.

오○○ 문경시 홍보계장은 "문경나비대축제가 단순한 지역 축제를 넘어 주변 관광지와 연계해 지역 경제 활성화에 도움이 되도록 수익형 경제 축제로 만들어갈 것이며, 특히, 부대 행사로 열리는 오미자김치대회 홍보에도 힘쓸 생각"이라고 밝혔다. 또한 "내년 축제는 시민들이 자발적으로 참여하고 관광객들이 오감을 만족할 수 있는 프로그램을 지속적으로 개발해 다시 찾고 싶은 축제의 명성을 이어가도록 만전을 다할 것이며, 문경시가 표방하고 있는 'SM Town Small but Mild Town, 작지만 인간 냄새 나는 따뜻한 마을' 건설의 초석이 되도록 노력하겠다."고 말했다.

제19회 문경나비대축제는 내년 4월 28일 문경시 아이둥근터 실내체육관에서 개회식을 시작으로 10일간 열릴 예정이다.

family

아빠가 둘이든지, 엄마가 남자든지

사랑과인권신문 | 기사 입력 0006년 8월 28일

7세 된 Y(서울 구로구)가 어린이집 친구에게 자기 가족을 소개한다. 소개받은 친구는 어리둥절한 표정이다. 자신 앞에 서 있는 두 아저씨를 한참 동안 번갈아가며 쳐다보더니, Y에게 묻는다. "이 사람이 아빠야? 또 이 사람도 아빠고?" Y는 고개를 끄덕이며, "음, 그렇다고 할 수도 있고, 아닐 수도 있쪄."라고 애매하게 대답한다. Y의 가족으로 밝혀진 두 아저씨가 아무 말 없이 웃고만 있자, 이번에는 친구가 직접 아저씨들에게 묻는다. "아저씨가 Y 아빠고, 아저씨가 Y 엄마 맞아요? 아니면, 둘 다 아빠예요?" 질문을 받은 두 남자는 대답 대신 미소를 짓는다. 그러자 Y의 친구는 스스로 결론을 내린다. "그렇구나. 내가 아는 사람들은 남자가 아빠고 여자가 엄마인데, Y네 집은 엄마, 아빠 모두 남자구나." Y가 친구를 보며 그건 아니라는 표정을 짓자, 친구는 그제야 이해가 되었다는 표정을 짓는다. "그럼, 둘 다 아빠구나! 와, Y야! 넌 아빠 둘 하고 사는구나! 좋겠다. 셋이 야구도 할 수 있고! 근데 밥은 누가 차려줘? 하긴 요즘 세상에 아빠가 밥 차리는 일이 대단한 일은 아니양." Y는 동의한다는 뜻으로 고개를 끄덕거린다. 두 아저씨도 Y와 함께 끄덕인다.

그러자 친구는 진짜 궁금하다는 표정으로 다시 묻는다. "이제 우리 가서 놀아도 돼요? 아저씨들. 아니, Y 엄마, 아빠! 아니, 아빠, 아빠. 아이, 잘 모르겠네. 암튼 우린 이제 놀러 가도 되죠?" 두 남자가 고개를 끄덕이자, Y와 친구는 두 손을 꼭 잡고 방으로 후다닥 뛰어간다.

그렇다. Y의 부모(보호자)는 동성애자이다.

경상도 문경 출신인 Y의 아빠는 자신의 성 정체성에 대해 깊게 고민하지 않고 만난 8세 연하의 여성과 결혼했다. 연애 경험이 없었던 Y의 아빠는 자신이 선천적으로 섹스에 대해 무심한 사람이라고 믿었다. 그리고 정신적 사랑을 하고 있다고 믿었다. 그게 당연하다고 생각했던 것이다. 결혼 생활이 시작되면서 둘 사이에서 Y가 태어났다. 하지만 Y가 28개월 되었을 무렵 Y의 아빠는 자신이 동성애자라는 사실을 깨닫게 되었고, 결국 이혼을 선택했다. 젊은 Y 엄마의 장래를 생각해 Y는 아빠가 키우기로 했다. Y 엄마는 다행히 남편을 이해했다. 두 사람이 성 정체성의 문제를 갖고 있었던 것은 사실이었지만, 대화를 자주 나눴던 사이였기에 가능했던 '덜(!) 슬픈' 이별이었다. 안면 장애를 갖고 태어난 Y는 그때부터 아빠의 손에서 자랐다.

Y가 네 살 때, Y의 아빠는 새로운 사람을 만났다. 물론, 남자였다. 두 사람은 서로 사랑했다. 아빠의 남자 애인은 마치 친엄마처럼 Y를

돌봤고, 자연스럽게 세 남자는 동거를 하게 되었다. 다행히 가족들은 두 남자의 관계를 인정했지만, 지방의 작은 도시에 살았던 그들은 편견과 구설수에 삶이 평탄한 날이 적었다. Y의 아빠와 애인은 사실혼 관계였지만, 부부로서 아무런 법적 보호도 받을 수 없었다. Y는 두 사람에게 '부모의 사랑'을 받고 있지만 법적으로는 편부인 셈이다.

하지만 오는 8일이면 이 가정에도 큰 변화가 찾아올 것이다. '시민결합결혼제도'가 정식으로 시행되기 때문이다. 그러면 Y 아빠와 같은 동성애 커플도 정식으로 부부가 될 수 있다. 이번 제도가 시행됨에 따라 우리나라는 대만에 이어 아시아에서 두 번째로 동성 간의 결혼을 제도화한 나라가 되며, 세계적으로는 동성 커플의 법적 권리를 인정한 열여덟 번째 나라가 될 전망이다. 우리나라 388만 동성애자들이 간절히 바랐던 소망이 이뤄지는 셈이다. 이미 서울에만 8,000건 이상의 서류가 접수된 상황이고, 전국적으로는 1만 8,000명이 넘는 동성애자들이 '시민결합결혼제도'를 통해 정식 부부로 인정받기 위해 기다리고 있는 상황이라고 한다. 이로써 그동안 인권의 사각지대로만 여겨져왔던 동성애자들의 인권이 진일보하게 될 것이라는 전망이 많다. 뿐만 아니라, 인권 문제 자체가 새로운 전기를 맞게 될 것이라는 의견들도 적지 않다.

그러나 '시민결합결혼제도'가 동성애자의 인권 문제를 근본적으로 해결하긴 어렵다는 주장도 있다. Y의 사례와 같이, 가정에서 부모를 성별로만 구별할 경우, 사회 곳곳에서 크고 작은 문제에 봉착할 수밖에 없기 때문이다. 이러한 제도상의 불편함, 불이익은 고스란히 Y, 즉 아이에게로 돌아간다. 예를 들어, 현재 7세인 Y는 내년에 초등학교에 입학해야 한다. 그때 작성해야 할 서류들에서부터 문제가 발생한다. 현행대로라면 Y는 아빠는 있지만, 엄마는 없는 아이가 된다. 왜냐면 아이의 부모(학부형)는 반드시 남성과 여성의 조합이어야 하기 때문이다. 하지만 '시민결합결혼제도' 시행과 함께 Y의 아빠는 법적으로 배우자가 있는 남성, 즉 유부남이 된다. 결국 Y의 입장에서 보자면, (법적으로) 아빠의 배우자를 엄마라고 부를 수 없는 모순이 발생하는 것이다. 물론 아빠의 배우자이므로 아빠라고도 볼 수 없다. 정부는 이 문제를 점진적으로 개선할 방침이라고 밝히고 있지만 쉽지만은 않아 보인다.

현재까지 정부는 아무런 대안도 마련한 바가 없으며, 동성애자 인권 신장에 반대하는 목소리도 만만치 않기 때문이다. '시민결합결혼제도'를 반대했던 일부 보수 단체 및 종교 단체들은 동성애자들의 결혼제도에서 한발 양보했기 때문에 (동성애자) 부모 문제에서는 절대 양보할 수 없다는 입장이다. 즉, 동성연애자들의 결혼은 어쩔 수 없이 인정했지만, 법적으로 동성연애자들이 부모가 되는 것은 절대 인정할 수 없다는 태도이다. 얼마 전 대표적인 보수 개신교 목사로 알려진 오○○ 목사의 '동성애=수간獸姦=시간屍姦' 발언이 사회적으로 큰 파장이 되기도 했다. 보수 개신교 단체는 "'시민결합결혼제도' 자체가 이미 해악이며, 만약 더 큰 악행(동성애 학부모의 법적인 인정)을 저지른다면 좌시하지 않겠다."고 여러 차례 밝혀왔다. 일부 보수 강경 종교단체연합에서는 '동성애 자체가 지옥행 직행 차표'라고 선전하고 있다. 합리적인 보수주의를 자처하는 진영에서는 "물론 동성애자 부모를 둔 아이의 인권은 보호되어야 하지만, 동성애자들이 부모가 될 경우 평범한 아이들이 겪을 성 정체성 혼란에 대해서도 고민해야 한다."고 주장한다.

하지만 동성애 단체 '동무사이'에서 최근 조사한 설문의 결과를 보면, 보수 단체들의 주장을 재고해볼 만하다.

만 12세 이하 초등학생의 경우 58.8퍼센트가 친구의 부모가 동성(애자)인 것에 대해 이해할 수 있다고 대답했으며, 28.8퍼센트는 친구에게 설명을 들은 뒤, 이해할 수 있을 것 같다고 말했으며, 8.8퍼센트만이 절대 이해할 수 없다고 대답했고, 나머지 3.6퍼센트는 생각해본 적 없다고 답변했다. 초등학생들의 경우 오히려 성인들보다 성에 대한 편견이 없다는 사실이 밝혀진 셈이다.

'동무사이'의 오○○ 간사는 동성애자 부모를 인정하는 것은 추상적인 인권의 문제를 다루는 것이 아니라, '현실을 살아갈 권리'를 주장하는 것이라고 말한다. 또한 이것이 거부될 경우 우리 아이들의 일부가 아무런 준비 없이 법의 테두리 밖으로 내몰리는 상황이 될 것이라고 말했다. 뿐만 아니라, 동성애자 부모의 인정은 재산 분할, 상속, 입양 등의 권리, 그리고 입원이나 감옥 면회, 신원보증 등 소수자들이 실질 생활에서 겪고 있는 각종 문제들을 해결할 수 있는 중요한 열쇠라고 설명한다.

'동무사이'에서는 동성애자 부모를 둔 아이들을 위해 다음과 같은 해법을 제시하고 있다.

일차적으로 동성애자 부모를 사회적으로 인정하는 풍토를 만듦과 동시에, 서류상으로 부(아버지)와 모(어머니)를 성별에 따라 구별했던 것을 폐지하고 부모1, 부모2로 표기하자는 것이다. 보호자1, 2도

방안이 될 수 있다. 영국에서는 이미 8년 전부터 '파트너 등록제'라는 제도가 시행되고 있었는데, 이 제도는 동성同性결혼을 합법적으로 인정하는 것은 물론이고, 여권 신청서 등의 각종 민원 관련 서류의 부모 인적 사항 기재란에 '아버지father', '어머니mother' 대신 '부모parent 1', '부모parent 2'라는 용어를 쓰기로 한 제도이다. 영국 정부가 부모의 성별이나 성 정체성을 공개적으로 밝히는 것이 성적 차별이라는 동성애 옹호 단체들의 요구를 받아들인 것이다.

하지만 동성애를 옹호하는 언어학자들은 제도를 바꾸는 것보다 아버지, 어머니의 사전적 의미를 재정립 혹은 확장하자고 주장한다. 현재 국립국어원에서 발간된 표준국어대사전에 의하면, '아버지'는 명사이며, 1) 자기를 낳아준 남자를 이르거나 부르는 말, 2) 자녀를 둔 남자를 자식에 대한 관계로 이르거나 부르는 말, 3) 자녀의 이름 뒤에 붙여, 자기 남편을 이르거나 부르는 말, 4) 자기를 낳아준 남자처럼 삼은 이를 이르거나 부르는 말, 이상 네 가지로 정의되고 있다. 네 가지 정의에 모두 '남(자)'이라는 성별이 포함되어 있다. 여기에 한 가지 뜻을 더 추가하자는 것이 동성애 옹호 언어학자들의 주장이다. 5) 자기를 낳거나 길러준 남자나 여자 중 한 명을 이르거나 부르는 말. 혹은 자신을 낳고, 길러준 남자와 사실혼 관계에 있는 자. 물론, 어머니의 경우에도 마찬가지로 적용할 수 있다고 보고 있다. 사전적 의미를 임의로 추가한다는 것 역시 쉽지 않은 일이며, 단지 사전적인 의미가 확장된다고 실효성이 생기는 것은 아니라는 주장도 만만치 않다. 그래서 일부에서는 아예 동성애 부모를 칭하는 새로운 단어를 만들자는 의견도 있다.

동성애자 부모를 둔 아이들에게 관심을 갖는 것은 동성애자들의 권리를 보호하는 일과 별개로 보는 것이 옳다. 아동 인권 문제로 접근하는 것이 맞다. 왜냐하면, 동성애자들의 자식을 동성애자라고 단정 지을 수 없기 때문이다. 보수 단체의 주장을 받아들여 동성애자 부모를 인정하지 않는다고 해도 동성애자의 자식들의 장래나 그들의 권리까지 빼앗아선 안 될 것이다. Y의 부모가 동성애자라고, Y 역시 동성애자라고 볼 순 없기 때문이다.

우리 사회가 더 관심을 가져야 할 것은 이러한 아동들의 권리일지도 모른다. 동성애자와 이성애자가 편을 갈라 자신의 권리를 주장하기에 앞서 아직 어느 편에도 속하지 않은 우리 아이들의 권리를 생각해볼 때다.

친구 아빠의 성별은 아이들의 관심사가 전혀 아니다. 아이들의 관심사는 친구와 언제, 어떻게 놀 수 있느냐이다. Y와 친구처럼 말이다. 결국, 어른들이 아이들에게 해줘야 하는 일은 부모의 성 정체성을 구별하여 편을 가르는 것이 아니라, 그들이 서로 잘 어울려서 뛰놀 수 있도록 자리를 마련해주는 것일지도 모른다.

이러나저러나 편견을 완전히 없앨 순 없을 것이다. 그렇다면 우리가 할 수 있는 일은 덜(!) 불편한 사회를 만드는 것이 아닐까?

toy

뽀통령은 가라 이제 꼬까신이다

토이Biz | 기사 입력 0006년 10월 28일

"까르까르 꼬까르!"

새 우는 소리가 아니다. 요즘 전국 유치원에서, 어린이집에서, 초등학교에서 들을 수 있는 대한민국 어린이들이 '꼬까신'을 부르는 외침이다. 그야말로 꼬까르가 대세이다. '꼬까르+신神'을 의미하는 합성어 '꼬까신'이라는 말이 아이들 사이에서는 자연스럽게 통용되며, 꼬까르와 하느님을 합쳐서 '꼬까님'이라고 부르기도 한다. 사춘기로 접어든 뽀로로가 조만간에 자신의 왕좌를 꼬까르에게 물려줄 것 같다.

꼬까르는 생김새부터 이채롭다.

뽀로로나 코코몽 같은 동물 캐릭터도 아니며, 토마스, 타요, 폴리 같은 탈것도 아니다. 텔레토비나 포켓몬스터처럼 정체불명의 생명체는 더더욱 아니다. 꼬까르는 그냥 원뿔이다. 이름에서 알 수 있듯이 고깔 모양이다. 제작사인 ㈜둥그르월드 측에서는 이것을 세계 최초의 도형 캐릭터라고 설명하고 있다.

어느 날, 하늘에서 원뿔 하나가 떨어진다. 숲 속에 떨어진 정체불명의 원뿔이 바로 꼬까르이다. 하늘에서 내려온 원뿔 꼬까르가 지구의 자연과 더불어 곤충 친구들과 행복하게 산다는 내용이 애니메이션 〈까르까르 꼬까르〉의 주된 내용이다. 주인공 꼬까르는 팔다리가 없지만, 통통 뛰면서 움직인다. 눈과 입은 없지만 보고 말할 수 있다. 꼬까르가 주로 하는 일은 숲 속 마을 친구들의 소원을 들어주는 일, 마을에 발생한 각종 문제를 해결하는 일이다. 꼬까르는 친구들이 소원을 말하면, 원뿔의 밑면에서 꽃가루를 뿌리면서 친구들이 원하는 것으로 변한다. 예를 들어, 신발이 필요한 메뚜기를 위해서 '까르까르 꼬까르'를 외치며, 꽃가루를 뿌리며 원뿔형 신발로 변한다. 파티에 꼭 가야 하는데, 파티복이 없는 나비를 위해서는 원뿔 파티복으로 변하고, 우주여행을 하고 싶어 하는 꿀벌 친구들을 위해 우주선으로 변신하기도 한다. 물론, 원뿔 모양의 우주선이다.

꼬까르는 아이들에게 꿈과 희망이다. 그리고 문제를 해결해주는 척척박사이기도 하다. 자신이 필요한 것으로 변해 친구가 되어주고, 항상 곁에서 도움이 되어주기 때문이다. 실제로 꼬까르의 변신은 상상을 초월한다. 최근에는 패러디 개념으로 원뿔처럼 생긴 펭귄으로 변해 '꼬까르 뽀로로'가 되기도 했고, 공룡 꼬까르로 변한 〈아기 공룡 둘리 꼬까르〉편이 방영되기도 했다. 악역으로 변해 반전 드라마를 연출해 화제가 되기도 했다. 〈쥐새끼 꼬까르〉편이 바로 그것.

'꼬까르 현상'에 대해 고대구로병원 소아정신과 전문의 오○○ 박사는 긍정적으로 평가한다.

"아이들의 욕망을 대신 충족시켜줄 뿐만 아니라, 막연한 두려움으로부터 아이들을 지켜주는 수호자의 역할, 아이들의 상상력을 배가시키는 촉매 작용까지 합니다."

실제로 이런 긍정적인 효과 때문에 꼬까르는 놀이 치료, 인지 치료, 언어 치료의 유용한 도구로 사용되고 있다. 선천적으로 코가 없는 안면 장애로 고대구로병원에서 108가지 치료를 받고 있는 Y도 꼬까르 인형으로 많은 도움을 받고 있다. 오 박사는 Y의 경우 꼬까르를 만난 뒤, 눈에 띄게 밝아졌다고 한다. 꼬까르가 자신의 코로 변해줄 거라는 상상을 하기도 하고 꼬까르도 눈, 코, 입이 없는데 친구들을 두루두루 도우며 행복하게 살아가는 모습을 보며 자신감도 많이 얻었다고. 자기도 나중에 꼬까르처럼 친구들을 위해 좋은 일을 많이 하고 싶다고 말하는 Y. 오박사는 Y가 현재 코 모양으로 생긴 꼬까르 인형을 코에 붙이고 다니면서 자신의 콤플렉스를 극복하는 과정이라고 했다. 이는 대부분의 외모 콤플렉스를 지닌 아동들이 얼굴 전체를 마스크나 모자로 가리고 다니는 것과는 대조적인 모습이다. 이렇듯 꼬까르는 이미 단순한 장난감의 영역을 벗어났다.

캐릭터 전문가들은 꼬까르의 단순한 외형이 구체화된 기존 캐릭터들보다 다양한 변주가 가능하기 때문에 역설적이지만 오히려 더 질리지 않는다고 말한다. 디자이너들도 꼬까르의 단순함을 세련됨으로 평가하며, 명차 BWM나 명품 프라닭[PRADARK]의 단순 미학과 비교한다. 또한 이야기 속에서처럼 다양하게 변신이 가능하기 때문에 완구 시장에서도 한동안 승승장구할 것으로 보고 있다. 즉, 파생 상품이 다양하다는 얘기. 뽀로로와 더불어 한국 대표 캐릭터로 큰 인기를 누릴 것이라는 평이 우세하다. 얼마 전까지 원뿔이라는 형태 때문에 유아용 장난감으로 제작했을 시 위험 요소가 있다는 지적이 있었다. 하지만 이미 제조사 측에서 그 부분을 부드러운 소재로 대체하여 생산 중이다. 현재는 유일했던 약점인 위험성까지 상당 부분 보완된 상태이다.

업계에서는 해외 진출 전망도 밝게 보고 있다. 실제로 내달 8일부터 리히텐슈타인, 마케도니아, 몰도바, 보스니아헤르체고비나, 에스토니아, 페로스 제도(덴마크령) 등 유럽 8개국에서 꼬까르를 방영하기로 했고, 방영과 동시에 캐릭터 상품들도 수출된다고 한다.

꼬까르 현상은 이미 문화 현상 이상의 의미를 지니고 있다. 유통업계에서는 꼬까르를 '제2의 뽀로로'로 보고 있다. 일부에서는 이미 꼬까르가 1인자, 뽀로로가 2인자가 되었다는 주장도 있다.

"'뽀로로'나 '코코몽' 등 아기자기한 동물 캐릭터들이 주름잡던 완구 시장에 정체불명의 도형 캐릭터가 등장해 선두 주자로 나섰다는 것은 그야말로 기적입니다. 아마 이렇게 생긴 장난감은 전 세계 최초일 것 같습니다. 전무후무하지 않을까요? 아류작을 만들기도 쉽지 않은 형태잖아요."

오○○ 공마트 완구 담당 바이어의 말이다. '꼬까르' 열풍은 문화적 현상을 넘어 이제 유통산업에도 직접적이고도 막강한 영향력을 발휘하고 있다. 실제로 공마트에서 꼬까르 관련 상품은 이미 8개월 전부터 포켓몬스터, 헬로키티 같은 외국 캐릭터보다 많이 팔리기 시작했고, 지난 8월부터는 어린이들의 대통령, 뽀로로와 새롭게 떠오르는 아이 울음 종결자, 코코몽 등 막강 토종 캐릭터까지 제치고 캐릭터 완구 시장에서 매출액 기준으로 1위로 올라섰다. 꼬까르는 관련 상품만도 1,800여 개에 달한다. 이는 경쟁 캐릭터들의 1.8배 수준이다.

다른 유통업체들도 꼬까르 효과를 톡톡히 보고 있다. 얼마 전 연휴 기간을 전후로 영마트에서는 8일 동안 꼬까르 관련 상품으로만 8억 원의 매출을 올렸다. 둥근백화점은 같은 기간 선물용으로 유아용 '감성+이성' 학습 보조기인 '까르까르 어린이집'을 가장 많이 팔았다.

안경 제조 및 유통업체인 동그라미안경은 8일 선글라스와 안경에 꼬까르 캐릭터를 넣은 '꼬까르 똥글이안경'이 그동안 아동용 캐릭터 안경 시장의 양대 산맥이었던 한국의 뽀로로와 일본의 헬로키티를 턱밑까지 추월했다고 밝혔다. 세계적인 스포츠 의류 회사인 나이키^{Naiki}도 올해 안에 '꼬까르' 아동용 운동화를 출시할 예정이라고 한다. 제품명은 '꼬까신'이 유력하다. 세계적인 스포츠 브랜드인 나이키가 애니메이션 캐릭터와 이와 같은 계약을 맺은 것은 처음이라고 한다. 새롭게 론칭될 브랜드는 국내시장을 시작으로 아시아 전역을 공략할 예정이며, 애니메이션의 판매 추이에 따라 유럽과 북미 시장에도 진출할 계획이라고 한다.

지난 8일 미국 경제 잡지 『언포춘^{Unfortune}』 발표에 따르면 '미니마우스'가 한 해 벌어들이는 돈은 약 8조 원에 달한다. 어지간한 기업의 한 해 매출보다 많다. 국내 완성차 업체 3위 삼숭자동차가 지난해 5조 8,888억 원의 매출을 달성했으니, 이 쥐 한 마리의 영향력이 어느 정도인지 짐작할 수 있다. 일본의 대표 선수 포켓몬도 같은 해 미국에서만 약 1조 888억 원의 수익을 올렸다. 이 역시 정말 괴물 같은 위력이 아닐 수 없다. 하지만 이제 캐릭터 파워가 다른 나라 이야기만은 아니다. 세계적으로 명성을 떨쳤던 쥐와 괴물이 이제 잠잠해질 태세다. 이미 뽀로로가 국가대표 캐릭터로 상당 기간 선전했으며, 꼬까르가 그 뒤를 이을 차례인 것이다.

국적이나 피부색 등에 얽매일 필요가 없는 애니메이션 캐릭터는 전 세계 어느 곳에서나 편견 없이 받아들여져 다른 콘텐츠보다 해외 시장 진출에 걸림돌이 적은 편이다. 1990년대까지 선진국 작품을 주문자상표부착생산(OEM) 방식으로 만드는 수준에 머물렀던 국내 애니메이션 캐릭터 산업은 2000년대 들어 뽀로로를 비롯해 코코몽, 뿌카 등 토종 캐릭터를 탄생시키며 이제 막 꽃을 피우고 있다. 꼬까르는 국적, 인종은 물론이고, 생명과 무생물의 경계까지 허문 새로운 형태의 캐릭터로 각광받고 있다. 이것이 바로 꼬까르가 진화한 캐릭터라는 평가를 받는 이유다.

세계시장에서 토종 브랜드의 힘을 보여준 뽀로로, 그리고 그 뒤를 이을 꼬까르. 이 새로운 캐릭터의 등장은 애니메이션 산업뿐만 아니라, 문화 산업 전체가 주목하고 있다. 꼬까르가 쥐와 괴물들을 무찌를 날이 얼마 남지 않은 것 같다. 우리 아이들뿐만 아니라, 전 세계의 아이들이 '까르까르 꼬까르'를 외치며 자신의 꿈을 소리치는 모습을 상상해본다. 하지만 일부 외국 애널리스트들은 "꼬까르의 등장은 괄목할 만하다. 하지만 이와 같은 캐릭터가 처음은 아니다. 다시 말해, 문화 약소국에서 태어난 캐릭터의 선풍적 인기는 어제오늘의 일이 아니란 것이다. 중요한 것은 그들의 선전이 쥐들(미키, 미니 등)의 위력, 괴물들(포켓몬, 디지몬 등)의 저력을 완전히 능가하기 쉽지 않다는 점"이라고 말한다. 이 역시 주목할 만한 의견이다.

first love

당신은 몇 살 때 첫사랑에 빠지셨나요?

연예발달심리일보 | 기사 입력 0006년 12월 10일

　사랑이야말로 인류의 영원한 연구 과제이며 변치 않는 동서고금의 최대 화두이다.

　지난 8일 서울대학교 인간내면심리발달심층연구원, 덴마크 코펜하겐대학 애정심리발달과정연구센터, 미국 시러큐스대학교 부속 감정발달실질임상실험연구소, 모스크바 국립대학교 인문사회심리심층연구학회 설문연구 팀 연구진이 공동 발표한 사랑에 대한 몇 가지 연구가 화제가 되고 있다. 각기 다른 대륙에서 권위 있는 4개 기관이 공동으로 연구했다는 것도 이슈가 되고 있지만, 무엇보다도 그것이 사랑에 관한 연구였다는 사실이 학계를 넘어 세간의 큰 관심거리이다.

　공동 연구진들은 '첫눈에 반한다', '사랑은 가슴으로 하는 것이다', '사랑에 빠지면 눈에 콩깍지가 씐다', '사랑은 만병통치약이다'와 같

은 사랑에 관한 속설들을 과학적으로 입증했으며, 이를 바탕으로 인간은 도대체 몇 살부터 부모가 아닌 이성(혹은 동성)을 사랑하게 되는지도 연구했다.

첫째, 상대를 보자마자 사랑에 빠질 수 있는가? 다시 말해, 첫눈에 반할 수 있는가?

연구진의 대답은 '있다'이다. 상대에게 첫눈에 반할 수 있으며, 더 놀라운 것은 사랑에 빠지는 데 걸리는 시간이 길어야 고작 0.8초라는 것이다.

젊은이들이 쉽게 내뱉는 '나, 걔한테 아주 뿅 갔다.'라는 말은 허언이 아니었다. 실제로 사랑에 빠지면, 코카인과 같은 어퍼^{upper, 기분이 좋아지는}계 마약을 복용한 것과 같이 순식간에 강렬한 희열이 느껴지며 뇌의 지적 영역에도 급변화가 생긴다고 한다. 그리고 놀랍게도 이 모든 과정, 즉 상대방을 보고 희열을 느끼기까지 0.08초면 족하다고 한다. 공동 연구진은 각국(4개국)의 젊은이 888명을 대상으로 사랑에 빠지는 사람의 뇌를 조사했는데, 그 결과 뇌의 18개 영역이 동시에 작동해 도파민과 옥시토신, 아드레날린, 바소프레신 같은 희열감, 만족감, 쾌감을 자아내는 화학물질을 방출한다는 사실을 발견해냈다.

둘째, 사랑은 가슴으로 하는 것인가?, 머리로 하는 것인가?

연구진은 이 문제에 대해 명쾌하게 대답하진 못했다. 하지만 조심스럽게 '뇌(머리)'의 손을 들어주었다. "아주 미묘한 문제이긴 하지만 굳이 답을 내놔야 한다면, 뇌"라고 발표하고 "그러나 사랑의 개념은 뇌에서 심장(가슴)으로, 또 심장에서 다시 뇌로. 즉, 양방향으로 진행되는 복잡한 현상이기 때문에 심장도 깊이 관련돼 있다."고 덧붙였다. 사랑이 그만큼 복잡한 감정이라는 의미이다. 예를 들어, 사랑 때문에 뇌의 특정 영역(부위)이 가동되면 심장에 강한 자극이 오고 '배 속에서 나비가 날아다니는' 듯한 느낌이 일어나는데 이런 증상은 흡사 심장에서 나오는 것처럼 느껴지지만 실은 뇌에서 나오는 경우가 많다고 연구진은 설명했다. 책임 연구원으로 이번 공동 연구에 참여했던 한국의 오○○ 박사는 "배 속에서 나비가 날아다니는^{butterflies in one's stomach}" 듯한 느낌이라는 것은 보통 서구 사람들이 말하는 사랑의 감정이며, 우리 식으로 말하자면, '가슴이 찌릿함', '심장이 쿵쾅거리고 설레는 감정'으로 보면 된다고 부연했다. 일부 동양인(8퍼센트 내외) 중에도 사랑에 빠졌을 때, 가슴속에서 나비 떼가 나는 듯한 느낌을 받는 사람들이 있다고 한다.

셋째로, '사랑에 빠지면, 콩깍지가 씐다'는 속설에 대해 연구진은 자신감 있게 'Yes'라는 대답을 내놓았다. 이른바 '콩깍지' 연구는 덴마크, 스웨덴, 노르웨이의 88쌍의 커플을 상대로 이뤄졌다. 연구진은 이들 커플에게 현재 사귀고 있는 애인의 외모 점수를 매기도록 했다. 그리고 같은 대상을 일반인들에게도 같은 방법으로 점수를 매기도록 했는데, 그 결과 대부분의 사람들이 자신의 애인에게 훨씬 더 후한 점수를 준 것으로 밝혀졌다. 이번 연구는 사귄 지 1년 8개월에서 2년 8개월 사이의 커플만 대상으로 삼았기 때문에 정확성은 다소 떨어질 수 있지만 심미안과 애정의 함수 관계를 분석한 새로운 연구라는 점에서 큰 의미를 지닌다.

넷째, 사랑은 정말 만병통치약일까?

이 물음에 대해선 전문가들은 만병통치약까지는 아니지만 진통제 정도는 충분히 될 수 있다는 의견을 내놓았다. 당신 곁에 진실하게, 그리고 간절히 사랑하는 사람이 있다면 굳이 진통제를 복용할 필요가 없다는 것이 전문가들의 견해이다. 미국, 러시아, 한국 각각 8명의 여성이 실험에 응했는데, 이들 24명의 여성들의 경우, 사랑하는 애인의 사진을 보고 있는 동안에는 확실히 고통을 덜 받았다. 그중에 4명은 동성애자였는데, 이들 역시 애인의 사진을 보고 있는 동안에는 고통을 덜 느꼈다고 한다. 하지만 낯선 사람을 보거나 낯선 물체를 봤을 때는 오히려 고통이 증가했다. 연구진은 이러한 결과를 토대로 복용하지 않는 두통약을 개발할 수 있을 것으로 내다봤다. 또 하나 재미있는 결과는 실험 대상자들이 사진을 봤을 때보다 동영상을 봤을 때, 덜 고통스러워했다는 것이다. 연구를 주관한 러시아의 슈트카비치Шуткавич 책임 연구원은 "만약 고통스러울 때, 당신이 배우자의 사진을 봤는데도 계속적으로 아프다면 당신의 사랑을 의심해봐야 한다."는 의미심장한 말을 남기기도 했다.

그럼, 인간은 도대체 몇 살부터 본격적으로 사랑을 하게 될까?

공동 연구진은 4개국(한국, 덴마크, 미국, 러시아)의 1세부터 30세까지 각 연령별로 10명, 총 1,200명을 대상으로 첫사랑 조사를 했다. 의사소통이 가능한 경우, 조사 이전에 첫사랑을 느낀 적이 없다고 생각하는 사람을 선발했으며, 8개월간 일주일에 세 차례 이상 주기적으로 뇌에서 나오는 화학물질을 점검했다. 조사 기간 중에 도파민과 옥시토신, 아드레날린, 바소프레신 같은 희열감, 만족감, 쾌감을 자아내는 화학물질을 기준치 이상 방출한 대상(사랑을 느꼈을 확률이 높은 사람들)은 2차 조사를 실시했다. 또한 조사 기간 중에 스스로 특별한 감정(사랑)을 느낀 이성을 보았다고 생각하는 대상은 특별히 재조사하기도 했다.

2차 조사 대상자들에게는 '콩깍지^{사랑하는 사람이 더 예뻐 보이는지}' 검사와 '진통제^{사랑하는 사람을 보면 고통이 줄어드는지}' 검사를 실시해 검증해보았다. 정확한 의사소통이 불가능한 만 3세 이하의 대상자들은 부득이하게 '진통제' 검사만 실시하였다. 오랜 기간 연구 진행되었음에도 불구하고, 결과는 신통치 않았다. 1세부터 30세까지 별다른 규칙 없이 도파민, 아드레날린 등의 화학물질이 방출되었고, 2차 조사 대상자로 선발된 사람들은 전원 자신이 사랑하는 대상을 더 아름답다고 했다. 또한 그들의 사진을 봤을 때, 고통을 덜 느꼈다. 결국, 연구자들은 사랑을 느낄 수 있는 정해진 나이는 없다는 쪽으로 의견을 모았다. 실제로 1세부터 30세까지 다양한 연령대 참가자 뇌에서 도파민, 아드레날린 등의 화학물질이 발견되었다.

한데, 주목할 만한 것은 연구 중 표본으로 선발된 한 사람이었다.

그는 조사 도중 자신에게 사랑하는 사람이 생겼다고 연구진에게 직접 말했는데, 실제로 실험 결과 도파민과 옥시토신, 아드레날린, 바소프레신 등이 기준치의 88배 이상 방출되었고, 미적 판단도 사랑에 빠진 다른 대상자보다도 8배 이상 부정확한 것으로 밝혀졌다(이 대상의 경우 사진을 구할 수 없어 직접 그린 몽타주로 실험이 진행되었다고 한다). 가장 놀라운 것은 '진통제' 실험에서 드러난 결과였다. 고통지수^{Pain Score}, 측정을 통해 수치화된 고통를 조사한 결과, 그가 사랑하는 사람을 상상하고 견딘 수준은 '두 번째 출산'과 같은 수준이었다(이 실험의 경우, 역시 사진을 구할 수 없어 실험 대상의 상상력에 의존할 수밖에 없었다)고. 이는 인간이 느낄 수 있는 고통 중 네 번째로 강력한 것이라고 한다(몸이 불에 탈 때 느끼는 작열통, 사지 절단, 첫 출산, 그리고 두 번째 출산 순). 그 이상도 충분히 견뎌낼 수 있을 것 같았지만, 실험 참가자의 건강상의 문제가 야기될 수 있다는 이유로 추정만 했으며 직접 실험하진 않았다고 한다.

정말 놀라운 것은 이렇게 깊고 강렬한(!) 사랑에 빠진 사람이 7세 어린이였다는 사실이다. 주인공은 서울 구로구에 살고 있는 Y군이었는데, 아빠의 지원으로 실험에 참가하게 되었고 동네 아파트 엘리베이터에서 우연히 만난 동갑내기 여아를 보고 사랑에 빠졌다고 한다.

'사랑'에 대한 연구가 '사람'에 대한 연구의 다른 이름이기 때문에 언제나 많은 이들의 관심을 받는 것은 당연하다. 하지만 그 결과를 연구하지 않아도 대다수가 이미 체득하고 있다는 점 역시 시사하는 바가 적지 않다. 어쩌면 사랑이란 연구해야 할 것이 아니라, 체득해야 할 것은 아닐까?

그렇다. 사랑은 국경, 나이는 물론 심지어 과학까지 초월한다.

decisive moment

"사랑을 찾습니다."
엘리베이터에 붙은 귀여운 순애보

구로삶소식 | 기사 입력 0006년 12월 1일

    지난달 28일 서울 구로구 구로동 중앙구로하이츠 아파트 엘리베이터 안에 이런 제목의 벽보가 한 장 붙었다. '저는 808호에 사는 Y예요. 사랑을 찾고 있어요.' 손수 만든 이 작은 벽보가 세간에 알려지면서 예기치 못한 반향을 일으키고 있다.
    "제 아들이 정말 순수한 마음으로 좋아하는 친구를 찾기 위해 올린 건데……. 주변의 반응이 지나쳐서 오히려 부담스럽네요."
    벽보를 써서 붙인 Y(7)군의 아버지 강모(본명, 35) 씨는 조심스럽게 말을 꺼냈다. 벽보가 인터넷 등을 통해 알려진 이후 예상치 못한 반응들이 나오고 있어서다. 강 씨는 "어린 아들이 상처를 받을 수도 있을 것 같아 걱정스럽다."고 말했다. 북 칼럼니스트로 활동하고 있는 강 씨는 소셜 네트워크 서비스(SNS)와 인터넷 등의 힘을 누구보다도 잘 알고 있다.

  Y군은 벽보에 다음과 같은 내용을 덧붙였다. "얼마 전에 엘리베이터에서 너무 아름다운 소녀를 만났어요. 7층에서 내렸는데, 그 소녀를 다시 볼 수 있다면 참 행복할 것 같아요. 7층에 사는 아름다운 소녀를 아시는 어른이나 소녀가 이 글을 보면 좋겠어요. 제가 그때 열림 버튼을 잘못 눌러서 소녀의 얼굴이 엘리베이터 문 사이에 끼었어요. 아주 아파 보였어요. 미안합니다. 소녀를 생각하면 가슴속에서 나비들이 막 날아다니는 것 같아요. 소녀는 7층에서 나같아요. 소녀를 만아 친구로 지내고 싶어요. 감사합니다."

  이에 동네 주민들도 'Y야, 너 참 귀엽다. 첫사랑을 꼭 찾아라!', '얼마나 보고 싶었으면! 파이팅!'과 같은 격려 글을 덧붙인 경우도 있고, '그 시간에 가서 공부를 좀 해라, 맞춤법도 다 틀렸네!'라고 쓰고, 틀린 곳에 밑줄을 친 사람도 있었다. 그 외에도 '내가 그 소녀를 아는데! 전번 알려주면 얼마 줄래?', '그래! 사랑은 적극적으로 쟁취하는 거얏!' 등 수십 개의 답 쪽지를 부착해 화제가 됐다.

  이 내용이 포털사이트를 통해 퍼지면서 네티즌 반응도 뜨거웠다. 해당 내용이 소개된 인터넷 사이트와 SNS 공간에는 순식간에 댓글 수백 개가 달렸다. '너무 깜찍하다. 정말 마음 따뜻해지는 얘기다. 내 첫사랑이 떠오른다.(jamo1997)', '그 소녀가 얼마나 예뻤으면?(goghism)', '일곱 살짜리가 가슴속에서 나비들이 날아다닌다는 표현을 쓰다니! 미래의 작가다! 대박!(yukino0323)' 등 칭찬도 있었고, 부정적인 반응도 나왔다. 아이디 'eminent'는 '일곱 살짜리 자식이 저러고 있는데, 가만히 놔두는 부모는 또 뭐냐? 한심하다.'라고 적었다. 그 외에 '네티즌 수사대가 출동해야 할 시점! 출바알~(re-dova)" 등과 같은 재미있는 댓글을 단 사람들도 있었다.

강 씨는 "부정적인 댓글을 Y가 읽는 장면을 상상하니 아찔했다."며 "그리고 의도하지 않게 Y가 이상한 아이가 되는 것도 불안했다. 주위에서 더 이상 관심을 보이지 않는 게 Y를 위하는 길"이라고 밝혔다. 그는 "나는 자식이 행복하길 바라는 평범한 아빠"라며 "아들이 좋아하는 사람을 만나기 위해 그렇게 하고 싶다고 해서 나쁘지 않은 생각이라고 말했을 뿐"이라고 했다. Y군 아버지는 어제, 벽보와 함께 답글들도 모두 떼어냈다. 강 씨는 "당초 8일 정도 붙여 놓을 계획이었다"며 "그 정도 기간이면 소녀가 볼 수 있을 것 같아서"라고 말했다. 벽보가 붙었던 자리에 뒤늦게 답글을 붙여 놓은 사람들도 있었다. 하지만 지금은 이마저 모두 없어진 상태이다. 물론 소녀에게도 연락이 없었다.

벽보로 홍역을 치른 Y군은 소녀에 대한 마음을 편지에 담았다고 한다. 자신이 직접 쓴 편지를 항상 가지고 다니면서 소녀를 만날 날을 기다리는 중이다.

한편, 이 아파트의 오○○(58) 관리소장은 "Y군의 행동은 100퍼센트 순수한 마음에서 나온 것 같다. 하지만 관리소장과 상의 없이 아파트 공공시설에 벽보를 부착한 것은 문제가 될 수 있으며, 이제 벽보도 없으니 아파트 미관을 위해 새로운 답글은 더 이상 붙지 않았으면 좋겠다. 조숙한 요즘 아이들의 모습에 놀랐다."고 말했다. 오 소장은 현재 엘리베이터 안은 전과 같이 깨끗한 상태이며, 평시처럼 정상 운영되고 있다고 덧붙였다.

music

폭발적 율동, 전통적 멜로디 댄싱 그룹 '불나비스타일쏘세지글러브' 주가 급상승

헤럴드뮤직 | 기사 입력 0006년 12월 8일

    십 대들 사이에서 댄싱 그룹 '불나비스타일쏘세지글러브'의 돌풍이 일고 있다. 이 그룹은 아이돌이라는 딱지를 거부하며, 자신들을 '전통+정통' 댄싱 그룹이라고 소개한다. 긴 그룹명을 줄여서 쓰는 것도 거부한다. 아이돌 위주의 요즘 가요계 추세에 걸맞지 않은 행보이다. 오프라인 음반 시장이 거의 사라진 요즘 이 그룹은 음반 출시 40일 만에 18만 장의 판매고를 올리는 등 기형적으로 폭발적인 인기를 끌고 있다.

    이 그룹은 젊은이들의 취향을 무시한 랩, 소울 뮤직을 멋대로 구사하면서 아프리칸 라틴 댄스로 불리는 독특한 춤까지 춘다.

    이들의 춤은 택견 동작처럼 물 흐르듯 부드러우면서도 박력이 느껴지는 것이 특징이다. 이들의 춤이 택견에서 나왔다는 소문이 퍼지면서 일부 청소년들 사이에서는 택견 붐이 일고 있어 재단법인 세계 택견본부가 때아닌 기쁨의 환호를 지르고 있다.

메인 보컬이자 리더인 태히의 패션도 큰 관심거리이다. 귀를 다 가린 단발형의 헤어스타일은 현재 대학가 남학생들의 새로운 트렌드로 자리 잡고 있을 정도이다.

불나비스타일쏘세지글러브는 요즘 공개방송 현장에서 수없이 몰려드는 중고생들과 택견 동호인들과 단발머리를 한 남학생들의 사인 공세에 시달려 이동할 때마다 전쟁을 치르고 있다. 복고 지향적인 그룹 성향에 걸맞게 손으로 쓴 팬레터만 하루에 800통 이상 받고 있다고 한다.

이들의 노래와 춤 외에도 강한 색상의 개량 한복과 시골풍의 구수한 매너, 한국화된 이미지 등도 인기 포인트로 작용하고 있다.

이들의 신곡 앨범에 수록된 〈어쩌다 마주친 그대〉는 현재 최고의 인기곡이다. 청소년들 사이에서는 이 곡의 가사와 같이 '어쩌다 마주친 아름다운 그녀를 보고 사랑에 빠졌지만 고백하지 않는 바보 놀이'가 유행이라고 한다. 그 외에 색소폰 반주의 발라드곡 〈나와 함께한 시간 속에서〉, 소울풍의 〈이제야〉, 유럽 댄스풍의 〈네 모든 것〉 등도 동반 히트 중이다.

불나비스타일쏘세지글러브는 리더 태히와 양굴, 이주노동 등 3명으로 구성돼 있다. 이 길고 신기한 그룹 이름은 멤버들의 삶에서 나온 것이라고 한다.

태히는 '불나비' 같은 사랑을 꿈꾸는 싱어 송 라이터라고 자신을 소개한다. 그는 기타 연주뿐만 아니라 작곡, 편곡, 작사, 가사家事 솜씨까지 뛰어나다.

양굴은 가난한 어린 시절을 보냈다. 그래서 유명한 가수가 되면 마음껏 '쏘세지'를 사 먹고 싶다고 생각하곤 했다. 그가 가장 좋아했던 소시지는 핫도그 속 소시지였다고. 그룹에서는 랩 파트와 곡 분석을 맡고 있다.

필리핀 출신의 댄서 이주노동은 댄싱 가수들의 안무가로 활동하다가 태히에게 발탁되었다. 필리핀에서 야구 선수(글러브)였던 그는 K-POP에 매료되어 무작정 한국행 비행기에 몸을 실었다고 한다. 그리고 멤버 모두 새로운 '스타일'의 음악을 지향한다는 공통점이 있다.

새로운 이름과 더불어 새로운 스타일로 가요계에 등장한 그들의 다음 행보가 벌써 기대된다.

baseball

동성애자들 사회인 야구단 버디스 창단

월간서로사랑 | 기사 입력 0007년 2월 28일

야구를 사랑하는 동성애자들이 모여 사회인 야구단을 창단했다.

지난 26일 동성애자 야구단 버디스^{Buddies} 야구단 (단장 오○○)은 서울 구로구 구일초등학교 보조 운동장에서 동성애자 및 동성애 옹호자 18명으로 선수단을 구성해 본격적인 활동에 들어갔다.

이들 버디스 야구단은 창단 전인 지난 12월 혹한기 훈련을 시작으로 본격적인 팀 훈련에 들어갔으나 일부 사회인 야구 팀들의 반발로 언제 사회인 야구 리그에 참여할지는 미정이다.

오○○ 단장은 "야구를 통해 동성애자들 간 유대 관계를 더욱 끈끈히 다지며 체력도 키우기 위해 고민 끝에 창단하게 됐다."면서 "운동을 통해 사회가 가지고 있는 우리들에 대한 편견을 씻어버리려는 취지도 있다."고 말했다.

구단명 버디스는 모두 친구가 되면 좋겠다는 단순한 의미로 만들어진 이름이며, 야구가 더 많은 친구를 만들어줄 것이라는 희망도 담고 있다고 했다. 동성애인권시민단체인 '동무사이'의 마스코트인 '버돌이 형제'를 마스코트로 사용하기로 했다.

버디스의 선수들은 "앞으로 승패에 연연하기보다는 참가와 더불어 즐김에 의미를 둘 것이며, 동성애자들 인권 홍보에도 노력을 기울일 예정"이라고 한 목소리를 내고 있다.

버디스의 최종 목표는 내후년에 상파울루에서 열리는 제18회 세계 동성애자 야구인 페스티벌에 참가하는 것이다.

한편, 구로구에는 버디스를 제외한 18개 팀이 사회인 야구 주말리그에 참여하고 있다.

love place

우리는 왜 그토록 자주 엘리베이터에서 사랑에 빠지나?

승강기일보 | 기사 입력 0007년 3월 8일

지금은 연예 기획사 JPY의 사장이자 음반 프로듀서로 더 잘 알려진 가수 박짐영이 1995년에 〈승강기〉라는 곡을 발표했다. 제목처럼 엘리베이터가 배경인 노래이다. 그 안에서 만난 두 남녀가 첫눈에 사랑에 빠져버린다는 내용이다.

"우리는 만났어. 첨 만났어. 우린 첫눈에 보자마자 반했어. 우린 첫 입에 빠졌어. 흘러나오는 웃음을 참지 못해. 터져 나오는 눈물도 질 질 흘렸어. 서로에게서 도저히 눈을 떼지 못해. 서로에게서 도무지 몸을 떼지 못해. 우리는 느꼈어. 우리는 짜릿했어."

엘리베이터에서의 사랑은 노래 가사에만 등장하는 것이 아니다.

'서사도 감정도 없는 영화'라고 혹평을 받은 바 있는 〈외인〉이라는 영화는 영화 내용보다는 첫 장면으로 유명하다. 낯모르는 남녀 주인공이 엘리베이터에서 만난다. 그리고 거기서 뜨거운 정사를 나눈다. 여기서도 두 주인공이 엘리베이터에서 첫눈에 반한다. 그리고 섹스를 욕망하기에 이른다. 첫 장면은 상상이긴 하지만, 왜 두 남녀는 하필 엘리베이터에서 그런 상상을 하게 되는 것일까? 그것도 처음 보는 사이에, 더군다나 각자 괜찮은 애인도 있었는데(결국, 엘리베이터에서 반한 둘은 진짜 사랑을 나누게 된다).

'엘리베이터에서 꽃피는 사랑'은 상상이 아닌 현실에도 존재한다. 서울 신촌에 위치한 일본 직영 백화점 헌다이는 지난 8일 '러브 인 더 엘리베이터'라는 행사를 진행했다. 하루 동안 특별하고 감동적인 사랑 고백을 꿈꾸는 연인, 부부, 예비 커플을 위해 전망 엘리베이터와 옥상 공원을 로맨틱한 공간으로 꾸며 사랑을 고백할 수 있는 이벤트였다. 엘리베이터에 들어가기 위해 800쌍이 넘는 커플이 신청했고, 그중 28쌍이 뽑혔으며, 한 커플을 제외한 전원이 원하는 사랑을 얻었다고 하니 엘리베이터야말로 효과적인 사랑 고백의 장소 중 한 곳이라고 할 수 있겠다.

우리나라의 통계는 아니지만, 러시아에서는 엘리베이터가 연인과 첫 섹스를 하고 싶은 장소 1위를 차지했다(2위는 공원이라고 한다. 3위는 집이다). 아랍에미리트에서는 두바이의 초고층 빌딩 '버즈 할리파'의 엘리베이터 안을 가장 로맨틱한 데이트 장소로 꼽고 있다고 한다. 한국에서도 얼마 전 서울 구로구에 사는 한 꼬마가 엘리베이터에서 만난 예쁜 소녀를 찾고 싶다는 벽보를 다시 엘리베이터에 붙여 화제가 된 바 있다.

도대체 우리는 왜 엘리베이터라는 공간에서 쉽게 사랑에 빠져버리는 것일까? 왜 거기서 사랑을 욕망하는가?

폐쇄공간전문심리연구가 오○○ 심리학박사(사단법인 갇힌공간 닫힌마음연구소 선임 연구원)는 다음과 같이 진단했다.

첫째, 문제는 사적 거리다. 엘리베이터 안에서는 공간적 협소함 때문에 사회적 거리Social Distance의 최소 범주인 1, 2미터가 확보되지 않는다. 그래서 어쩔 수 없이 상호 간에 사적 거리Personal Distance 혹은 친밀한 거리Intimate Distance를 두고 있어야 한다. 따라서 자연스럽게 상대를 친근하게 느낄 수 있다는 것이다. 즉, 서로 간에 너무 가깝게 있기 때문에 자연스럽게 친(밀)해진다는 설명이다. 이는 승용차 안에서 하는 사랑 고백이 운동장에서 하는 고백보다 성공 확률이 높은 것과 같은 원리다.

둘째, 승강기에서는 지속적 관찰이 가능하기 때문이다. 누구든 엘리베이터에 탑승함과 동시에 일정 시간 동안 그 안에서 머무를 수밖에 없다. 또한 움직임도 자유롭지 않다. 이것이 상대방에게 관찰할 여지를 준다는 설명이다. 길에서 만난 사람보다는 엘리베이터에 서 있는 사람이 정적인 상태에 있기 때문에 서로를 더욱 유심히 볼 수 있다. 특히 이상형일 경우, 더 확신이 생기기 마련이다. 또한 그렇기 때문에 마음에 드는 사람을 더 쉽고 정확하게 찾을 수 있다는 주장이다.

셋째, 체취 유혹의 법칙이 한몫을 한다. 첫 번째 이유에서 언급했던 것처럼 상대방이 사적 공간 안으로 들어오면서 자연스럽게 냄새를 맡을 수 있게 된다. 핵심은 엘리베이터에서 맡는 체취는 대중교통에서 맡을 수 있는 냄새와는 전혀 다르다는 것이다. 버스에서 나는 사람 냄새는 개개인의 것이 아니라 여러 사람에게서 풍기는 것이기 때문에 구별이 어렵다. 그리고 태반이 땀 냄새이다. 반면, 엘리베이터에서 풍기는 냄새는 소수의 것이므로 구별이 가능하다. 즉, 자신이 원하는 냄새인지 아닌지 구분해낼 수 있다는 것이다. 다시 말해, 엘리베이터에서 맡을 수 있는 냄새는 인간의 체취가 된다. 자신이 원하는 상대방을 시각적, 후각적으로 정확하게 선별할 수 있다는 점이 엘리베이터만의 차별점이라는 설명이다. 자신이 원하는 외모, 자신이 좋아하는 체취의 소유자를 찾기가 그만큼 수월해진다는 의미이다.

넷째, 승강의 효과이다. 엘리베이터 안에서 몸이 위 혹은 아래로 움직임에 따라 사람의 감정은 변한다. 쉽게 말해, 엘리베이터 안에서 우리는 붕 뜬 기분을 느끼기도 하고, 놀이기구를 탄 것 같은 쾌감을 느낄 때도 있다. 이것이 사람의 이성을 마비시킨다. 쉽게 말해 롤러코스터를 타면서 이성적인 생각을 하기 힘든 것과 같은 원리이다. 사람들은 엘리베이터 안에서 평소보다 감성적으로 변하는 경향이 있다. 자연히 이성을 빼고 상대방을 바라볼 때 더 관대해지기 마련이다. 그런 상황에서는 상대와의 관계를 쉽게 긍정적인 방향으로 상상하게 되는 것이다.

다섯째로는 엘리베이터의 협소함이 편안함을 준다는 의견이다. 마치 어린아이들이 구석이나 박스 안에서 편안함을 느끼는 것처럼 현대인들은 엘리베이터 안에서 그런 감정을 느낀다. 자궁으로의 회귀가 이뤄지는 것이다. 그 결과 자연스럽게 마음이 편해지고, 서로에게 좀 더 쉽게 마음을 열 수 있다는 주장이다.

마지막으로 오 박사는 전망의 효과도 있다고 역설한다. 심리학에서는 이를 '미전美前 효과'라고도 하는데, 모든 인간은 예기치 못한 풍경 앞에서 마음이 흔들린다는 효과이다. 모든 엘리베이터에 적용되는 것은 아니지만, 앞서 말한 헌다이백화점 엘리베이터나 두바이 고층 빌딩의 엘리베이터의 경우는 확실히 전망이 효과를 발휘하는 케이스이다. 아름다움 앞에서 평소와 다른 용기가 생기고, 그 순간 나와 함께 너무나 멋진 광경을 보고 있는 상대에게 말을 걸어보고 싶은 심리는 이상한 것이 아니기 때문이다.

사랑에는 국경도 없고, 나이도 없다고들 말한다. 그렇다면 효과적인 사랑을 위해 특별한 장소가 없어야 하지 않을까? 도시라는 각박한 공간에서 로맨틱한 사랑까지 꿈꾸는 현대인들이 엘리베이터에서 사랑을 찾는 풍조를 부정적으로 봐야 할지, 긍정적으로 받아들여야 할지 의문이다.

elementary school entrance

구로구, 18일 장애아동 취학설명회 개최

구로구청신문 | 기사 입력 0007년 1월 20일

　서울시 구로구가 오는 28일 오전 8시부터 18시까지 장애인복지과 8층 회의실에서 내년 취학을 앞둔 장애아동 학부모를 대상으로 장애아동 취학설명회를 개최한다.

　설명회 참가 대상은 장애로 인한 취학 유예자 및 취학 전 5~8세의 장애아동 부모 및 장애 교육 문제에 관심 있는 사람들이다. 설명회에서는 장애아동의 학교 선택과 일반 학교의 특수학급 및 특수학교의 장점과 단점, 초등학교 입학 전 알아둬야 할 사항 등 취학 전 사전 준비에 필요한 교육 정보가 제공될 예정이다. 또한 최근 사회문제가 되고 있는 집단 따돌림의 대처법이나 학습 부진을 극복하는 법에 대해서도 강연할 예정이다. 선배 학부모의 사례 발표 및 질의응답 시간은 물론, 부모 동료 상담원과의 일대일 상담도 펼쳐져 정보 공유와 자녀 교육에 대한 불안감을 해소할 수 있으리라 기대된다.

특히 이번 설명회는 장애의 유형별로 분과를 나눠 진행될 예정이다. 외형적 장애, 정신적 장애, 가정적 문제 등으로 분류된 이른바 맞춤 설명회이다. 외형적 장애도 세분화해서 상담을 실시할 예정이다. 예를 들어 다리 쪽에 문제가 있는 경우, 다리가 하나인 장애아, 다리가 셋인 장애아, 다리가 넷인 장애아 등(다리가 다섯인 장애아를 위한 상담 코너는 이번 설명회에선 빠졌다. 관내에 해당 아동이 없다는 이유에서였다).

선천적으로 코가 없는 안면 장애를 안고 태어난 Y군의 아버지 강모 씨는 "곧 아들이 관내의 초등학교에 입학할 예정이다. 이미 1년 정도 서울 생활을 했음에도 어린 시절 시골에서 살았기 때문에 학교 적응도 걱정이 된다. 또한 도시와 시골 간의 장애인을 대하는 태도가 달라 교육받을 필요가 있다고 생각했다. 물론, 개인적으로는 시골보다 서울이 적응하기가 더 쉽다고 생각한다. 하지만 아들의 경우, 외형적인 장애가 심한 편이라서 소위 '왕따'가 될지도 모른다는 근심이 있다. 장애아를 둔 가족은 당사자도, 부모들도 초등학교 입학을 설레는 마음보다는 두려운 마음으로 기다리기 마련이다. 하지만 체계적이고, 세분화된 이번 설명회 프로그램을 보고 많은 기대를 하고 있다. 아들 Y도 함께 참가할 계획이다. 동네에 비슷한 장애를 지닌 또래 친구들이 있다는 사실을 인식하는 것만으로도 아들에게 좋은 경험이 되리라 믿고 있다."고 말했다.

이번 취학설명회를 총괄 지휘 및 진행하고 있는 구청 관계자 오○○ 계장은 "공교육의 시작인 초등학교 입학 전 정보 부족 등으로 불안해하는 장애아동을 둔 부모에게 장애인의 능력과 특성에 맞는 진로 교육 및 정보를 제공해 모든 어린이가 누릴 수 있는 교육의 권리를 보장하기 위한 의미 있는 시간이 될 것"이라고 말했다.

    같은 날, 관내 장애아동들의 일반 초등학교 취학을 반대하는 모임의 집회도 있을 예정이다. 이들은 무조건적으로 장애인들을 일반인들과 함께 교육시키려는 현 정부의 교육정책을 비판하고, 장애아동들을 위한 전문 교육기관 설립을 서둘러야 한다고 주장하고 있다.

    장애아동 취학설명회 문의 전화: 구로구청 산하 장애아동과 예비 학부모를 위한 맞춤 취업설명회 추진준비위원회 02)888-7179(친한 친구)

game

'잇 더 소시지' 최고의 캐주얼 게임으로 선정

게임타임즈 | 기사 입력 0009년 1월 8일

    국내 대표 게임 제조사 ㈜서클스는 자사의 스마트폰 게임 '잇 더 소시지'가 전 세계 800만 유저들이 참여하는 '베스트 게임 인 디스 이어 어워즈Best Game in this Year Awards'의 캐주얼 게임Best Casual Game 부문 1위에 선정됐다고 6일 밝혔다.

    이 상은 전 세계 800개 게임 분석 사이트 관리자와 전 세계 800만 유저들의 투표를 통해 선정된 게임에 주어지는 게임 분야 최고 권위의 상이다. 작년 1년간 개발된 게임 중 엄선된 8,888개 게임이 '잇 더 소시지'와 함께 경쟁했다.

    우리나라 업체가 이 상을 수상한 것은 우리나라가 세계 게임 시장에 뛰어든 이래로 최초이다.

    알려진 대로 '잇 더 소시지'는 못생긴 캐릭터(코가 없거나, 귀가 없는 캐릭터가 등장한다)가 세계 곳곳을 돌아다니면서 소시지를 먹는 아주 단순한 스토리를 가지고 있다. 세계 명소와 세계 문화를 소개하고 다양한 외국어를 사용해 매 스테이지를 클리어 해야 하기 때문에 교육적이라는 평가도 받았지만, 세계 곳곳의 맛있는 소시지를 먹기 위해선 아주 오랜 시간 게임을 하거나 소시지 쿠폰을 게임 머니로 구입해야 해 사행성을 조장한다는 비판도 많이 받았다.

얼마 전, 서울 구로 지역과 대구, 대전, 전북 일부의 초등학생들을 중심으로 게임 속 소시지를 사기 위해 돈이나 문화 상품권, 게임 머니 상품권 거래가 있었다는 내용, 그와 관련된 학교 폭력의 실태에 관한 프로그램이 공중파를 통해 방영되어 사회적으로 파장을 불러일으키며 화제가 됐다.

또한 먹기 싫은 소시지의 경우, 칼로 잘라 아무 데나 버리는 설정 때문에 환경 단체로부터 여러 차례 지적을 받았으며, 소시지의 생김새가 너무 남성의 성기와 유사하다는 이유로 일부 종교 단체와 여성 인권 단체의 항의를 받기도 했다.

게임의 인기와 더불어 배경 음악인 불나비스타일쏘세지글러브의 〈Eat it〉이 세계적인 인기를 끌면서 이 그룹에게 세계적 명성을 안겨 주기도 했다.

highlight

태어나 보니 코가 없고, 아빠는 동성애자

일간서브웨이 | 기사 입력 0045년 8월 8일

    문제작인 소설이 영화나 드라마로 다시 만들어지는 것은 놀랄 만한 사건은 아니다. 하지만 강모 작가의 『그깟 코 하나쯤 없어도 괜찮다』가 영화도 아닌, 드라마로 만들어진다는 소식은 사건이라고 부를 만하다.

    알려진 대로 원작은 '코가 없는 남자의 지고지순한 사랑 이야기'이다. 여기까지라면 큰 문제는 없어 보인다. 문제는 작품 속의 사건들과 표현 방법이다. 왕따, 입시 비리, 아동 성폭력, 거세 등과 같은 자극적이고 충격적인 장면들을 드라마에서는 과연 어떻게 표현할 것인지 귀추가 주목된다.

    oddTV 3부작 드라마 〈그깟 코 하나쯤 없어도 괜찮다〉 제1화 = 일본의 원폭 사건으로 전 세계가 핵의 공포로 떨고 있을 무렵, 대한민국 경상북도 산골에서 한 아이가 태어난다. 이름은 Y. Y는 태어날 때부터 코가 없다. Y의 부모는 대수롭지 않게 생각하지만 동네 사람들은 꼬마 Y의 외모에 대해 수군거리기 시작한다. 시골 마을의 놀림감이 된 Y.

그 무렵 Y의 아빠, 강모(주인공 아버지의 이름인데, 원작자의 이름과 동일하다)는 자신의 성적 정체성이 남들과 다름을 깨닫는다. 결국, Y의 부모는 갈라서고, Y 아빠는 새로운 파트너(남자)를 만난다. Y, 아빠, 아빠의 파트너는 농촌에서 살아보려 노력하지만 편견이 깊은 시골 마을에서 살기가 쉽지 않다. 그들은 결국 상경하게 된다. Y의 엄마, 장민영은 아들 Y와 헤어진 뒤, 원래 꿈이었던 화가가 되기로 결심한다.

Y네 가족의 서울 생활은 평탄하게 시작하는 듯하다. 하지만 Y의 초등학교 진학 즈음에 도시 생활도 만만치 않다는 것을 깨닫게 된다.

초등학생이 되기 몇 달 전, Y는 운명의 첫사랑을 만나게 된다. 엘리베이터에서 아름다운 소녀를 만나게 되는데, 그녀가 바로 Y의 사랑이다. 그녀의 이름은 D. Y는 그녀를 자신의 운명이라고 믿으며 잊지 못한다. 그 뒤로 Y는 그녀를 생각할 때마다 가슴속에서 나비들이 날아다닌다고 느끼게 된다.

고향에서부터 서평 쓰기 등을 하며 작가를 꿈꿨던 Y의 아빠는 서울에서 본격적으로 글쓰기에 몰두하고, 등단까지 하게 된다.

oddTV가 8년 만에 자체 제작한 이번 3부작 드라마는 원작과 달리 객관적이고 사실적인 묘사에 중점을 두었다고 한다. 이를 위해 다

큐멘터리 기법을 이용하는 등 리얼리티를 극대화하는 데 초점을 맞춰 촬영했다. 좀처럼 TV 드라마에는 출연하지 않았던 원반, 마지섭 등의 연기도 볼거리.

당하기만 한다면

elementary school life

상품권 상납하고,
사포로 코 없는 장애우 얼굴 문지르고

한국초등일보 | 기사 입력 0009년 7월 10일

"점심시간이었습니다. 한 학생이 다른 학생의 손에 무언가를 쥐여주는 것이 보였습니다. 아주 조심스럽게 움직였지요. 분위기가 심상치 않아서 무언가를 건넨 학생을 나중에 연구실로 불렀습니다. '작년부터 잇 더 소시지라는 게임을 같이하는데, 평소에 친구가 많이 도와줘서 이번에는 내가 도와주려고 문화 상품권을 주었다. 순수한 마음이었다'고 말하더군요. 무언가를 준 학생의 변명입니다. 하지만 사실은 힘이 센 일진 학생에게 의지해서 다른 아이에게 맞지 않도록 해달라는 일종의 청탁이자 뇌물이었습니다."

8일 전, 서울 구로구의 한 초등학교 3학년 교실에서 벌어진 일이다. 힘이 센 아이에게 해코지 당하지 않으려고 힘없는 아이들은 자발적으로 상납을 한다. 아이들은 똥이 더러워서 미리 피하는 것이라고 말하지만, 사실 무서워서 피하고 있는 것이다.

 알려진 대로 힘이 센 아이들, 이른바 '일진'들의 폭력은 어른들의 상상을 초월한다.

 장애가 있는 같은 반 아이에게 더러운 물이나 오물을 마구 붓고, 화장실을 청소하는 대걸레로 얼굴을 닦기도 한다. 얼마 전에는 얼굴을 사포로 문지른 사건도 있었다. 이런 문제아들은 학교 밖에서도 문제를 일으킨다. 폐지를 줍는 노인들에게는 웃돈을 주겠다며 소주 심부름을 시킨 뒤, 돈을 주지 않고 소주만 가로채 달아나는 이른바 '소주 삐끼'도 서슴지 않는다. 10세밖에 되지 않은 아이들의 행동이다.

 나라 안팎이 학교 폭력 문제로 시끄러운 가운데 서울 구로구의 한 초등학교 오○○(48, 여) 교사가 쓴 한 편의 수기가 전 세계적으로 관심을 끌고 있다. '지금 3학년 교실은 완전 뜨거운 도가니탕'이란 제목의 수기는 지난 연말 세계교원단체총연합회World Teachers Organization(이하 WTO) 대한민국 지부가 공모한 교단 및 강단 체험 수기에서 대상을 받았다. 이 수기는 WTO 국제 대회에도 출품될 예정이다.

 수기를 보면 아이들 사이에 잔인한 폭력과 자발적 복종이 일상화되어 있음을 확연히 알 수 있다. 오 교사는 상품권 사례를 들면서 결국 "사실, 선의에서 상품권을 선물한 것이 아니고, 힘이 센 아이에게 때리지 말아달라는 부탁의 뜻으로 준 것이라고 고백하는 제자의 모습에 충격을 받았다. 돈 대신 상품권이, 권력 대신 폭력이 자리 잡고 있는 모양이 어른들의 세계와 다를 바가 없었다. 이것이 바로 불편한 우리 교육의 현실이자 현주소다."라고 말했다.

 소위 일진으로 불리는 힘이 센 아이들이 장애아를 괴롭히는 과정

역시 충격적이기는 마찬가지다. 원폭 등의 환경적 이유로 장애아동의 숫자가 늘었지만, 그에 대한 뾰족한 교육 방침이 없어 이들이 괴롭힘의 대상이 되고 있는 것이 현실이다. 일진들의 잔인성을 보면, 약한 아이들이 왜 상납을 하는지도 알 수 있다.

어느 교과 전담 시간에 수업을 시작하려고 하는데, 그 반의 유일한 장애우인 Y군의 얼굴이 너무 빨갰다(그 아이는 안면 장애가 있었지만, 정신적으로는 정상 학생들과 다를 바 없었고, 성적도 우수한 우등생에 속했다. 인성 교육이나 행실 또한 좋았다고 한다). 특히 코 주변은 빨갛다 못해 아주 심하게 까져 있었다. 살짝만 건드려도 피가 날 것 같았다. 아이들은 Y군에 대해 직접 이야기하진 않았지만, 힐끔힐끔 쳐다봤으며 당시 교실 분위기가 평소와 같지 않다는 것을 직감할 수 있었다. 다들 약속한 듯 입을 다물고 있었다. 결국, 모든 아이들에게 교실에서 있었던 일을 무기명으로 쓰라고 했다. 하지만 예상대로 아이들은 움직이지도 않았다. 마치 세뇌 교육을 받은 것처럼. 그렇게 처음에는 쓰는 것조차 망설였던 아이들이 계속적으로 강요, 설득, 회유 등을 반복하자, 펜을 움직이기 시작했다. 반에서 힘이 가장 세다는 아이와 그의 패거리가 한 부적절한 행동은 어른도 혀를 내두를 정도였다. 장애우인 Y에게 구정물을 붓고, 코가 없다면서 놀렸고, 결국 평평한 얼굴을 더욱 평평하고 반질반질하게 만들어주겠다며 사포질을 했다고 한다. 얼굴을 진짜 깨끗하게 만들어주겠다고 한 짓이다. 힘이 가장 센 아이는 전날 친구들을 시켜 구정물과 사포를 미리 준비하라고 했다. 결국, 철저하게 계획적으로 Y를 괴롭혔던 것이다. Y는 평소에 내성적이고, 책 읽기를 좋아했으며 성적도 상위권이었다. 코가 없다는 것 이외에는 전혀 튀지 않는 아이였다. 더 기가 막히는 것은 이 아이들이 그렇게 Y를 괴롭히는 동안 망을 봐주겠다고 자청하는 아첨꾼도 많았다는 사실이었다. Y가 당하는 동안 사지를 붙잡아준 폭력의 조력자들도 많았다. 이런 아첨꾼들의 변명은 모두 동일했다. 자신이 당하는 것이 무서웠다는 것. 그래서 어쩔 수 없이 도왔다고.

오 교사가 전한 교실 분위기는 이문열 소설 『우리들의 찌그러진 영웅』을 초월한다. 소설 속에서 학교 내 절대 독재자로 군림하는 '엄성대'는 오늘날 교실에 실존하고 있다. 오 교사는 "그곳은 이미 공부하는 교실이 아니었다."며 "모든 아이들이 담임교사의 말을 듣는 것이 아니라 엄성대의 말을 듣고 그의 잘못을 감추어주기 위해 다 함께 침묵한 사실이 드러났다."고 썼다.

오 교사는 "교실에는 딱 네 부류, 가해자, 피해자, 조력자, 방관자만 있었다."며 "누구도 약자의 편에 서서 아닌 것은 아니라고 나서는 아이가 없었다."라고 전했다. "더 정확히 말하자면, 아무도 그럴 수가 없었다."고 말하며 한숨을 쉬었다. 그리고 이들의 공통점은 사건에 대해 침묵했다는 것이다. 가해자도, 피해자도, 조력자도, 방관자도 모두 웬만해선 입을 열지 않았다.

아이로니컬하게도 폭력을 당한 Y군이 가장 좋아하는 문학작품이 『우리들의 찌그러진 영웅』이었다. Y의 꿈은 폭력의 해악을 알릴 수 있는 이문열 작가의 『우리들의 찌그러진 영웅』과 같은 작품을 쓰는 것이라고 했다. 그러기 위해선 이런 경험이 지금은 슬프고 아프지만 나중에는 도움이 될지도 모른다고 말하며 씁쓸하게 웃었다.

그럼, 오 교사는 이 위기를 어떻게 넘겼을까?

그는 아이들을 통제하고 맞서 대결하기보다는 아이들을 품에 끌어안는 것으로 태도를 바꿨다. 아이들 사이에 결속이 강화되면서 교사가 오히려 '왕따'가 될 수 있다는 판단 때문이었다. 교사나 학부형이 아이들을 통제하려고 하면 할수록 교실 분위기는 자연스럽게 경직되고 험악해지게 마련이고, 교사의 언성이 높아질수록 공부하는 분위기가 되지 않는다. 그러면 약한 아이들이 교실에 들어오기 더욱 겁이 날 것이라는 생각이 들었다. 강한 아이들 역시 그런 분위기를 싫어하기 때문에 그 스트레스는 고스란히 약한 아이들에게 전해지게 되어 있다.

그래서 고심 끝에 생각해낸 대처 방법이 '일진과 한편 되기'였다. 차라리 문제가 있는 아이들을 내 편으로 만들자. 일단 내(교사) 마음속 덩어리부터 풀자. 하루에 세 가지씩 좋은 점을 찾아서 그것 때문에 예쁘다고 생각하자. 장점 없는 사람은 없다. 둥글게 생각해보자! 장점 위주로 아이들을 바라보자! 싸움만 하는 문제아에게는 '그래, 넌 역시 싸움을 잘해! 참 좋겠다. 그 날렵한 주먹, 예술적이기까지 하다. 나도 전에 너 싸우는 거 우연히 봤는데, 한 마리 나비와 같더라!', 흡연을 하는 아이에게는 '너의 담배 피우는 모습은 할리우드 배우 같구나! 여자 친구들이 빠져들 만하다. 내가 봐도 멋지다. 너 혹시 제임스 딘이라는 배우 알아? 난 그 배우가 환생한 줄 알았다. 누군지 모르면, 인터넷으로 함 찾아봐!', 공부를 포기한 학생에게는 '시원한 백지 시험지를 냈구나! 참으로 남자답기도 하여라! 한두 문제 맞혀서 뭐 하나? 이렇게 깔끔하게 내면, 오히려 채점하기 편하다. 넌 배려가 뭔지 아는 학생이야!', 화장을 잔뜩 한 여학생한테는 '아! 모델 같다. 그래, 이번에는 핑크색 아이새도를 더 써보는 것이 어떠니? 선생님 립스틱 새로 살 건데 추천 좀 해줄래? 오늘은 마스카라가 다 번졌네. 넌 번져도 이쁘다, 이뻐! 이런 걸 원판불변의 법칙이라고 하지!'. 오 교사는 억지스러울 정도로 태연하게 칭찬을 했다.

오 교사는 소주 삐끼를 하다가 더 무서운 다른 학교 문제아(일진)에게 걸려 도리어 자신이 위험에 처한 아이에게 먼저 다가갔다. 다른 학교 문제아에게 소주를 한 박스 사주면서 자신의 학생을 위기에서 구해냈다. 그 사건을 계기로 신뢰를 얻으려 노력했다. 아이의 위기를 친해지는 찬스로 삼은 것이다. 그리고 계속해서 꾸중 대신 대화를 시도했다. 아이가 담배를 피우는 것을 인정해주고, 대신 담배가 건강에 얼마나 해로운지, 비타민을 손에 쥐여주면서 이야기했다. 비타민이 다 떨어지면, 오메가3, 프로폴리스, 클로렐라, 홍삼정 등 다양한 건강 보조 식품으로 유혹했다. 포르노에 빠진 아이에겐 포르노를 많이 보면 눈이 얼마나 나빠지는지 알려주고, 대신 관심을 문학으로 돌렸다. 문학이 포르노보다 더 자극적일 수 있다는 사실을 일러줬다. 마르키스 드 사드의 『소돔의 180일』을 소설과 영화로 함께 보고 독서 토론을 하기도 했다. 고전인 『금병매』, 『변강쇠전』, 현대 소설인 마광수 교수의 소설 등도 추천해주었다.

한편으로는 힘센 아이들을 돌아가며 불러 꾸중이 아닌 어른들의 이야기, 술 이야기, 여자 이야기, 학급 이야기, 성적인 농담 등을 나누면서 "네가 무슨 짓을 해도 난 널 포기하지 않을 거야."라는 강한 의지를 보여주었다. 그리고 마치 자신도 한때 좀 놀았던 학생처럼 거짓

무용담을 늘어놓았다. 어디선가 들은 적이 있는 얘기들을 정리해 자신의 얘기처럼 포장했다. 공감대 형성을 위한 복안이었다. 그리고 때로는 어른들에게선 절대 들을 수 없는 어른 세계의 이야기를 해주기도 했다. 첫 경험이나 성매매와 같은 이야기는 소위 문제아들에게 가장 큰 관심사였다. 이를 위해 오 교사는 별도로 공부까지 했다고 한다. 그래서 문제 학생들 사이에선 오 교사가 '가리봉 빨간 면도칼'로 통했다.

이런 노력 끝에 학기 말에는 "몇몇 아이들의 눈빛에서 반항기가 사라지고 잘못한 일이 있으면 남보다 먼저 달려와서 잘못된 점을 말하고 어떻게 하면 되느냐고 상의해 온다."고 오 교사는 전했다. 물론, 한 학기 만에 모두 변한 것은 아니라고 하지만, 변화의 조짐이 느껴진다는 것 자체가 고무적인 상황이다.

오 교사는 8일 전화 통화에서 "우리 학교에는 장애 문제와 집안 문제를 동시에 가지고 있는 경우가 참 많다. 그럴 때 가장 크게 도와줄 수 있는 곳이 학교이고 곁에서 힘이 되어줘야 할 사람들이 교사와 친구 들이다. 하지만 현실은 그렇지 않다."면서도 "학교 폭력은 정도의 차이가 있을 뿐 어느 학교나 어느 교실에서나 발생할 수 있는 일"이라고 말했다. 또한 모든 것이 한 번에 바뀔 수는 없다고 말했다. 그렇지만 바뀌지 않는다고 두 손을 놓고 있다면, 그야말로 범죄라는 것이 오 교사의 생각이었다.

일각에서는 오 교사의 처신이 올바르지 못하다는 목소리도 많다. 실제로 오 교사의 발언들이 인터넷상에서 큰 이슈가 되기도 했다. 하지만 오 교사의 생각은 다르다. "이래도 죽고 저래도 죽는다면, 뭐라도 해보는 것이 마땅하지 않은가?"

 오 교사는 학교 폭력을 해결하는 방안과 관련해 "제도적인 개선도 중요하지만 교사들이 아이들의 신뢰를 얻는 것이 가장 중요하다."며 "교사의 역할은 교실에서 지식과 정보를 가르치는 것으로 끝나는 것이 아니다. 지식 전달로 시작해 인성 교육으로 마무리되어야 한다. 부모는 못 되어도 보모의 역할까지는 해줘야 하는 것"이라고 강조했다. 그리고 그것은 혼자 할 수 있는 것이 아니라, 함께 해야 할 일이라고 거듭 말했다. 그래서 오 교사는 이와 같은 문제를 공유할 교사 친구들과 작은 계 모임을 만들었다. 돈을 모아 아이들을 위해 연구하고, 기부할 생각이다. 세상이 둥글고 원만했으면 좋겠다는 의미로 모임의 이름도 '둥글계'이다.

problem about parents

한글을 모를 땐 여기로!
국립국어원 콜센터, 가나다라마바사 전화

월간국어생활 | 기사 입력 0010년 10월 8일

맞춤법 오류는 명확한 의사 전달을 방해하는 것은 물론 좋지 않은 인상을 남긴다. 일종의 말더듬과 비슷하다. 잘생긴 남자가 어눌한 발음으로 얘기를 시작할 때 환상이 깨지듯이, 지적이라고 생각했던 사람이 말도 안 되는 맞춤법 실수를 했을 때, 요즘 말로 '대략 난감'이 되어버린다. 상대방의 맞춤법 실수에 호감이 사라졌다거나, 신뢰도가 떨어졌다는 경험담도 주변에서 어렵지 않게 들을 수 있다. 기업 인사 담당자들도 기본적인 맞춤법이 틀린 이력서는 치명적인 감점 요인이 된다고 밝힌다.

맞춤법은 글로 만나는 첫인상이다.

그렇다면 갑자기 특정 문법이 헷갈리거나 단어의 올바른 쓰임이 궁금할 때는 어떻게 하면 될까? 휴대전화나 인터넷, 심지어 사전을 뒤져도 충분치 않을 때가 있다. 그럴 때는 국립국어원에서 운영하는 '가나다라마바사 전화'를 이용해보자. 쉽게 말해, '국가 공인 대한민국 국어 콜센터'이다.

'가나다라마바사 전화'는 국립국어원에서 운영하는 국민을 위한 국어 생활 종합 상담실이다. 전국 어디서든 1599-9979(국어친구)로 추가 비용 없이 연결이 가능하며, 국어를 전공한 전문 상담원들이 즉시 답변해준다.

하루 평균 약 180~280건의 상담을 접수, 처리하고 있으며, 이용자가 많은 시험 기간엔 380건을 넘어가기도 한다. 880건이 연간 최고 기록(작년 기준)이었다고 한다. 국어를 사랑하고 아끼는 시민들의 전화가 가장 많고 방송인, 언론인, 교수, 교사, 출판업계 관계자, 작가, 학생 등 직업적으로 올바른 국어 습관이 중요한 이들의 전화도 자주 걸려 온다. 최근에는 한국어를 공부하는 외국인들의 전화도 많다고 한다. 미주나 유럽에서 온 국제전화도 있다고 하니 한국어도 이제 국제화되었다고 해도 과언이 아니다.

맞춤법, 띄어쓰기, 부호, 표준어, 외래어, 로마자, 숫자, 은어, 속어, 비어 등을 포함해 표현, 어원, 순화까지 전반적인 국어 생활에 대한 상담이 모두 가능한데, 가장 많은 비중을 차지하는 영역은 '띄어쓰기'로 상담 업무의 약 28퍼센트에 달한다.

예를 들어, 이용자가 '쓸개즙'의 띄어쓰기를 물으면, 쓸개즙은 붙여 쓰는 것이고, '즙'은 먹을 것을 나타내는 명사 뒤에 붙어 '농축액'을 나타내는 말이라는 명쾌한 답변이 돌아온다. 그러나 이렇게 간결하고 명료한 질문만 있는 것은 아니다. 간혹 곤란한 질문이 들어오기도 한다. 예를 들면, 그런데 왜 한글프로그램에서는 '쓸개즙'이라고 쓰면, 빨간 줄이 안 생기고, '올리브즙'이라고 쓰면 빨간 줄이 생기냐는 식으로 묻는 사람들도 많다. 그럴 때, 자세한 사항은 ㈜한글과컴퓨터에 문의하시라고 한다. 뿐만 아니다. 학교 시험 문제의 정답을 놓고 학부모가 전화하거나, 부부가 다툼 도중 전화를 걸어 '검증'을 요구하는 등의 경우도 있다. 신문이나 잡지에 난 것이 왜 틀렸다고 말하느냐면서 생트집을 잡는 사람들도 많다고 한다. 원칙만 설명하는 것이 방침이라 매뉴얼대로 설명을 하지만 상담원 입장에서는 여간 난처한 일이 아니다. 더군다나 같은 톤으로 친절하게 다 설명해야 하는 위치라서 난감한 경우가 많다. 술에 취해 친구와 내기를 했다면서 다짜고짜 소리부터 치는 취객들도 가끔 있다고 한다. 어떤 이용자는 왜 친척 호칭이 남성 중심이냐고 따지기도 했다고. 또 외국어에 해당하는 한국어가 없다면서 우리말의 어휘 부족을 질책하는 사람도 있었다고 한다. 그 외에도 무턱대고 민원을 접수한다거나 국어에 대한 불만을 토로하는 경우도 있다. 이런 경우엔 관련 부서로 전화 연결을 해준다. 최근에는 이유 없이 전화해 거친 숨을 몰아쉬는 남성들도 꽤 많아졌다며 상담원들은 난감한 표정을 짓는다.

　가나다라마바사 전화에서 근무하는 전문 상담원은 총 8명이다. 모두 국어를 사랑하고 전공했으며 즐거운 마음으로 업무에 임하고 있다. 상담원으로 일을 시작한 지 8개월이 된 오○○(28) 씨는 국어를 아끼는 사람들의 전화가 너무 반갑고 늘 즐겁게 일을 하고 있다고 했다.

한동안 하루 48번 전화한 이용자도 있었다고 한다. 모두 장난이 아닌, 진지한 질문이었다는 것이 더 중요하다. "열심히 공부하는 분께 도움드릴 수 있어 뿌듯했다."는 사명감 가득한 이들의 대답에서 국어 지킴이의 책임감과 보람이 느껴진다. 바쁘지 않은 시간에는 자주 전화하는 이용자들과 가벼운 대화도 주고받는다. 상담원들은 이런 사람들을 '단골'이라고 부른다.

한 이용자는 "옛날엔 이웃이라면 그 집 사람들 발가락 개수도 알았다. 우리는 거의 매일 통화하는데 서로에 대해 알아야 하지 않겠냐? 서로 너무 모르는 것 아니냐?"며 자신의 삶에 대해서 이야기했다. 처음에는 상담원들도 일종의 '작업'이라고 생각했는데, 이용자의 진심을 알고 이야기를 듣게 되었다고. 그 이용자는 사실 자신은 동성연애자인데, 우리나라는 동성애에 대한 터부가 너무 심해서인지 관련 단어도 너무 부족할 뿐만 아니라, 관련 비속어, 은어조차도 없고, 그나마 몇 안 되는 단어들도 오용되고 있어 안타깝다고 했다.

상담원들은 그 얘기를 듣고 문화의 폭과 나라말의 어휘가 깊은 관련이 있음을 새삼 깨달았다고 한다. 그런데 나중에 알고 보니, 그 '단골' 이용자가 최근 북 칼럼과 소설로 널리 알려진 강모(본명) 작가였다고 한다. 이젠 모든 상담원들이 목소리만 들어도 강모 작가인 줄 안다고 했다.

더 놀라웠던 것은 어느 날 한 초등학생이 전화를 해서 자기가 만든 단어를 국어사전에 추가할 수 없냐고 물었던 일이다. 이 학생은 자신의 생활에 꼭 필요한 말을 스스로 만들었는데, 아무도 알아주지 않아서 너무 불편하다면 이런 부탁을 했다.

학생은 귀여운 목소리로 '아마'라는 단어를 국어사전에 꼭 넣고 싶어 했다. 뜻은 '엄마의 역할을 하는 남자, 아빠를 사랑하는 남자'라고 했다. 학생은 자신의 아빠가 동성연애자인데 파트너와 같이 살고 있으며 그 사람을 부를 말이 없어서 '아마'라는 말을 만들었다고 했다. '아'는 아빠(남자)를 뜻하는 말이고, '마'는 엄마의 '마'라고 했다. 가족 내에서는 이미 통용되는 말이지만, 친구들이나 모르는 사람을 만났을 때마다 '아마'의 뜻을 말해주는 것이 너무 어려워 그 말이 사전에 실렸으면 좋겠다고 했다. 처음에는 그런 서비스는 하지 않는다고 했으나, 학생이 지속적으로 전화를 해서 결국 사전에는 못 싣더라도 가나다라마바사 전화에서는 설명해줄 수 있다고 합의(?)했다. 실제로 '아마'가 가나다라마바사 전화에 접수된 뒤, 몇몇 초등학생들에게 질문 전화가 오기도 했다. 앞으로 '아마'가 사전에 정식으로 실릴 수 있을지 지켜볼 일이다.

그런데 나중에 알고 보니, 그 '아마'라는 말을 만든 학생의 아버지가 강모 씨였고, 아빠가 자주 전화하는 것을 알고 강모 작가의 아들도 가나다라마바사 전화를 이용하게 된 것이었다.

'대한민국 대표 한글 지킴이'인 이들에게 평소에는 국어 습관이 어떠하냐고 짓궂게 물었다. 짜장면이 표준어가 되기 전에 어떻게 발음했는지 묻자 오 씨가 웃으며 대답했다.

"저는 솔직히 자장면이 표준어일 때도 짜장면으로 발음했어요. 농담으로 '짜장면이 자장면이면, 짬뽕도 잠봉이라고 불러라!'라고 자주 말했거든요. 그래서 짜장면이 표준어가 된 날을 기념하기 위해 저희끼리 짜장면 먹으러 갔어요. 전 삼선짜장을 먹었어요. 물론 제가 쐈어요!"

정부는 앞으로 한국어 담당 상담원을 충원해 서비스를 지속적으로 확대할 계획이다. 모국어가 아닌 외국어로 한글을 배우는 이들이 느끼는 궁금증을 풀어줄 전문 상담원도 충원할 계획이다. 이를 특별히 '아자차카타파하 전화'라는 이름으로 운영할 예정인데, 영어, 중어, 서어, 노어, 불어, 독어, 일어, 아랍어, 포르투갈어, 터키어, 네덜란드어, 핀란드어 등이 가능한 상담 서비스가 제공될 것이다. 또한 스마트폰용 어플도 개발하고 SNS 서비스도 대폭 확대할 방침이다.

올해 가나다라마바사 전화가 처리한 상담 건수는 무려 8만 8,888건에 달했다.

한글 지킴이 가나다라마바사 전화가 오늘도 열심히 한글을 교정, 치료하고 있음에도 우리의 국어 생활은 크게 변하지 않는다. 텔레비전에서는 비속어와 은어가 난무하고, 영화관에서는 맞춤법이 틀린 영화 자막이 그대로 스크린을 통해 나오며, 외래어와 영어가 무분별하게 사용되고 있으니.

music

'불나비스타일쏘세지글러브' 2집 음반 불티

음악나이 | 기사 입력 0011년 6월 28일

    '불나비스타일쏘세지글러브'의 2집 음반이 말 그대로 '미친 듯' 팔리고 있다. 지난 토요일인 26일 오후 공식 시판된 불나비스타일쏘세지글러브 2집 초판 18만 장은 불과 8시간 만에 거의 모든 도·소매상에서 동이 났다. 음반 시장이 없어진 현시점에서 그야말로 기적적인 일이다. 내달 8일 인터넷 음원도 공개될 예정이다.

    CD가 20만 장 이상 팔린 것은 0006년 불나비스타일쏘세지글러브의 1집 이후 처음이다. 그들이 이번 음반으로 올해 최고 판매 기록을 수립하기는 어렵지 않을 것으로 보인다. 이미 '잇 더 소시지' 게임 음악으로 세계적인 뮤지션 반열에 올랐기 때문에 미국, 중국, 일본, 우루과이, 기니 등 각국에서 판매 요청이 끊이지 않고 있기 때문이다.

    일각에서는 불나비스타일쏘세지글러브의 새 앨범에 대한 이러한 폭발적인 수요를 1집 활동을 마치고 '잇 더 소시지' 게임 음악 이외에

외부 활동을 전혀 하지 않고 극도의 보안 속에서 음악을 준비해왔기 때문으로 보고 있다. 이른바 신비주의 전력이 적중한 것. 즉, 팬들의 기대와 궁금증이 극에 달했을 순간 다시 등장한 것이다.

제작사인 ㈜둥글디스크 측의 오○○ 부사장은 '이와 같은 환영은 불나비스타일쏘세지글러브가 오래 쉬었다 나온 덕이며, 발매 며칠 사이의 아우성은 오래가지 못할 것'으로 내다본다.

하지만 그들의 2집 소식과 함께 음반 시장뿐만 아니라, 패션 시장까지 움직이고 있다. 데뷔 때, 태히의 단발머리가 큰 이슈가 되었는데, 이번에는 앨범 재킷에 태히가 귀까지 가리는 비니 모자를 쓰고 나와 한여름임에도 비니가 불티나게 팔리고 있다. 현재, 동대문 등지에서는 이미 '태히 비니'가 등장했고, 태히가 직접 비니 판매 사업을 한다는 소문까지 돌고 있다.

음악성에 대한 평가는 찬반이 엇갈리고 있다.

2집 음반에 대해 "너무 잡다하고 뚜렷한 개성이 없다."는 실망과 "음악성과 실험성은 뭐니 뭐니 해도 역시 불나비스타일쏘세지글러브"라는 찬사로 양분된다. 그러나 1집 음반만큼의 대중적 흡인력은 없다는 것이 공통된 지적이다.

이 음반은 멜로디나 노래보다는 리듬과 연주, 가사에 의존하고 있으며, 첫 음반에서 보여준 정통 랩 음악에 헤비메탈과 사이키델릭한 느낌까지 뒤섞였다. 거기에 기존의 음악에서 보여줬던 라틴 리듬에 서남아프리카 정서도 가미되었다.

특히, 타이틀곡인 〈왼손잡이〉는 시대상을 반영한 가사로 이미 많은 인기를 누리고 있다. 비주류인 왼손잡이들은 그저 왼손잡이일 뿐 '아무것도 망치지 않는다'는 가사는 소수자를 옹호하고 이해하자는 메시지가 담긴 사회성 짙은 곡이라는 평을 듣고 있다. 이죄수라는 가수는 불나비스타일쏘세지글러브와의 아무런 협의도 없이, 앨범이 발표되자마자 악의적으로 〈왼손잡이〉를 패러디해 〈오른손잡이〉라는 곡을 만들어 인터넷상에 올려 물의를 일으키고 있다. 한편, 전왼협(전국 왼손잡이 협회)과 좌수연(좌측 손을 쓰는 사람들의 연합) 등 일부 단체에서 음반을 대량 공동 구매한 것으로 알려져 이 역시 화제다.

하지만 소문났던 것과는 달리 리더인 태히가 추구했던 언플러그드류의 조용한 트로트 음악은 빠졌다. 태히는 2집의 모든 수록곡을 작곡했고, 사회문제에 관심이 많은 이주노동이 작사에 참여했다.

한 가요 평론가는 "다양한 분야의 음악을 폭넓게 수집하고 분석하는 능력, 성실하고 실험적인 자세가 돋보이며, 서남아프리카 음악을 한국화한 것은 그야말로 한국 대중음악사적 공헌"이라며 불나비스타일쏘세지글러브가 나름의 색깔을 갖기 위한 과도기적인 모습을 보여준다고 평했다.

한 가요 기획자는 "댄싱그룹의 위상을 유지하면서 십 대 팬들을 확고히 했고, 다양한 음악적 변모로 이십 대, 더 나아가 삼십 대까지 사로잡을 수 있다는 점에서 기획력이 돋보이는 음반"이라고 했다. 또한 이는 이 음반에 깔려 있는 면밀한 상업성의 한 단면이라며 다른 가수들도 이러한 점을 본받을 필요가 있다고 지적했다.

friend's appearance

어른들은 모르는 '초딩만의 세계'

데일리소셜인터뷰 | 기사 입력 0012년 11월 23일

 부모들은 내 아이가 어른 말도 잘 듣고 학교생활도 잘하고 있을 거라고 믿는다. 아니 그렇게 믿고 싶어들 한다. 설령 아이가 학교에서 문제를 일으키고, 부모에게 반항하거나 갑자기 성적이 떨어지더라도 나쁜 친구들을 사귀었기 때문이라고 여긴다. 아니 그렇게 믿어 버린다. 내 아이가 다른 아이에게 맞는다고 해도 그럴 리 없다고 생각한다. 내 아이가 다른 아이를 때린다고 하면 맞는 것보다는 낫다고 말한다. 십 대의 이성 교제가 많아졌다고 하지만 내 아이는 순진해서 이성 교제 같은 것은 생각도 하지 않는다고 장담한다. 내 아이가 사랑에 빠졌다는 얘기를 들어도 웃고 만다. 그리고 아직 사랑을 알 나이가 아니라고 말한다. 공부에 취미가 없는 아이들에게도, 끼가 충만한 자식에게도 일단 대학은 가야 한다고 조언한다.

 그래서 아이들은 말한다. '엄마, 아빠는 아무것도 몰라요.' '어른들

은 아무것도 정말 몰라요!'

지난 18일부터 3일간 서울 구로 지역의 평범한 초등학생들을 만나 속마음을 들어봤다. 초등학생들은 집단 괴롭힘, 동성 친구, 장래와 첫사랑 등 여러 가지 면에서 부모 세대는 잘 모르는 '자신들만의 세계'를 이미 구축하고 있었다. 그래서 우리 아이들의 비밀을 살짝 들어봤다.

본지: 엄마와 아빠는 모르는 나만의 비밀이 있나요?

이상기(남, 13, 초6): 제가 원래 왕따였거든요. 그래서 전학도 갔어요. 원래 영등포구에서 학교를 다녔는데, 구로구로 전학 갔어요. 너무 뚱뚱하다고 친구들이 무지하게 놀렸어요. 게다가 덩치만 크고 싸움을 못하니까 매일 맞고 다녔지요. 친구도 하나 없어서 엄청 힘들었어요. 저학년 때는 아이들이 '돼지 샌드백'이라고 불렀어요. 얼굴이 너무 커서 목뼈랑 목살이 아플 거라고 놀렸어요. 그래서 '목살 아파 돼지야'라는 별명도 있었어요.

혼자 있을 때는 힘들어서 본드도 정말 많이 불었어요. 공예용 니스 있잖아요. 그거 문방구에 가면 싸거든요. 불고 나면 머리가 좀 아팠지만, 그래도 다 잊을 수 있었어요. 본드 분다고 하면 좀 무서워하면서 괴롭히지 않는 아이들도 있었어요. 그거 아무것도 아닌데 안 해본 애들은 엄청 무서운 건 줄 알거든요. 4학년 때는 쉬는 시간에 화장실에서 본드 불다가 기절도 했어요. 제가 본드를 분다고 그러면 괴롭혔던 애들이 좀 덜 때렸어요. 좀 논다고 생각했던 거죠. 근데 결국 본드 때문에 병원까지 갔어요. 그래서 그때부터는 선생님들도, 친구들도 다 저를 '정신병자 돼지', '본드 돼지', '니스 돼지'라고 불렀어요.

5학년 때 엄마가 새로 시작해보자고, 전학 가자고 했어요. 하지만 새로 전학 간 학교에서도 같은 반 아이들이 계속 괴롭혔어요. 전학 가기도 전에 이미 새로운 학교에도 제가 왕따였다는 소문이 다 났던 거예요. 그런데 지금은 그렇게 심하진 않아서 그런대로 버틸 만해요. 요즘은 본드도 거의 안 해요. 선생님, 엄마, 아빠 감시가 너무 심해서요. 엄마한테는 학교생활에 대해 아무것도 말하지 않았어요. 6학년이 된 다음에는 엄마한테 학교가 너무 신 난다고 거짓말까지 했어요. 새로운 반 친구들이 다 잘해준다고 말해버렸어요.

하지만 사실 친구는 딱 한 명뿐이에요. 그래도 그게 어디예요?

Y라는 친구 한 명만 저한테 엄청 잘해주거든요. 천사예요, 천사! 그 친구도 왕따라서 저랑 잘 맞아요. 아이들이 Y는 못생겼다고, 저는 뚱뚱하다고 놀렸지요. Y는 정말 못생겼고, 저는 정말 뚱뚱했으니까 놀릴 만도 해요. 또 우리는 같은 왼손잡이예요. 뭔가 통한다는 얘기죠. 보통 사람들과는 조금 다른 사람들끼리 통한다고나 할까요? 많이 다르다고 할 순 없겠지만.

한번은 제가 반 아이들한테 괴롭힘을 당하고 있을 때, Y가 절 구해줬어요. 학교 근처 놀이터에서 제가 맞고 있는 걸 보고 Y가 '일진' 애들한테 야구공을 던졌어요. 저를 구하기 위해 던진 거죠. 저를 때리고 있는 일진들을 향해 던졌는데, 그게 제 머리에 제대로 맞았어요. 피가 무지하게 많이 났어요. 일진들도 제 머리에서 피가 철철 나니까 무서워서 다 도망갔어요. 덕분에 괴롭히는 아이들도 많이 줄어들었고 Y랑 더 친해지게 되었어요.

둘을 묶어서 '개똘아이들', '코 없는 돼지', '돼지코 형제'라고 놀리는 아이들도 생겼지만 괴롭히는 아이들은 상당히 줄었어요. 특히 때리는 애들이 많이 없어졌어요. 일단, 둘이 되니깐 외롭지도 않더라고요.

Y는 책 읽기를 좋아하고, 공부도 잘해서 어쩔 때는 좀 이해가 안 되지만 좋은 친구예요. Y는 함께 대학에 가자고 했어요. 같은 대학을 다니자는 말은 아니었어요. 제가 공부를 훨씬 못했으니까요. 전 대학에 갈 성적이 아니거든요. 그런데 Y는 제가 원하기만 한다면 대학을 보내주겠다고 했어요. 같이 대학 가서 정말 제대로 공부하자고 했어요. 대학에 가면 왕따도 없을 거라면서. Y는 대학에 가서 문학을 공부하고 싶대요. 나중에 작가가 될 거래요. 어떤 작가를 좋아한다고 했는데, 무슨 '우리가 찌그러트린 친구'인가? 그런 작품을 쓴 사람이라고 했는데. (이문열 작가의 『우리들의 찌그러진 영웅』으로 추정됨.) 전, 하고 싶은 것도 없어요. 대학은 한번 가보고 싶긴 하지만요. 가면 미팅도 하고, 혹시 여자 친구도 생길지 모르잖아요.

그게 비밀이라면 비밀이지요. 제 학교생활요. 친구가 하나밖에 없다는 거.

친구가 없다고 말하면 엄마 걱정하시니까, 그래서 그냥 친구도 많고 학교생활도 재미있다고 해요. 근데 전보다 나아졌으니까 거짓말은 아니잖아요. 그죠? 중학교에 가도 엄마한테는 아무 말도 안 할 거예요. 다행히 Y랑 같은 중학교를 배정받았어요.

D(여, 13, 초6): 원래부터, 그러니까 태어날 때부터 얼굴이 좀 예뻐

서 인기가 많았어요. 지금도 많고요. 히히. 학교에서도 남자애들이 저랑 한 마디라도 해보려고 노력을 많이 해요. 그런데 전 못생긴 애들이랑은 말도 섞고 싶지 않아요. 그렇다고 걔네들이 저를 좋아하는 것을 뭐라고 하지는 않아요. 하지만 눈앞에서 얼쩡거리면 짜증이 나요. 히히. 지네들이 좋아한다는데, 말릴 필요는 없잖아요. 근데 앞에서 고백 같은 건 안 했으면 좋겠어요.

어릴 때, 같은 동네에 사는 이모네 집에 놀러 갔는데 거기서 절 본 애가 저를 찾겠다고 엘리베이터에 벽보까지 붙인 적이 있어요. 저를 보고 싶다고 난리를 친 거죠. 그게 신문에도 나고 그랬어요. 잘은 기억이 나지 않지만 못생긴 꼬마였던 것 같아요. 그때가 초등학교 들어가기도 전이었어요. 암튼 어릴 때부터 인기가 많았어요. 그때에도 못생긴 애들을 싫어하기도 했고요. 정말 딱 질색이에요. 메줏덩어리들! 히히.

얼굴이 예뻐서 그런지, 주변에서는 영화배우가 되면 좋겠다, 요즘 가수가 돈을 잘 번다, 가수를 해봐라, 완전 아이돌 같다, 그러면서 연예계로 나가보라고들 자꾸 그래요. 요즘은 그런 거 되려면 초등학생 때부터 준비해야 하잖아요. 저도 사실 그러고 싶어요. 제가 끼가 좀 있거든요. 춤도 꽤 추고, 노래도 잘해요. 솔직히 배우 쪽보다는 가수 쪽이 맞거든요. 배우는 자꾸 거짓말을 해야 돼서 싫어요. 연기, 그거 어차피 다 뻥이잖아요. 히히.

저한테 중학생 언니가 한 명 있는데 공부를 잘 못하거든요. 그런데 엄마는 언니가 공부를 되게 잘하는 줄 알아요. 학교 성적은 나쁘지 않거든요. 시험 점수는 잘 나오는 것 같은데, 뭘 물어보면 거의 모르거든요. 언니가 그러는데, 중학교 가면 선생님들이 시험문제를 다 알려준대요. 그래서 100점 맞기 쉽대요. 아무리 그래도 중학생이 초등학생 수학 문제도 못 푼다는 건 문제가 있는 거 아니에요?

딸이 둘 있는데 둘 다 공부 안 한다고 하면, 엄마가 마음 아플 것 같아서 연예계로 나가고 싶다는 말은 아직 하지 않았어요. 하지만 일주일에 서너 번은 꼭 노래방에 가서 열심히 연습하고 있어요. 혼자 갈 때도 있고, 친구들이랑 같이 갈 때도 있어요. 주로 같은 반 남자애들이랑 같이 가요. 그중에서 못생기지 않은 애들이랑. 남자애들이 저랑 노래방 같이 가는 거 엄청 좋아하거든요. 그럼 애들이 돈도 다 내고, 어쩔 때는 맛있는 것도 사주고 그래요. 요즘에는 다른 학교에 다니는데 절 따라다니는 남자아이랑 자주 가요. 집안이 엄청 부자래요. 얼굴은 무슨 초승달처럼 생겼는데, 그래도 돈은 정말 많이 있나 봐요. 히히. 노래방 가서 저는 열심히 연습하고, 같이 간 애들은 거의 박수만 치다 와요. 히히.

그런데 엄마에게는 말하지 않았어요.

가수가 꿈이라는 것도 말하지 않았고, 노래방에 연습하러 다니는 것도 아직 비밀이에요. 중학생이 되면 말할 생각이에요. 그래야 오디션도 보러 다니고, 엄마 도움도 좀 받을 수 있을 것 같아서요. 아무튼 아직까지는 비밀이에요. 히히. 제 꿈을 위해 살짝 감추고 있는 거죠. 히히.

Y(남, 13, 초6): 초등학교 들어가기 전부터 좋아했던 소녀가 있었는데 6년도 넘었는데 그동안 한 번도 못 봤어요. 분명히 우리 동네에 살

고 있는 것 같은데 이상하게 볼 수가 없었어요. 처음에는 그냥 마음속으로만 좋아하다가 답답해서 연애편지도 써보고, 시도 써봤어요. 물론 줄 수는 없었지만요. 언젠가 만나면 꼭 주고 싶어서 늘 가방에 넣고 다녔어요. 하지만 소녀를 만날 수 없어서 저는 그 편지를 '우울한 편지'라고 이름 붙였어요. 그렇잖아요. 정말 정성껏 썼는데, 보낼 수 없으니까. '우울한 편지' 맞죠?

처음엔 소녀를 찾기 위해 아파트 엘리베이터에 벽보도 붙였어요. 간신히 소녀의 이름이 D라는 사실은 알게 되었지만 만날 순 없었어요. 가슴이 아프다고 아빠한테 얘기도 하고, 병원에도 가봤는데 그냥 제가 짝사랑을 너무 심하게 해서 그렇다고 하더라고요. 그 소녀만 생각하면 가슴속에서 나비들이 훨훨 날아다니는 것 같았어요. 심장이 콩닥콩닥 뛰는 게 막 느껴져요. 어쩔 때는 가슴에서 불도 나는 것 같아요. 그럼, 불나비들이 날아다니는 기분이 들어요.

딱 한 번만 봤으면 좋겠다고 생각했는데, 얼마 전에 소녀를 만났어요. 졸업식 날 가장 친한 친구와 저희 아빠랑 같이 중국집에 갔는데 거기에 소녀가 있었어요. 화장실에 가려고 하는데 중국집으로 소녀가 들어왔어요. 갑자기 가슴이 얼어붙는 것 같았어요. 몸속에서 나비들이 난리가 났었어요. '저렇게 예쁘게 생긴 사람도 짜장면을 먹는구나.'라는 생각이 들었어요. 말이라도 걸어볼까, 하고 다가가는데 소녀 뒤에 누가 따라 들어왔어요. 남자들이었어요. 한 명도 아니고 여러 명이었어요. 그중에 소녀랑 가장 친해 보이는 남자가 방으로 들어가자며 소녀에게 말했어요. 분명히 생김새는 초등학생인데, 행동은 다들 초등학생 같지 않았어요.

모두 방에 들어갔고, 저는 화장실에 갔어요. 거기서 남자아이를 만났어요. 소녀에게 방으로 들어가자고 했던 남자아이요. 제가 쭈뼛 거리니까 오줌 안 쌀 거면 꺼지라고 했어요. 제가 꺼지지 않고 있으니까 저한테 어느 학교 출신이라고 물어봤어요. 그러더니 자기도 이 동네 사람인데, 중학교 때 몸조심하라고 그러더라고요. 오늘은 졸업식이기도 하고, 자기 여친이랑 같이 와서 봐주는 거라면서요.

그 남학생이 여자 친구 이름을 불렀어요. 'D!'라고.

D의 남자 친구는 그렇게 제 얼굴에 침을 한 번 뱉고 방으로 갔어요.

전 사실 아빠한테 비밀이 없어요. 제가 오랫동안 D를 좋아했다는 것도 아빠가 알고 있었어요. 가슴속 나비 이야기도 했어요. 하지만 중국집에서 D를 만났다는 얘기는 하지 않았어요. 괜히 그렇게 말하면 아빠가 화를 낼 것 같았어요.

D의 남친은 일진인 것 같았어요. 얼굴이 뾰족했어요. 초승달처럼 날카롭게 생겼는데, 아주 무서워 보였어요. 제 얼굴에 침도 아주 많이 뱉었어요. 그것도 가래침. 물론 이런 얘기도 아빠에겐 하지 않았어요. 하지만 그 초승달 같은 녀석이 사라져버렸으면 좋겠다는 생각을 했어요. 초승달이 몰락해버렸으면 좋겠다고 기도했어요.

암튼, 전 화장실에서 깨끗하게 세수를 했어요. 침을 싹싹 잘 닦았어요. 이게 바로 비밀이지요. 아빠도, 제일 친한 친구도 모르는 비밀요. 제가 D를 만났다는 사실, D한테 초승달 닮은 남자 친구가 있다는 사실, D의 남친이 제게 침을 뱉었다는 사실. 그리고 그 달이 몰락했으면 좋겠다고 생각한 것.

그러고 보니 비밀이 꽤 되네요.

오○○(남, 13, 초6): 비밀 같은 거 없어요. 그냥 지금처럼 중학교에 가서도 지냈으면 좋겠어요. 사실 초등학교 다닐 때 왕따 당하는 애들도 많이 봤고, 약한 애들만 골라서 괴롭히는 '가짜' 일진들이랑도 좀 친하게 지냈거든요. 전 언제나 중간이에요. 정확히 중간. 여자 친구도 있긴 있었지만 다른 애들처럼 막 뽀뽀하고, 부모님 없을 때 집에 데려와서 이상한 짓 하고 그러진 않았어요. 어떤 애들은 모텔에서 여친을 만나기도 했어요. 하지만 전 그런 거 싫었어요. 적당히 중간만 하고 싶었어요.

대학 갈 때까지 이렇게 조용히 살고 싶어요. 때리지도 맞지도 않고 조용조용 살면 좋겠어요. 대학교 가면 뭔가 달라지겠지요. 일진들은 대학 못 갈 테니까 다시 만날 일도 없을 것 같고.

지금은 일진들이 시키면 시키는 대로 하면 돼요. 가끔은 시키기 전에 먼저 도와주기도 해요. 그러면 걔들이 엄청 좋아하니까 그렇게도 하고. 그럼 걔들도 절 따돌리지 않거든요. 그래서 애들이 찐따('집단 따돌림' 당하는 아이들)들 괴롭힐 때 망도 봐주고, 빵도 사다 줬어요. 걔네들끼리 술 마실 때, 술 사다 준 적도 많아요. 그럼 싫어하는 일진은 없어요. 누가 돈 준다는데 싫어하겠어요? 걔네들은 돈이라면 환장해요. 돈 주면, 가끔 저까지 일진에 끼워줘요. 특히, 요즘 유행하는 소시지 게임 캐릭터 키워서 갖다 주면 엄청 좋아해요.

저희 부모님은 늘 머리를 쓰고 살라고 하셨거든요. 죽는 거보다는 머리 써서 버티는 것이 좋잖아요.

제가 혼자 노력한다고 바뀌는 것은 없거든요.

5학년 때인가 어떤 찐따 한 명이 담임한테 일진들이 괴롭힌다고 다 일렀어요. 부모님들한테도 다 말하고, 부모들이 신문에 기사 내고, 교육청인가 어디에 말하고 난리가 났는데, 결국 일진들은 며칠 학교 못 오고, 반성문만 쓰고 끝이었어요. 일진들은 학교 안 가도 된다면서 더 좋아했고, 찐따는 소문냈다고 다른 애들한테 다구리(집단폭행) 당했어요. 결국 그 찐따는 전학 가고, 그런데 거기 가서 또 발리고(당하고). 어차피 일진들은 학교끼리 다 연결되어 있거든요.

친구들도 그렇고, 학교 선생님들도 그렇고, 잘 변하지 않는 것 같아요. 사람들이 변하는 걸 기대하면 안 돼요. 그래서 조용히 사는 게 최고인 것 같아요. 딱, 중간만 하면 돼요. 여자 친구도 티 안 나게 조용히 만나고.

그렇게 살다 보니 부모님께 속일 것도 없어요. 그냥 말 안 하는 거죠. 물어보면 말하겠지만. 어차피 아무것도 안 물어보니까 그냥 가만히 있는 거예요. 그게 비밀은 아니잖아요. 거짓말도 아니고. 부모님께 말한다고 바뀌는 것도 없거든요. 부모님들도 사람이니까 쉽게 안 변하거든요. 그냥 싸우면서 크는 거라고, 다들 친하게 지내라고 할 거예요.

magazine

교육 잡지『Mom마음』다양화된 교육 환경과 논술 사고력 증진법 소개

출판일보 | 기사 입력 0014년 7월 8일

중학교 교사들이 만든 교육 잡지『Mom마음』에서 갈수록 다양해지는 중학교 교육 현장에 대해 집중 논의했다. 더불어 요즘 교육의 화두인 논술 사고력 증진에 대한 이야기도 다뤘다.

동성애 부부를 법적으로 허용함에 따라 우리나라 교육 현실도 많이 달라졌다. 부모라는 개념보다는 부부父父, 모모母母라는 개념이 생겨야 할 정도로 동성애 부부가 많다. 이러한 시대에 교육을 맡고 있는 중학교 선생님들의 다양한 의견이 잡지에 실려 있다.

특히,「이성애자 교사가 이해하기 힘든 동성애자 부모」라는 에세이는 그동안 동성애자들의 인권이라는 이유로 아무도 다루지 않았던 문제에 대해 이야기하고 있다. 부모나 교사, 그리고 아이들에게까지 조심스러운 부분인데, 이를 솔직하고 담담하게 표현했다. 특히,

교사들이 함부로 말하기 어려웠던 교육 현장의 고충을 잘 표현하고 있다. 일부에서는 고충은 이해하지만, 불만을 내뱉기보다는 대안을 마련하는 것이 건설적이라는 주장도 있다.

한편 논술 사고력 증진에 대해선 논술을 잘하기 위해선 국어에만 매달리기보다는 사회와 과학의 기본 개념을 통합해 정리해야 한다고 밝히고 있다. 대학이나 사회가 원하는 것이 통합형 논술이기 때문이라는 것. 두 개 이상의 중심축에 대한 기본적인 이해가 필요하며, 이를 바탕으로 자기 논리를 세우는 것이 핵심이라고 한다.

배경지식을 말과 글로 잘 정리하기 위해서는 독서와 체험 등으로 지식을 많이 쌓는 것에 더해 그 지식을 말이나 글로 표현할 수 있어야 한다. 말과 글은 단기간 훈련으로 실력이 향상되는 것이 아니므로, 초등 저학년부터 발표하기, 일기 및 쓰기, 토론하기 등을 통해 훈련하는 것이 좋다.

매달 8일 발행되는 교육 잡지 『Mom마음』은 대형 서점에서는 절대 구할 수 없으며, 학교 앞 소형 서점과 동네 서점에서만 구입 가능하다. 동네 상권을 살리기 위한 교사들의 의견이 반영된 새로운 형태의 판매 전략이다.

music

'불나비스타일쏘세지글러브' 3집 앨범
다양한 장르로 강한 사회적 메시지 투척

음악과사회 | 기사 입력 0013년 8월 18일

지난 13~15일 서울 잠실 올림픽 주경기장에서 신곡 발표 콘서트를 가졌던 그룹 '불나비스타일쏘세지글러브'가 17일 독산동 리치칼튼 호텔에서 신곡 설명을 위한 기자회견을 가졌다.

타이틀곡 〈달의 몰락(부제: 내 얼굴에 침을 뱉지 마세요)〉를 비롯하여 총 8곡의 신곡이 들어 있는 이들의 3집 앨범은 택견 댄스에 적합한 랩 댄스곡이 대부분이었던 1집, 적당히 무거운 사운드를 보여줬던 2집과는 달리 헤비메탈 풍의 곡(이른바 '세미메탈')이 많아진 것이 특징이다. 특히 이번 음반을 위해 멤버들 모두 베네룩스 삼국에 방문해 벨기에 음악과 불어 공부를 한 것으로 알려졌지만, 음반에는 벨기에 음악이 도드라지지는 않았다.

그룹 리더인 태히는 타이틀곡인 〈달의 몰락〉의 가사를 예로 들며,

음악에 대한 설명을 붙였다.

"그녀가 좋아하던 저 달이 그녀가 사랑하던 저 달이 지네. 달이 몰락하고 있네."

이 노래는 환경문제를 다룬 곡인데, 노래 속 화자는 지구이며, 지구가 환경을 보호하지 못하면 사랑하는 달까지 잃게 될지도 모른다는 현실을 지적하고 있다고 했다. 하지만 일부에서는 태히가 휴식 기간 동안 삼각관계에 빠져 사랑하는 사람을 잃었다는 소문이 퍼지면서 노래 속의 '달'이 태히의 애인을 빼앗아 간 남자 아니냐는 소문이 돌고 있다. 그 남자가 몰락하기를 바라는 마음을 노래로 표현한 것이라는 주장이다. 일부에서는 태히가 시내의 유명 차이니스 레스토랑에서 한 남자와 여자 때문에 말다툼을 하는 것을 목격했다고 증언하기도 했다.

한편 이번 앨범에는 청결함을 너무 강조하는 현대사회에 대한 비판〈발 냄새를 꿈꾸며〉, 학교 교실에서 미생물처럼 살아가야 하는 우리 학생들의 마음을 담은〈교실 플라나리아〉 등도 인기를 끌고 있다. 특히〈교실 플라나리아〉에서는 학교교육에 대해 '포장 센터'나 '남의 대가리를 짓밟고 올라서도록'과 같은 과격한 표현을 사용해서 사회와 교육을 비판하고 있다.

이에 대해 멤버인 양굴은 "전통적으로 볼 때, 록 음악에 가장 적합한 가사는 사회성이 들어간 내용인데, 우리 음악에도 궁극적으로 록 정신이 깃들어 있다. 그리고 현시점에서 가장 중요한 문제는 환경, 교육 문제라는 생각이 들어 이런 것을 다뤄봤다."고 밝혔다.

데뷔 당시 독특한 택견 댄스로 인기를 끌었던 이들은 이번 앨범을 발표하면서 나비의 움직임처럼 굴곡이 많은 '파이어 버터플라이 댄스'를 선보일 예정이다. 안무를 맡고 있는 이주노동은 필리핀 나비 서식지에서 곤충들의 움직임을 보고 춤을 만들었다고 한다.

한편, 신곡 발표 콘서트는 아기자기한 구성과 조명, 풍부한 사운드, 태히의 특별한 패션 스타일로 큰 관심을 끌었다. 이번 콘서트에서 태히는 1집의 단발머리, 2집의 '태히 비니'에 이어 귀를 완전히 덮는 거대한 귀마개를 하고 나와 팬들을 열광시켰다. 이미, '태히 대형 귀마개'는 불나비스타일쏘세지글러브의 연관 검색어로 올라왔고, 인터넷 등에서 큰 인기를 얻고 있다.

education

요즘 중학생들 "공부? 왜 해요?"

에듀앤비즈 | 기사 입력 0014년 6월 28일

중2 이상기(15, 서울 구로구) 군은 공부에 큰 욕심이 없다. 학교 수업 때는 책상에 엎드려 자거나 교과서에 낙서하기 일쑤다. 먹을 것을 좋아하는 이 군은 조용히 무언가를 먹기도 한다. 대신 절대 떠들지는 않는다. 남에게 피해는 주지 않아야 한다는 것이 이 군의 철칙이다. 일주일에 세 번 가는 학원에서도 매번 맨 뒷자리에 앉아 몰래 만화책을 읽거나 뭔가를 먹는다. 먹는 것을 좋아해서인지 이 군은 비만 체형이다. 고도비만에 가깝다. 이 군이 책상 앞에 하루 1시간 이상 앉아 있는 일은 1년에 딱 네 번뿐이다. 중간, 기말 고사가 코앞에 닥쳤을 때. 그래서 내신 성적은 반에서 18등 안팎이다. 그래도 이 군은 자신의 성적에 만족하고 있다. 주변 반응도 다르지 않다. '고교 때 이 정도 성적만 유지하면 대학 진학은 문제없다.'고 믿고 있다. 이 군의 부모는 하루 종일 시장에서 일하기 때문에 아들의 학업까지 챙길 수 없다. 하지만 늘 이 군에게 열심히 공부하라고 조언한다. 하지만 이 군은 부모의 걱정을 지나치다고 생각한다. '고등학교 가서 열심히 하면 되지. 중학교 때부터 힘을 뺄 이유가 전혀 없잖아. 대학이야 못 가겠어?' 마치 무언가 믿는 구석이 있는 것 같다. 하지만 과연 그럴까?

요즘 중학생들의 사전엔 '공부 열정'이란 없다. 예전과 달리 중하위권 학생들도 성적에 별다른 스트레스를 받지 않는다. 낮은 점수를 자랑스러워하지는 않지만 딱히 부끄러워하지도 않는다. 얼마 전까지 '중학교 성적은 개한테도 말해줄 수 있다.'라는 말이 있었는데 요즘은 '중학교 때는 개보다만 잘하면 된다.'는 말이 유행이라고 한다. 그만큼 아무런 의미가 없다는 뜻이다. 중·하위권 학생들이 성적 때문에 비관하는 일은 적다. 교우 관계로 비관하거나 힘들어하는 학생들은 늘었지만, 성적 비관은 더 이상 중학생들의 고민거리가 아니다. 성적이 나쁘면 약간의 아쉬움만 있을 뿐이다. 그러니 자연히 성적 관리나 위기의식 같은 단어는 그들과 무관한 얘기다. 최근 들어 '자기주도학습'이나 '대안 학습'의 붐으로 학원을 그만두고 집에서 무의미하게 시간을 허비하는 학생들도 적잖다. 아예 학교를 안 다니는 학생들도 매년 8퍼센트씩 증가하고 있는 추세다. 기본적인 학습의 의욕이 있어야 자기주도학습이 가능하다는 상식 없이 유행만 따라가는 부모들도 적지 않다. 홈 스쿨링 여건이 되지도 않는데, 서양 사례를 들어가며 아이들에게 등교 거부를 요구하는 부모들도 있다. 중학생의 48퍼센트만이 방과 후 학원에 다니거나 과외를 한다고 한다. 중학생들이 '위험하게 방목'되고 있다.

공부 열정이 예전 같지 않은 것은 최상위권 중학생도 마찬가지이다. 물론 중·하위권 학생들과 비할 바는 아니지만, 공부 잘하는 중학생들은 일찍부터 '집중과 선택'이라는 슬로건 아래 학습한다. 중간고사, 기말고사 때만 빼고는 국어, 영어, 수학 위주로 집중적으로 공부한다. 중1 때부터 고3 때 선택해야 할 과목 위주로 공부하는 상위권 학생들도 많다. 특수목적고 및 자율형사립고 입시에 학교 내신이 차지하는 비중이 크게 늘기는 했지만, 전반적으로 공부를 하지 않는 현상으로 인해 상위권 학생들이 원하는 내신을 얻는 데 예전보다 어려움이 없어졌기 때문이다. 결국 고등학교에서 집중적으로 공부할 필요가 있는 국영수 중심으로 기초를 탄탄하게 하고 나머지 과목들은 필요한 것들만 골라 선택적으로 학습하는 것이다.

그렇다면, 요즘 중학생들은 왜 공부 열정을 잃었을까? 도대체 그 이유가 무엇일까?

입시 및 교육 전문가들은 중학생에게 '코앞의 목표'가 없기 때문이라고 한다. 가장 큰 문제는 뚜렷한 단기 목표로 삼을 만한 '무언가'가 없다는 점이다. 중학생들에게 대입은 길게는 6년이나 혹은 그 이상 남은 먼 훗날의 얘기이다. 한마디로 남 얘기다. 이런 이유로 대부분 중학생들이 '공부는 고등학교에 들어가서 시작해도 충분하다.'고 안이하게 생각한다. 중학생들에게 단기적인 목표는 학업 의지에 지대한 영향을 미친다. 중학교 시절에는 자신이 스스로 장기적인 목표를 세우고 공부하는 습관이 아직 형성되지 않은 탓에 이들에겐 코앞에 닥친 시험만이 공부를 지속시키는 '원동력'으로 작용할 수 있다. 여러 개의 단기 목표를 갱신하면서 장기 목표를 수립해야 하는데 그

것이 원천적으로 불가능한 것이다. 그래서 단기적 목표의 부재는 중학생들의 '열공의지'의 상실과 깊은 연관이 있다. 일부 교육 전문가들은 "특목고 및 자율고 입시에 자기주도학습 전형이 도입된 것, 고교별 선발 시험이 폐지된 것 등이 중학생들의 공부 의지가 하향 평준화된 원인 중 하나"라고 주장한다. 일선에서는 자기주도학습 전형에 아주 회의적인 반응을 보이기도 한다. 대한민국 대학생들조차 하지 못하는 자기주도학습을 중학생들에게 바란다는 사실 자체가 난센스라는 교사들이 많다. 불과 2, 3년 전까지 최상위권 중학생들은 중학 3년 내내 오로지 공부에 '올인(다 걸기)'해야 했다. 어려운 고교별 선발 시험에서 좋은 성적을 받기 위해서였다. 그들에게는 그것만이 살 길이었기 때문이다. 뿐만 아니라, 합격 가능성을 높이기 위해 토플, 토익, 텝스 등 영어 시험에도 집중했으며 올림피아드 등 각종 전국 규모 교외 대회에 수시로 도전했다. 그 당시는 오히려 과열이 문제이긴 했지만 중학생들의 공부에 대한 열정은 전체적인 학습 분위기에 긍정적인 영향을 미친 게 사실이다. 즉, 최상위권 학생들이 공부 열정의 페이스메이커 역할을 했던 것이다. 하지만 최근엔 최상위권 중학생들조차 중간, 기말 고사 때만 바짝 집중해 공부한다. 그것도 전보다는 열심히 하지 않아도 되는 상황이다. 또 교외 대회에 무리하게 도전할 이유도 사라졌다. 즉, 중학생들에겐 당장 '닥공', '열공' 해야 할 단기적이고 현실적인 목표가 없는 셈이다. 어차피 고등학교에 가면, 죽도록 해야 할 것을 미리 할 필요 없다는 것이 학생들의 일반적인 생각이다. 신세대 부모들의 경우, 초등학교, 중학교 때 제대로 놀지 못하면, 대한민국 사회에서는 평생 놀 시간이 없다고 아이들에게 마냥 자유를 주기도 한다. 물론, 공부만이 능사는 아니라는 사실을 부인할 순 없다. 하지만 청소년들의 '공부 열정'의 하락은 국가 경쟁력과도 관련 있다는 주장도 간과할 순 없다.

서울 구로 지역 ㄱ중학교의 오○○ 교장은 "요즘엔 최상위권 학생들도 전략적으로 국어, 영어, 수학만 공부하는 경우가 많다."면서 "시험에 대한 학생들의 부담이 확연히 줄어든 것은 긍정적인 현상이지만 공부에 대한 '긴장감 저하'란 부작용이 나타나기도 한다."고 말했다. 뿐만 아니라, 이러한 현상은 수업 시간에도 그대로 반영되며, 학생들의 방과 후 생활에도 큰 영향을 미친다고 한다. 해야 될 것이 줄어든 학생들은 자연스럽게 하면 안 될 것들에 관심을 갖게 되었고, 이것이 탈선을 선동한다는 주장도 나오고 있다. 교내 폭력이나 집단 따돌림과 같은 문제도 목표 의식을 상실한 것과 연관이 있다는 연구자들도 많다. 결국, 할 일 없는 중학생들이 자연스럽게 일탈을 꿈꾸고 쉽게 범죄를 저지른다는 것이다. 할 일 없는 중학생들에게 제대로 된 할 일을 제공하지 못한 어른들의 잘못이 크다.

무엇보다도 대부분 중학생들이 공부에 '위기의식'을 느끼지 못하는 것이 가장 큰 문제이다. 일선 교사들의 의견에 의하면, 학생들이 위기의식을 느끼지 못하는 가장 큰 이유는 자신의 객관적인 학업 수준을 체감할 기회가 없기 때문이라고 한다. 즉, 자신의 수준을 알지 못한다는 것이 문제가 되고 있다. 그저 막연하게 잘하고들 있다고 믿고 있다는 말이다. 현재 중학생들은 학업의 '주제 파악'을 하지 못하고 있는 실정이다. 대부분 학생과 학부모는 오로지 내신 점수만으로 "이 정도면 '인 서울(in Seoul) 대학'엔 무리 없이 진학할 거야."라고 안이하게 생각한다.

하지만 현실은 결코 녹록하지 않다.

작년 대학 입시를 예로 들어보자. 서울대, 청와대, 고려대 신입생 선발 인원은 1만 888명. 이중 정시 모집 인원은 전체의 약 35.7퍼센트에 해당하는 3,888명뿐이다. 한편 전국의 특목고(외고, 국제고, 과학고, 문학고, 천재학교, 영재학교, 수재학교 등) 및 전국 단위 자율고 한 학년 정원은 약 1만 8,888명. 특목고 및 자율고 학생들의 학업 성취 수준이 일반적으로 일반계고보다 높다고 가정했을 때, 일반계고 전교 1등 학생이라도 소위 SKC(서울대, 고려대, 청와대)에 합격을 장담할 수 없는 게 현실이다. 일반계고에서 웬만큼 해서는 서울 시내 대학 진학도 어렵다는 얘기다. 그야말로 학생들의 주제 파악이 시급하다.

학교 수업 때는 책상에 엎드려 자거나 교과서에 낙서나 하고, 수업 중에 몰래 먹을 것을 먹어선 힘들다는 얘기다. 떠들지 않는다고 대학에 진학할 수 있는 것은 아니다. 일주일에 세 번 가는 학원에서 미친 듯이 열심히 해도 될지 안 될지 모르는 마당에 매번 맨 뒷자리에 앉아 몰래 만화책을 읽거나 군것질을 해선 수도권 대학은 고사하고, 4년제 대학에도 절대(!) 진학할 수 없다.

이런 이유로 일부 학부모들은 "중학교 때부터 전국 단위 시험을 볼 기회가 주어져야 한다."고 주장한다. 중학생 자녀가 고교 진학 후 처음으로 현실의 벽에 부딪히면서 좌절하거나 아예 공부를 포기하는 상황을 예방하기 위해서다. 정확한 자신의 위치를 알고 단계적으로 성적을 향상시키기 위해 전국 단위의 시험은 필수적이라는 주장도 많다.

고2와 중2인 두 딸을 둔 어머니 오○○(41, 서울 구로구) 씨는 지난해 학기 초 큰 충격을 받았다. 큰딸이 고교 진학 후 처음으로 치른 첫 번째 전국 단위 모의고사에서 매우 낮은 성적을 받은 것이다. 평소 큰딸이 공부를 썩 잘하는 편은 아니었지만, 중간 이상은 유지할 거라 굳게 믿었던 터라 충격은 더했다. 오 씨는 "뒤늦게 부랴부랴 공부를 시작했지만 중학교 시절 기본기를 탄탄하게 쌓지 못한 탓에 하위권에서 맴돌다가 한계를 느끼고 지금은 거의 자포자기 상태에 이르렀다. 중학교 다닐 때는 우리 애가 공부를 꽤 잘한다고 믿었다."고 푸념했다. 오 씨는 "중학교뿐만 아니라 초등학교 때부터 자녀의 객관적인 실력을 파악하고 이를 관리할 수 있는 기회가 있으면 좋겠다."고 말했다. 오 씨는 이제 큰딸은 성적에 맞춰 적당한 대학에 진학시킬 생각이라고 한다. 하지만 적당한(!) 대학에서 오 씨의 딸을 받아줄지는 의문이다.

그리고 중학생인 작은딸의 진로에 대해 신중히 재검토 중이다. 오 씨는 작은딸에 대해 이렇게 말한다.

"작은딸 D는 큰애랑 달리 어릴 때부터 예쁘다는 소리도 많이 들었고, 노래하는 것도 좋아하고 해서 그 끼를 살려야 하지 않을까 싶어요. 연예계 쪽이 어떨까, 생각 중이에요. 모델 하기에는 키가 조금 작은 것 같아서. 아무래도 가수 쪽을 고민 중입니다. 요즘은 연예인이 기업인들보다 돈도 많이 벌고, 시집도 잘 가잖아요. 유명한 연예인이 되면 좋은 대학에 들어가기도 쉬울 텐데."

middle school life

코 없는 중학생 집단 '왕따'
그러나 학교선 '쉬쉬'

학교생활주보 | 기사 입력 0014년 10월 18일

    안면 장애 및 콤플렉스가 있는 중학생이 동급생들에게 집단 괴롭힘을 당했는데도 학교 측이 부모에게 제때 알리지 않아 말썽을 빚고 있다. 선천적으로 코가 없이 태어난 Y군은 수업 시간 외의 시간에는 마스크를 쓰고 있을 정도로 안면 콤플렉스가 심한 학생이었다. 콤플렉스 때문에 등·하교 시에는 늘 야구 모자를 눌러쓰고 다녔다고 한다.

    지난 8일 서울 구로구 ㄱ중학교에 따르면, 이 학교 2학년 Y군은 1학년 때부터 휴대전화 문자메시지로 지속적인 괴롭힘을 당해왔다고 한다. 급우들이 Y군에게 '바보', '멍청이', '병신', '찌질이', '찐따', '삐꾸', '계두鷄頭' 등 욕설에 가까운 내용으로 꽉 찬 문자메시지를 매일 수백 차례 이상 보냈다고 한다. 그리고 지난 (2학년) 1학기부터 괴롭힘의 정도가 심해져 쉬는 시간과 점심시간에 수시로 급우들에게 집단 폭행을 당했다. 그때부터 아이들은 Y군을 '수시고사'라고 불렀다고 한다. '수시로 고통스럽게 할 것. 죽($死$)을 때까지 괴롭힐 것'이라는 뜻이라고 한다.

한 학생이 못 움직이게 붙잡으면 다른 학생이 배를 때리고, 목을 팔로 조르는 등의 괴롭힘을 가했으며 언어폭력도 잦았던 것으로 알려졌다. 비교적 가벼운 욕설에 그쳤던 문자메시지도 입에 담을 수 없는 거칠고 노골적인 욕으로 바뀌었다.

뿐만 아니라, 학생들은 Y군의 마스크를 벗겨 면봉 등으로 Y군의 콧구멍을 쑤시거나 화장실에 가는 Y군에게 일명 '똥침'이라고 불리는 장난도 지나치게 자주 했다고 한다. 이로 인해 Y군은 항문이 파열된 적도 있다고 한다. Y가 화장실에서 볼일을 보고 있을 때, 갑자기 문을 여는 일도 잦았다. 심지어 Y군의 귀를 혀로 핥고 깨무는 학생도 있었다고 한다. Y군이 다른 학생들보다 성기가 크다는 소문이 돌면서, 쉬는 시간에 바지를 벗기고 성기의 크기를 직접 확인한 뒤, 휴대전화 카메라로 찍는 엽기적인 행각도 벌였다. Y군이 짝사랑하는 여학생에게 쓴 연애편지가 학교 방송을 통해 공개된 적도 있었다고 한다.

초등학교 때부터 외모에 콤플렉스가 있었던 Y군은 수시로 반복되는 괴롭힘에도 불구하고, 교내 독서왕을 차지하고, 크고 작은 글짓기 대회에서 수상하기도 했다고 한다. 장차 국문학과에 진학하여 문학 관련 종사자가 되고 싶다고 했다. 뿐만 아니라, 평소에 야구 등 규칙적인 운동을 한 덕분에 체육 시간에도 두각을 나타내 교내 던지기 신기록 보유자이기도 하다.

하지만 담임교사는 모범생인 Y군에 대한 집단 괴롭힘을 알고도 정작 부모에게 알리지 않는 등 미온적으로 대처해 괴롭힘을 방치했다는 지적을 받고 있다. 교사는 지난 1학기에 이미 Y군에 대한 급우들의 괴롭힘을 파악했으며 지난달 28일에는 Y군이 친구들에게 놀림을 당하는 것을 직접 목격하고 가해 학생들의 부모에게만 이 사실을 알렸을 뿐 Y군의 부모에게는 알리지 않았다. 이 교사는 "혼자서 잘 지도해보려다가 Y군 부모에게 알려야 하는 사실을 간과했다. 생각이 짧았다. (교사의) 재량을 너무 크게 생각한 것 같다. 죄송하다."며 "Y군 아버지의 요구 등을 고려해 가해 학생 3명을 불러 징계할 방침"이라고 말했다.

사건은 거기서 끝나지 않았다.

Y군의 아버지가 동성애자라는 사실이 밝혀지면서 일부에서는 담임교사가 Y의 아버지가 동성애자라는 이유로 집단 괴롭힘을 알리지 않은 것 같다는 주장이 나오고 있다. 실제로 담임교사는 재작년에 유사한 사건이 벌어졌을 때는 즉시 가해자와 피해자 부모에게 통보한 사실이 있다. 또한, 담임교사는 작년에 교육 관련 M 잡지에 「이성애자 교사가 이해하기 힘든 동성애자 부모」라는 제목의 에세이를 싣고 동성애자 부모와의 커뮤니케이션이 쉽지 않다고 밝혀 문제를 일으킨 바 있다.

한편, Y의 부父가 유명한 북 칼럼니스트 겸 소설가로 알려져 그 파장이 더욱 커질 것으로 예상된다. 아직 그는 자식의 문제에 대해 별다른 성명을 내지는 않았다. 학교에서는 Y의 아버지가 동성애자인 사실이 집단 괴롭힘과 관계가 있는지 자체적으로 조사 중이다.

현재 해당 담임교사는 에세이를 통해 교육 잡지에 밝힌 것은 지극히 개인적인 내용이며, 자신의 교육철학과는 무관하다고 주장하고 있다. Y군을 괴롭힌 학생들의 학부형들은 학교 측에서 빨리 조치를 취하지 않아 자신의 자식들이 역으로 불이익을 당하고 있다고 주장한다. 학교 측은 가해 학생들의 징계 수위와 해당 교사의 징계 여부를 아직 결정하지 못한 상황이다.

피해자인 Y군과 가해 학생들은 전과 다름없이 학교에 다니고 있다.

music
___

돌아오는 '불나비스타일쏘세지글러브' 또다시 성공할까?

롤링스톤헤즈 | 기사 입력 0014년 11월 8일
___

태희의 반란이 과연 또 성공할 것인가?

11월 11일 oddTV 특집 프로 〈컴백헐! 불나비스타일쏘세지글러브〉에서 복귀 선언을 할 그룹 '불나비스타일쏘세지글러브'에 가요계뿐만 아니라, 전 문화계의 관심이 고조되면서 나오는 말이다.

특히 이들의 새 앨범은 내용을 관계자 이외에는 철저히 비밀에 부친 채 외부 유출을 경계하고 있으며, 이를 위해 이들은 음반 작업을 컴퓨터가 아닌 아날로그 방식으로 했다고 전해져 충격이다. 이들은 음반 제작 기간 동안 방송 출연은 물론이고, 홍보 위주의 활동, 광고 모델 등을 전혀 하지 않았다. 심지어 개인적인 생활까지 철저히 비밀리에 했다. 인터넷에서도 그들에 대한 기사를 볼 수 없었다. 하지만 새 앨범 발매 시점이 다가오자, 인터넷을 중심으로 주변 지인들의 입을 빌려 꿰맞춘 모자이크식 분석이 계속 나오고 있다.

그룹 불나비스타일쏘세지글러브는 매번 새 음반을 발표할 때마다 파격적인 시도로 가요계에 충격을 안긴 바 있다. 데뷔 초에는 '그것도 노래냐?', '노래 부르면서 웬 탈춤?', '택견용 가요를 부르고 있다.'라는 평가를 들을 정도로 색다른 음악을 선보였고, 2집, 3집을 통해 다양한 외국 음악을 한국 정서에 맞게 재가공해서 큰 인기를 누렸다.

특히 지난해 8월에 발표한 세 번째 앨범에서는 환경문제, 교육 문제 등을 다뤄 팬들은 물론이고, 평론가들까지 놀라게 했다.

모두 8곡을 담은 이번 4집은 '사회에 대한 반항과 반항의 개인사'라는 두 마리 토끼를 잡겠다는 전략이다. 새 앨범에 대해서 '노래를 이렇게 만들 수도 있구나'라는 일부 관계자의 평이 흘러나올 정도이다. 불나비스타일쏘세지글러브의 가요계 컴백으로 다시 한 번 문화예술 분야의 지각 변동이 일어날 전망이다.

타이틀곡 〈컴백헐Come Back HULL〉은 갱스터 랩인데, 흐느적거리듯 이어가는 리듬이 일품이라고 한다. 가출 청소년이 고생 끝에 금의환향했지만, 고향 집에는 아무도 없어 '헐'이라는 감탄사밖에 내뱉을 수 없었다는 가사 내용은 현대사회의 단절과 가족 와해를 정면으로 다루고 있다는 평가다.

일각에서는 불나비스타일쏘세지글러브의 이번 음반에 대해 메시지와 대중성의 확보 두 가지를 동시 잡으려는 의중이 잘 드러났다고 보고, 메시지가 너무 강했던 3집의 기대 이하의 대중적 성과에 대한 아쉬움(그럼에도 그들은 다른 뮤지션들은 범접할 수 없는 경지의 판매량을 기록한 바 있다)을 음악적으로 보완하고, 메시지를 약화하되 포기하지는 않는 전략을 썼다는 의견이다.

음악 평론가 오○○ 씨는 "그들이 복고 댄스로 돌아갈 것이라는 추측은 오래전부터 나왔다."며, "하지만 그들이 메시지를 포기하지 않을 것이라는 것도 모두들의 생각"이라고 말했다. 또한 이번 앨범에는 베네룩스 삼국 유학 시절 익힌 룩셈부르크 록비트가 담겨 있을 것이라고 예견했다.

특히, 히든 트랙인 〈챠우챠우〉는 한없이 반복되는 가사와 중독성 있는 멜로디로 타이틀곡을 압도할 것이라는 전망도 있다. 실제로 이 곡은 '너의 목소리가 들려'라는 가사만 수차례 반복된다. 항간에는 태히가 쉬는 동안 기르던 개가 사라져 정신적 충격에 환청을 들은 이야기를 담았다는 설이 돌고 있다. 하지만 그것보다 설득력 있는 주장은 태히가 짝사랑한 여인을 잊지 못하고, 그리움에 쓴 곡이라는 얘기다.

한편, 태히는 지난 9월 중순 미국에서 귀국, 이주노동은 필리핀에서 10월 초에 귀국, 양굴은 전라남도 보성군 벌교에서 상경 합류한 뒤 현재 안무 등을 맹연습 중이다. 하지만 어떤 식으로 무대 퍼포먼스가 나올지는 아직 아무도 모른다. 이달 말에 비공개로 뮤직비디오를 촬영하고, 12월 연말 시즌부터 본격적으로 활동을 할 예정이다. 이미 12월 한 달간 18회 TV 출연 등의 일정이 잡혀 있다고 한다. 음악만큼 관심거리인 태히의 새로운 패션은 현재까지 정확히 알려진 바는 없으나, 일부에서는 귀를 가릴 수 있는 초대형 나비 헤드폰을 액세서리로 쓸 것이라는 소문이 있다.

이들은 내년 3~4월까지 활동을 하고, 발틱 삼국으로 떠나 음악 수업과 더불어 휴식을 취할 예정이다.

teenager crime

타락의 종합 선물 세트!
노래는 부르지 않는 여기가 노래방?

범죄동향신문 | 기사 입력 0014년 5월 29일

올해로 대한민국에 노래방이 생긴 지 꼭 28년째다.

노래방은 한국인의 회식과 놀이 문화를 송두리째 바꿔놓았다. 술자리 2차나 3차에서 노래방을 가자고 외치는 것은 어느 모임에서나 일반화된 현상이다. 중고생들끼리도 노래방을 가는 것이 전혀 어색하지 않다. 노래방을 즐겨 찾는 초등학생들도 많다. 전국에 3만 8,888개의 노래방이 성업 중이고, 전국적으로 매일 180만 명 이상이 마이크를 잡는다고 하니 그야말로 대한민국은 노래방 천국이다.

노래방에서 노래만 부른다면, 노래방이 문제가 될 리가 없다. 하지만 모든 노래방이 본연의 책무(!)에만 성실한 것은 아니다. 밀실이라는 특성, 청소년이 자유롭게 출입할 수 있는 점, 시간당 가격이 저렴하다는 이유 등으로 '노래 부르기' 이외의 목적으로 악용되고 있어 문제이다.

특히, 청소년들의 범죄 온상으로 이용되고 있어 문제가 더 심각하다.

노래방이 청소년 폭력의 진원지가 되고 있다.

서울 남부경찰서는 28일, 동네에서 자기가 싫어하는 팀의 야구 모자(피해 학생은 삼선 라이거즈의 모자를 쓰고 있었다)를 쓰고 다닌다는 이유로 남자 후배를 노래방과 운동장으로 끌고 다니며 집단 폭행한 오○○(18) 양을 공동 상해 혐의로 구속했다. 또 오 양의 범행을 적극 도운 8명도 같은 혐의로 불구속 입건했다. 경찰에 따르면 오 양 등은 지난 18일 오후 8시께 서울 금천구 가산동의 한 노래방에서 중학생 Y(15)군을 주먹과 발로 수백 차례 때린 뒤 이날 오후 10시께까지 끌고 다니며 100여 차례가 넘도록 폭력을 휘두른 혐의를 받고 있다. 경찰 조사 결과 오 양 등은 노래방에서 Y군을 때리면서 손에 피가 묻자 '더럽다'며 마이크와 리모컨 등을 Y군의 머리에 집어 던졌다. Y군의 가방을 뒤져 교과서와 편지 한 통 이외는 아무것도 발견되지 않자, 격분하여 학교 운동장으로 Y군을 끌고 가 축구 골대 그물로 꽁꽁 묶은 뒤 폭행한 것으로 드러났다. 또 이들에게 구타를 당한 Y군이 넘어지자 오 양 등은 얼굴을 발로 밟는 잔인성을 보였다. 유일한 여성이자 주동자인 오 양은 평소에도 단골 노래방에서 또래들에게 상습적으로 폭력을 휘두른 것으로 조사됐다. 특히 오 양은 Y군을 폭행한 뒤 바지까지 벗겼는데, Y군의 성기가 징그럽게 크다는 이유로 더욱 심하게 폭행했다고 진술했다. 현재 오 양과 범행 가담 청소년들은 폭행뿐만 아니라 성폭력의 여부에 대해서도 조사를 받고 있다.

오 양은 노래방에는 마이크, 노래책, 리모컨, 탬버린, 음료수 캔, 소파 등 폭력에 이용할 수 있는 물건이 많고, 다른 사람들이 노래를 부르는 동안 때리면 밖에서 알 수 없어서 폭력의 장소로 자주 이용했다고 진술했다. 피해자인 Y군은 자신에게는 일상적인 일이라 달리 할 말이 없다고 했다.

서울 구로 지역 학교 폭력 피해자들을 조사한 결과 48.8퍼센트가 노래방에서 집단 따돌림이나, 집단 괴롭힘을 당한 적이 있다고 했다. 그중 18퍼센트가 노래방에서 성폭행 또는 성희롱을 당했다고 주장했다.

폭력보다 더 공공연하게 행해지는 노래방 범죄는 청소년 성매매이다.

소위 청소년 '키스 알바'들의 일터가 바로 노래방이다. 청소년 회원이 다수인 사이트에 접속하면 어렵지 않게 '키스 알바'의 유혹을 받을 수 있다. '키스 하실래요?', '내 입술 가지실 분 있나요?' 같은 직설적인 내용의 쪽지부터 '초콜릿 좋아하세요?', '달달한 거 드실래요?', '쭈쭈바 세일 판매', '빨아드립니다. 빨래 말고 다른 거요.' 등과 같은 은유적인 제목의 쪽지까지 가지각색의 대화 요청이 쇄도한다. 어린 키스 알바들은 이렇게 남성 고객(?)들에게 접근한다. 그리고 인터넷 사이트에서 직접 채팅을 하거나, 쪽지를 통해 상대의 전화번호를 알아낸 다음 휴대전화 SMS로 고객과 약속을 잡는다. 그들의 거래는 주로 노래방에서 이뤄진다. 노래방에서 만나 직간접적인 신체 접촉을 가진 뒤 돈을 받는다. 보통 5분, 10분, 1시간으로 시간을 나눠, 요금을 달리한다. 1시간이 상대적으로 저렴하기 때문에 고객들은 주로 1시간을 이용한다. 노래방비는 남자 측에서 무조건 내야 하고, 신체 접촉 시간에 상관없이 무조건 1시간 비용을 지불한다. 시작은 키스로 하지만 이후 다른 신체 부위 접촉은 물론 성매매까지 이어지기도 한다. 이는 물론 전부 노래방에서 행해진다.

청소년들이 노래방을 선호하는 이유는 단속을 피하기 쉽고, 가격이 저렴하기 때문이다. 그래서 일부 '키스 알바'는 아예 노래방에 상주하며, 손님을 끈다. 최근에는 월세로 방 한두 개를 장기 임대하는 경우까지 있다고 한다.

최근 노래방 알바를 시작했다고 밝힌 D(15) 양은 "솔직히 키스 알바 같은 건 절대 안 하고, 노래 도우미만 하고 있다. 평소에는 혼자 노래 연습하고 사람들 오면 노래 불러주고 돈 받는다. 하지만 키스 알바나 섹스 알바 하는 친구들도 많다. 그렇다고 친구들을 이상하게 생각하지는 않는다. 그냥 생각이 조금 다른 것 아닐까."라고 말한다.

찾는 남성들 역시 저렴하고 어린 학생들이 많다는 이유로 선호한다. 최근 들어 노래방 도우미 겸 키스 알바를 하는 청소년들도 늘고 있다. 같이 노래방에서 놀고, 키스 알바, 성매매까지 하는 이른바 '원스톱' 서비스가 성행이다.

지난 4월 개정된 청소년보호법에 의하면 '대가를 제공하고 청소년의 신체를 접촉하거나, 신체를 노출시키는 등의 성적 수치심을 일으킬 수 있는 비접촉 행위도 청소년 성매매 범위에 포함된다.'고 명시되어 있음에도 불구하고 노래방에서 행해지는 '키스 알바'의 경우 적발된 사례가 없어 대책 마련이 어려운 실정이다. 대부분 인터넷상에서 귓속말이나 쪽지 등으로 은밀히 약속을 정해서 만나거나 온라인 게임 등을 통해 접선하기 때문에 사전에 예방하거나 현장에서 적발하기도 쉽지 않다. 뿐만 아니라, 노래방에서 적발된다고 해도 범죄 사실을 입증하기가 쉽지 않다. 일행이라고 말하면 단속 근거가 없기 때문이다.

국가청소년위기관리위원회 관계자 오○○ 주임은 "청소년성매매와 관련하여 티켓 다방, 스포츠 마사지, 유흥 및 단란 주점, 속칭 '텐프로', '쩜오', '텐카페', '세미', '퍼블릭', '풀살롱', '룸빠', '비키니빠', '짝집', '대딸방' 등으로 분류되는 사건은 비일비재하지만 노래방 '키스 알바'로 적시되어 넘어온 사항은 아직까지는 없었다."고 현 실태를 전했다.

폭력, 성매매 말고도 최근에 신종 청소년 범죄가 노래방에서 적발되어 당국이 단속을 강화하고 있다. 이른바 청소년 약물복용이 노래방에서 이뤄지고 있다. 최근 중학생 이상기 군이 노래방에서 공예용 니스를 흡입해 사회적 문제를 일으킨 적이 있다. 이렇듯 청소년들이 노래방에서 복용하는 약물은 주로 흡입제, 속칭 본드이다. 글루^{Glue}, 에어로졸^{Aerosol} 등은 비교적 손쉽게 구할 수 있고, 쉽게 도취 상태에 빠지게 된다. 또한 가격도 무척 저렴하다. 이와 같은 화학물질을 밀폐된 곳에서 몽환적인 음악과 함께 흡입하면 그 효과가 배가된다고 한다. 특히 일부는 영상이 비정상적으로 보일 정도로 환각성이 강해진다고 한다.

수십 년 전에 다리 밑이나 폐가 등에서 행해졌던 '본드 흡입'이 이제 노래방으로 장소를 옮겼다. 노래방은 밀폐된 공간이고, 담배나 주류, 음료수 등의 여러 가지 냄새들이 뒤섞여 있어 흡입제를 복용해도 잘 드러나지 않으며, 업소 주인이 발견한다고 해도 별다른 제재를 가할 수 없다는 것을 청소년들이 악용하고 있는 것이다. 또한 노래방의 조명이나 밀폐된 분위기, 음악 역시 환각 효과를 더 강하게 하는 역할을 한다는 것도 간과할 수 없다. 하지만 본드나 니스의 경우, 환각 시간이 매우 짧아 연속 흡입을 하게 된다. 물론, 환각제의 연속 흡입은 육체적, 정신적으로 치명적일 수 있다.

이처럼 여흥의 공간, 오락의 장소인 노래방이 청소년들에게 타락의 온상이 되고 있다.

서울특별시교육청 구로강서특수교육지원센터에서는 청소년 보호를 위해 재작년부터 노래방의 CCTV를 의무화해야 한다고 주장하고 있으나 전국노래방협의회(전노협)에서는 매출 악화를 우려해 결사적으로 반대하고 있다. 전노협은 '노래방은 대한민국의 대표적인 건전 여흥의 공간인데, 극히 일부에서 발생한 불미스러운 사건들 때문에 범죄 온상으로 매도하는 것은 문제가 있다. 노래방이 생겨난 원래 취지를 잊지 말아달라.'고 성명을 낸 바 있다.

baseball

"늘 야구공을 쥐고 다녔어요!"
동성애자 야구 팀서 고교생이 '노히트노런' 기록

포탈베이스볼 | 기사 입력 0015년 5월 28일

대세는 야구다. 프로야구 인수는 800만(올해 추정 예상치)에 육박한다. 사회인 야구 인구만도 180만에 가깝다. 이제 야구는 보고 즐기는 스포츠로 자리 잡았다. 국민 스포츠라는 말이 어울린다.

최근 사회인 야구인들 사이에서는 '왕따'와 편견을 극복하고 노히트노런을 달성한 고교생 Y군이 단연 화제이다.

"사회인 야구에서 노히트노런 했다고 말하면 당연히 아무도 믿지 않아요. 말도 안 되는 소리 하지 말라고 하죠. 소설 쓰냐고 하시는 분들도 있고, 거짓말쟁이라고 생각하시는 분들도 많아요. 어떤 분들은 사기꾼이라고도 하시더라고요. 하지만 상관없어요."

사회인 야구단 둥근 버디스(Buddies, 우리나라 최초이자 유일한 동성애자들이 주축 멤버인 야구단) 투수 Y(16, 서울 구일고)군은 이달 8일 평생 잊지 못할 대형사고(?)를 쳤다. 마운드에서 '노히트노런(무안타 무실점 승리 경기)'을 달성한 것이다. 버디스는 몇 년 전에 창단했지만 지난해 가을부터 본격적으로 사회인 야구 리그에 출전했다. 이날 Y군의 눈부신 투구에 힘입어 창단 후 첫 승까지 거뒀다. 첫 승이 노히트노런이 된 것이다.

팀의 최연소 선수인 Y군은 이날 4사구를 8개나 내줬지만 뛰어난 위기관리 능력을 뽐내며 대기록을 완성했다. 앞선 8경기(리그 공식 경기 기준)서 8연패했던 팀은 이날 Y군의 '노히트노런'을 위해 수비에선 평소 이상으로 몸을 날렸고, 공격에선 매섭게 방망이를 휘둘렀다.

4회 2사 후 포볼, 그 후로 1루수와 3루수의 잇단 실책으로 만루가 됐다. 그러나 다음 타자를 풀카운트 접전 끝에 삼진으로 돌려세우며 최대 위기를 벗어난 Y군. 결국 5회 마지막 타자를 투수 땅볼로 처리하며 5이닝 노히트노런을 완성했다. 최근 8경기째 침묵을 이어왔던 팀 타선도 일찌감치 폭발해 18점을 얻은 덕분에 콜드 게임이 선언되면서 대기록이 앞당겨졌다. 선수들은 8경기에서 낸 점수보다 한 경기에서 낸 점수가 더 많았다면서 멋쩍게 웃었다.

한 이닝에 3, 4점은 쉽게 나오는 사회인 야구에서 노히트노런은 사실상 거의 불가능한 기록으로 여겨지고 있다. 실제로 노히트노런의 기록을 찾아보기 힘들 정도이다.

경기가 끝난 뒤 팀 동료들의 축하 세례가 쏟아졌지만 Y군은 막내답게 '제가 잘한 건 없고, 형들이 오늘 날아다닌 덕'이라며 겸손하게 선배들에게 공을 돌렸다.

아이러니하게도 Y군은 원래 이날 선발 출전이 아니었다. 몸 상태도 좋지 않았다. 몸살 기운에 힘도 없어 선수 구성만 된다면 빠지고 싶은 심정이었다고 한다. 그나마 처음에는 1루수로 출전할 예정이었는데, 예정된 투수가 어깨가 아파 도저히 못 던지겠다고 선발 포기 의사를 밝혔다. 그 자리를 덜(!) 아프고 가장 어린(!) Y군이 대신했다. 어쩔 수 없이 마운드에 오른 Y군은 욕심을 완전히 버렸다. 그리고 무념무상 투구를 했다.

"시즌 세 번째 경기에서 처음 선발로 등판했는데, 그때 마운드에서 눈물이 날 정도로 혼쭐이 났어요. 던지는 공마다 안타를 맞으니 자괴감마저 들었어요. 볼을 던져도 안타를 맞더라고요. 그보다 더 싫었던 것은 상대 팀 선수들의 눈빛이었어요. 우리가 너희도 못 이기겠냐? 어떤 선수는 앞에서 이런 '호모 새끼들'이라고까지 했어요. 우리가 너희 같은 것들이랑 싸워야 하나? 그런 눈빛들도 많았어요. 동성애자들을 향한 일종의 편견 같은 것이 느껴졌어요. 우리는 다 같은 사람이라고 생각하는데 그러지 않는 사람들도 많아요. 처음에 우리 팀의 이름은 그냥 버디스였어요. 그런데 제가 단장님께 말해, '둥근'을 붙이자고 했어요. 버디스라고만 하면, 그냥 우리들끼리 해보자는 것 같잖아요. 둥근 세상이니 같이 살아보자, 같이 운동하자는 의미로 '둥근'을 앞에 붙여달라고 했어요. 다행히 제 말이 먹혔어요."

둥근 버디스 거의 10년 전에 창단했지만(0007년 2월 26일 '버디스'라는 이름으로 시작), 올해 처음으로 사회인 야구 리그에 참가했다. 선수 수급의 어려움도 있었지만, 그것보다는 기존 팀들의 보이지 않는 적개심 때문이었다.

대기록이 있던 날, Y군은 투구에 대한 욕심을 버렸다. 상대 팀의 눈빛도 애써 외면했다. 하지만 승리에 대한 오기까지 버리진 않았다. 형들을 믿고 그냥(!) 던지기로 했다. 실점을 8점 안으로 막으면 이길 수 있다 생각하고 마운드에 올랐다. 그동안 안 터졌던 타선이 터질 때가 되었다고 믿었기 때문이다. 힘을 빼고 던진 투구가 오히려 더 위력적이었다. 칠 테면 쳐봐라, 하는 심정으로 던졌다. Y군은 버틸 수 없으면 내려놓아야 한다는 생각으로 부담감을 내려놓고 즐기려고 노력했다. 한 경기 정도 더 져도 괜찮다는 선배들의 농담이 오히려 약이 되었다. 그리고 Y군의 예상대로 그동안 답답했던 변비 타선이 초반부터 터지기 시작했다. 선배들은 Y군의 바람대로 투수의 어깨를 가볍게 해줬다. 그리고 대승과 더불어 대기록까지 얻게 되었다. Y군은 "우리 타선이 완전 설사 타선 같았다."며 웃었다.

Y군은 초등학교 때부터 아빠의 파트너(법적으로는 엄마가 아니지만, 아빠와 법적으로는 혼인 관계에 있는 남성)를 따라 야구장을 찾았다. 아빠의 파트너를 Y군은 '아마(남자지만 엄마의 역할을 한다는 의미라고 한다)'라고 부르는데, 두 사람의 사이는 여느 부모 자식 간보다 각별해 보였다. Y군은 친모와의 관계도 좋은데, 그가 삼성 라이거즈를 응원하는 이유가 바로 친모의 고향이 대구이기 때문이라고 했다. Y군의 엄마는 경북과 대구를 지역 기반으로 활동하고 있는 유명 화가이다.

학교에서 힘든 일이 있을 때마다 야구 생각을 했다는 Y군. 실제로 Y군은 부모가 동성애자라는 이유로, 얼굴이 이상하게 생겼다는 이유로 이곳저곳에서 집단 따돌림을 심하게 당했다고 한다.

Y군의 '아마'는 선천적으로 코가 없이 태어나 항상 집에서 독서만을 즐겼던 Y군을 위해 운동이 필요하다고 생각해 함께 야구장에 가게 되었다고 말한다. 초등학교, 중학교, 현재 고등학교에서도 Y군은 크고 작게 꾸준히 집단 따돌림을 경험했고, 그때마다 야구를 통해 스트레스를 풀었다고 밝혔다. 지금은 웃으며 말하지만 울어도 부족할 만큼 가혹한 일들이 많았다고 털어놓는다.

"늘 야구공을 쥐고 다녔어요! 학교 밖에서는 야구 모자도 항상 쓰고 다녔고요."

Y군은 힘들 때마다 야구공을 꽉 움켜쥐며 버텼다고 했다.

공을 주고받는 야구야말로 소통의 운동이라고 생각하며 동성애자들이 모여 '소통의 운동'을 하는 것은 사회적으로도 큰 의미가 있을 것 같다는 어른스러운 의견도 내놓았다.

Y군은 둥근 버디스의 '매덕스'로 불리는데, 이는 90년대 애틀랜타 브레이브스에서 맹활약했던 그렉 매덕스를 연상시킬 정도로 뛰어난 제구력을 지니고 있기 때문이다. 실제로 Y군은 투수의 생명은 제구력이라 믿는다고 말했다. 초등학교 시절 정확히 제구가 되지 않아 친구를 크게 다치게 한 적이 있었는데, 그 뒤로 더욱 제구력에 신경 쓰게 되었다고 한다. 가장 친한 친구가 급우들에게 집단 폭행을 당하는 모습을 보고, 친구를 구해주려고 쥐고 있던 공을 던졌는데 그게 친구의 머리에 제대로 맞았던 경험이다. 친구는 기절했지만, 괴롭히던 아이들도 놀라 다 도망갔다고.

Y군은 초등학교 때는 아이들이 괴롭혀 제대로 점심 식사를 못 한

적이 한두 번이 아니었고, 중학교 때는 노래방, 운동장 등으로 끌려 다니며 집단 폭행을 당한 적도 있다고 했다. 고등학생이 된 지금도 괴롭힘이 완전히 사라진 것은 아니라고 한다. 자신의 외모 때문에 사람들이 자신을 싫어하고 자신의 부모님 때문에 사회에서 이상하게 보지만 결국, 이 모든 것이 자신에게서 시작된 것이기 때문에 그것을 극복해야 할 사람도 자신이라고 믿고 있다.

Y군은 2사 만루의 위기도 무실점으로 벗어날 수 있듯이 인생을 제대로 컨트롤할 수 있는 위기관리 능력만 있다면 어려움도 충분히 극복할 수 있다고 말한다. 그리고 자신은 친한 친구가 있기 때문에 절대 왕따는 아니라고 생각하고 있다. 단지 대다수가 좋아하지 않는 학생일 뿐이라고.

그는 시간 나는 대로 도서관이나 서점에 들러 책을 읽는다.

"운동이 '아마'의 영향이라면, 독서는 아빠의 영향이에요. 아빠가 글 쓰는 일을 하시거든요. 곧 아빠의 새 소설이 나올 거예요. 아빠도, 아마도 늘 편견과 싸우고 계시니 저도 그런 의지를 버릴 순 없을 것 같아요. 대학에 진학한다면, 저도 문학 공부를 하고 싶어요. 그리고 저의 유일한 친구도 함께 대학에 진학할 수 있도록 적극 도울 참이에요."라고 말하면서 Y군은 환하게 웃는다. 운동이 만병통치약은 아니겠지만 영양제 정도는 되는 것 같다며 끝까지 문학적인 비유를 하는 Y군.

꿈이 뭐냐는 질문에 Y군은 쑥스러운 듯 이렇게 대답했다.

"아주 오랫동안 좋아했던 여학생이 있어요. 그 여학생을 한번 제대로 만났으면 좋겠어요. 사귀지 않아도 좋아요. 인사라도 해보고 싶어요. 초등학교 졸업식 날 우연히 식당에서 만났었는데, 그때는 용기가 없어 아무 말도 못 건넸어요. 옆에 그 친구의 남자 친구도 있었고요. 그냥 한 번만 더 볼 수만 있으면 좋겠어요. 그러면 가서 말이라도 걸어보겠는데. 그런데 그게 왠지 노히트노런 한 번 더 하는 것보다 훨씬 힘들어 보이네요. 어제도 여학생의 목소리를 들었어요. 아무리 애를 쓰고 막아보려 해도 안 되네요."

그렇게 말하고 Y군은 야구공을 꽉 쥐었다. Y군의 눈빛 속에 어른스러움과 청소년다움이 동시에 비쳤다. 하지만 노히트노런을 달성했던 경기의 마지막 투구 때처럼 그는 꽤 진지했다. 선배들이 캐치볼을 하자는 말에 그는 다시 운동장으로 뛰어갔다.

criminal psychology

아동 성범죄 왜 자꾸 일어나나?

주간범죄와심리 | 기사 입력 0017년 9월 11일

남산 어린이 사건, 해진이와 이슬이 사건, 귀두순 사건을 비롯해 대전 대덕구 오 모 양 납치 살해 사건까지 불과 몇 년 사이에 경악을 금치 못할 아동 성범죄가 잇따라 사회를 혼란으로 몰아넣고 있다. 이들 사건의 범인들은 공통적으로 극악무도한 범행을 저지르고도 좀처럼 죄를 뉘우치지 않았고, 범행 도중에도 양심의 가책을 느끼지 않았다. 죄의식이 없는 자들이었다. 또 성적 욕구를 풀기 위해 방어 능력이 약한 아동을 표적으로 삼았다.

그렇다면 과연 이들 아동 성범죄자들이 갖는 공통적인 심리사회적 특성은 무엇일까?

아동 성범죄 전문가인 명지대 청소년아동특수범죄심리학과 오○○ 교수는 최근 수년간 잇따르고 있는 충격적인 아동 성범죄들은 범인들의 부정적인 성 가치관과 사회관, 사회 부적응 등에서 비롯됐다고 진단했다. 오 교수는 "성범죄의 원인에 대해 의학적으로는 유전적 기질까지 거론되며 갖가지 논란이 계속되고 있지만, 청소년아동특수범죄심리사회적인 측면으로 볼 때는 청소년 시기의 잘못된 성 가치관과 사회관 형성에서 원인을 찾을 수 있다."며 "아동 성범죄자들은 공통적으로 말이 없고 내성적인 성격에 친구가 없거나 적고, 사회성이 극히 결여됐으며 왜곡된 성 가치관을 갖고 있다."고 말했다.

오 교수는 대전 대덕구 오정동 이 모(당시 13세) 양 납치 살해 사건과 관련, 체포된 김길퇴(당시 33세)도 같은 부류에 속한다고 설명했다. 김길퇴는 청소년기에 자신의 엄마가 동성애자라는 사실에 정체성 혼란을 겪게 되면서 가족에 대한 소속감을 잃었고, 이후 정상적인 학교생활을 하지 못해 학교 집단에서도 이탈했다. 이로 인해 원만한 가족 관계와 친구 관계를 만들 수 없었다. 왕따는 아니었지만 스스로 주변과의 관계를 단절했다. 사회와 단절된 그의 심리사회적 특성이 빈집을 전전하며 성범죄를 저지르는 행태로 표출됐다는 것이다.

오 교수는 "귀두순과 해진, 이슬이 사건의 범인 정성기 등 대부분의 아동 성범죄자들은 정상적인 사회관계를 형성하지 못한 사회적 외톨이였다."며 "이들은 비정상적인 청소년기를 보내면서 왜곡된 대인관과 성 가치관이 형성됐고, 드러나든 드러나지 않든 대부분 아동 성범죄 전력을 가졌으며 성인이 돼서도 아동 성범죄를 계속해서 저지른다는 특성을 갖고 있다."고 밝혔다.

김길퇴의 왜곡된 대인관과 성 가치관도 젊은 시절 절도, 폭행, 성폭력 등의 범죄로 표출됐다. 특히 십 대 후반에서 이십 대에 이르기까지 교도소라는 폐쇄된 공간에서 오랜 시간을 보내며 사회성은 더욱 퇴화됐고, 성 가치관도 더욱 왜곡되면서 돌이킬 수 없는 무서운 범죄까지 저지르게 됐다는 게 오 교수의 설명이다. 김길퇴의 경우, 교도소에서 성적 학대를 받으면서 성적 가치관이 더욱 삐뚤어지게 되었다.

남산 어린이 사건의 경우, 남산에서 첫사랑과 비슷한 외모의 아동을 보고 즉흥적으로 범행을 저지른 것으로 알려졌다.

이와 관련, 오 교수는 아동 성범죄자들의 유형을 소아 기호증에 의한 범죄와 일반적인 범죄로 구분 지었다. 아프리카의 대표적인 성범죄 관리 우수국인 우간다의 경우, 아동 성범죄자의 대부분이 어린이에게 성적 흥분을 느끼는 소아 기호증 환자인 데 반해, 우리나라의 경우 성인을 상대로 성적 욕구를 풀지 못하고 되레 방어 능력이 약한 아동을 대상으로 삼는 성범죄자가 많다는 것이다. 소아 기호증은 아동만을 노리는 정신 질환으로 규정되는 반면, 성인과 아동 등 대상을 가리지 않는 성범죄의 경우 충동성이 강하고 욕망 절제력과 여성과 아동 등 약자에 대한 배려가 부족하며, 사회성이 결여된 남성이 의도적 또는 우발적으로 저지르는 범죄라고 오 교수는 덧붙였다. 결국, 죄질은 후자의 경우가 훨씬 나쁘다고 할 수 있다. 하지만 아동 성범죄를 단지 두 부류로만 나눌 순 없다.

이러한 범죄자들은 대부분 가정사적, 개인사적인 트라우마를 가지고 있다.

특히, 그들 중 일부는 소속집단 혹은 집착했던 개인에게 경험했던 심한 인격적 모독이 우발적 범죄의 직간접적인 원인이 되기도 한다. 자신이 집착했던 이성의 배신이나 믿고 있었던 집단의 배반이 복수

심을 키워 범죄 심리를 부추긴다는 설명이다.

우간다의 대표적인 연쇄 성범죄범 요웨이 지쿠나 며르그바그^{Yowei} $_{Jiikuna\ Meurggbak}$는 범행 자백 과정에서 못생긴 얼굴로 강한 콤플렉스를 느끼고 살다가 우연히 만난 한 여자를 짝사랑하게 되었는데, 18년 동안 그 여자를 혼자 사랑하고, 스토킹 하다가 결국, 스토킹에 지친 여자가 요웨이에게 "난 쥐새끼처럼 생긴 얼굴은 싫다."는 말을 했고, 그 순간 미치기 시작했다고 밝혔다.

그는 '쥐새끼'라는 말을 들은 뒤, 1년 동안 아프리카 전역을 돌며 180명의 남녀 아동을 성폭행했다. 우간다 정부는 그에게 물리적 거세형과 더불어 징역 180년 형을 선고했다.

아동 성범죄에 나타나는 공통된 특징은 같은 동네에 사는 상습 성범죄자의 범행이 대부분이라는 점이다. 해진이와 이슬이 사건, 남산 어린이 성폭행 사건, 귀두순 사건, 오 양 사건 등은 모두가 같은 맥락이다. 과거 성추행으로 범행을 시작한 범인들은 아동 납치, 나아가 범행 사실 은폐를 위해 살해, 유기 등의 대담한 범행도 서슴지 않았다.

이에 대해 오 교수는 "아동 성범죄자는 사회 혹은 자신이 믿고 있던 사람들로부터 인정을 받지 못하는 자신의 위상을 주변의 약한 사람(특히, 아동)에게 폭압적으로 해소하려는 경향을 띠고 있다."며 "청소년기에 아동 성범죄를 저지른 경우 성인이 돼서도 재범 확률이 높은데 범행이 잦아질수록 범죄 행각은 더욱 대담해지고 죄의식은 잃게 된다."고 밝혔다. 범죄도 할수록 는다는 이론이 바로 여기서 나온다. 그리고 이것이 아동 성범죄의 가장 큰 문제라고 지적했다.

'아동 성범죄 퇴치를 위해 도움을 주는 전문가들의 모임(이하 아성도전)'이 공개한 조사 자료에 따르면 재작년 발생한 아동 성범죄의 가해자 중 14~18세의 분포 비율이 18퍼센트로, 20~30세와 31~40세의 가해자 분포 비율이 각각 28퍼센트임을 감안할 때 상대적으로 매우 높은 수준이었다. 아성도전의 자료를 토대로 오 교수는 청소년기에 아동 성범죄를 저지른 사람들을 대상으로 교도소 등의 교정 기관을 비롯한 사회 전반적이고 체계적인 심리 치료 및 교화 시스템을 구축하는 것이 시급하다고 강조했다. 또한 화학적 거세 등의 보다 구체적이고 체계화된 해결책이 제시되어야 한다고 했다. 일부에서는 화학적 거세보다는 물리적인 거세가 더 상징적이며, 실질적인 효과를 거둘 수 있다는 주장도 내놓았다. 화학적 거세는 실질 비용이 많이 들어 범죄자를 위해 선량한 납세자들이 희생하는 셈이기 때문이라는 것이다.

　끝으로 오○○ 교수는 선진 대책으로 미국의 아동 성범죄 방지 시스템인 'MONICA'를 꼽았다. MONICA는 1988년 미국 텍사스 주의 모니카(당시 8세) 양의 성폭행 사건 이후 만들어진 성범죄 방지 시스템이다. 아동 성범죄자를 호기심형 비행자, 비사회화된 소아 성학대자, 집단형 범죄자, 정신병자 등 총 8가지로 세분해 체계적으로 관리하며 이에 걸맞은 심리 치료와 사회화 교육, 노동 치료 등도 병행하는 방법이다.

　한편, 법무부는 지난 8일, 우리나라는 아직 MONICA 시스템 도입은 시기상조라고 발표한 바 있다.

cutting

"두 손이 따로 놀아?" 외계인 손 증후군 환자 자신의 손목 스스로 절단

의학과범죄 | 기사 입력 0017년 10월 18일

왼손이 한 일을 오른손이 막는다면? 자신의 손을 마음대로 컨트롤할 수 없다면?

오른손으로 바지의 지퍼를 올리지만, 왼손이 자기 마음대로 지퍼를 내려버리는 기이한 현상을 경험한 적 있는가? 바로 외계인 손 증후군의 증상이다. 최근 이 병으로 유명세를 치른 오○○(대구, 18) 군의 엽기적인 행각이 화제다.

알려진 바대로, 외계인 손 증후군^{Alien Hand Syndrome}은 양손이 자신의 의지와는 상관없이 마음대로 움직이는 병을 일컫는다. 두 손이 따로 움직이는 이유는 서로 유기적으로 소통해야 할 좌뇌와 우뇌가 각각 따로 기능하기 때문이다.

외계인 손 증후군은 환자가 자신의 손이 자체의 마음을 가지고 있다고 느끼는 희귀한 질병이다. 환자들은 겉보기에는 멀쩡한 손이지만 그것을 본인의 의사로 통제하지는 못한다. 마치 손이 스스로 생각하는 것처럼 움직이며, 주인(?)의 말을 듣지 않는다.

지난 16일, 이 병을 지닌 오 군이 자신의 손을 스스로 절단해 많은 이를 놀라게 했다.

8살 때부터 외계인 손 증후군을 앓아온 오 군은 최근 자신의 의지와 상관없이 손이 움직이는 것에 격분, 스스로 오른손을 절단했다고 한다. 오 군이 이와 같은 결단을 하게 된 결정적인 계기는 얼마 전까지 만나던 여자 친구와의 일 때문이라고. 스킨십을 원하지 않았던 여자 친구와 함께 있을 때마다 자신의 의지와는 무관하게 오른손이 그녀의 몸을 더듬었고, 결국 이를 이유로 둘은 갈라서게 되었다고 한다. 오 군은 여자 친구에게 이해를 구했지만, 외계인 손 증후군이라는 병에 대한 이해가 부족해 결국 그를 떠났다고 한다.

오 군은 자신의 손을 절단하기 위해 단두대 형태의 장치를 스스로 만들어 이용했다. 현재 오 군은 대구 지역 병원에서 1차 수술을 하고, 심리 치료를 위해 서울 고대구로병원에서 회복 중이다. 오 군의 주치의는 다행히 출혈이 심하지 않았고, 수술도 잘 마무리되어서 지속적인 심리 치료만 잘 받는다면 좋아질 것이라고 전망했다.

하지만 오 군의 주치의는 손목 절단이 외계인 손 증후군을 완치하기 위한 방법이 될 수 없으며, 현재 해외 학계에서는 외계인 손 증후군 뿐만 아니라, 외계인 발 증후군, 외계인 귀 증후군, 외계인 성기 증후군까지 발표되고 있어 이에 대한 대책 마련이 시급하다고 전했다.

robbery

종이 한 장으로, 사이드미러만 보고……
다양한 차량 절도 수법 등장

월간절도와상해 | 기사 입력 0018년 7월 28일

'종이 한 장'으로 차량을 훔치고, 사이드미러만 보고 차량을 절도하는 신종 수법 범죄가 등장했다. 이와 같이 한순간의 방심을 틈타 순식간에 차를 훔치는 범죄에 대해 경찰이 각별한 주의를 당부하고 나섰다.

26일, 경찰청은 공식 홈페이지에 여름 휴가철을 맞아 기승을 부리는 차량 절도 예방을 위해 신종 차량 절도 수법 두 가지를 공개했다.

경찰은 '눈뜨고 코 베어 가는 세상, 차량 절도 신종 수법'이라며 '주차한 자동차 뒤 유리에 붙어 있는 종이를 요주의 하세요.'라고 공지했다.

주차된 자동차로 가서 문을 열고 시동을 건 다음 후진하려고 뒤를 돌아보면 뒷유리에 종이 한 장이 붙어 있는 경우가 있는데, 이때 시동을 건 채 뒤로 돌아가서 확인하면 절대 안 된다는 것. 운전자가 룸미러 뒤로 보이는 시야를 방해하는 종이를 떼려고 밖으로 나가는 순간 인근에 숨어 있던 절도범이 나타나 차를 몰고 그대로 달아날 수 있다는 것이다.

해당 글을 올린 서울 구로경찰서 오○○ 경장은 '(이 경우) 차 안에 차주의 소지품이 그대로 남아 있는 경우가 많다.'라며 '차를 탄 뒤 뒤 유리에 종잇조각이나 시야를 방해하는 무언가 붙어 있는 것을 발견하면, 절대 차에서 내리지 말고 태연히 운전해 일단 그 자리에서 벗어나는 것이 우선이다. 그리고 다른 곳에서 종이를 제거하라.'고 전했다. 오 경장은 "일순간의 방심으로 멀쩡한 대낮에 두 눈을 똑바로 뜨고도 값비싼 차량을 절도당하는 믿을 수 없는 사건이 여러분에게도 충분히 발생할 수 있다."고 말했다.

또 다른 신종 절도 수법은 문이 잠기지 않은 차를 골라 절도하는 것이다. 절도범들은 고급 차나 외제 차의 경우, 차 문을 잠그면 자동으로 사이드미러가 접힌다는 것을 알고, 사이드미러가 접히지 않은 차들만 골라 절도한다. 즉, 문이 잠기지 않은 차량 중에 사이드미러가 접혀 있지 않은 경우가 많다는 점을 알고 범행 대상으로 삼는 것이다.

현재, 이러한 차량 절도 행각은 구로구 아파트 단지를 중심으로 확산되고 있다. 일부 목격자들은 절도범이 대단한 거구이며, 교복으로 보이는 옷을 입고 출몰한다고 진술했다. 다른 목격자는 교복을 입은 두 학생이 조를 이루어 범행을 저지르는 것을 봤으며, 거구인 한 명은 차를 털고, 야구 모자를 쓴 다른 한 명은 망을 보는 것 같았다고 했다.

　경찰은 목격자들의 진술을 토대로 인근 고등학교 학생들을 중심으로 수사 중이며, 조만간 범인의 몽타주를 작성, 배포할 예정이다. 7월 한 달간 이 지역에서 도둑맞은 차량은 8대에 이른다.

literature

문학인가? 외설인가?
강모『난 카라멜마끼아또』출판사
책임 편집자 구속

주간소설소식 | 기사 입력 0018년 4월 8일

검찰이 지난 18일 소설가 강모(본명, 48) 씨의 신작『난 카라멜마끼아또』의 작품 내용을 문제 삼아 소설을 펴낸 도서출판 사몽의 윤진화(37) 책임 편집자를 전격 구속했다. 이로써 문학에서의 성 표현 한계와 이에 대한 법적 제재의 타당성 여부가 또다시 논란이 되고 있다. 검찰은 강 씨에 대해서도 사법 처리하겠다고 밝히고 행정 당국도 곧 도서출판 사몽에 대해 추가적인 제재 조치를 취할 움직임이어서 외설 파문은 문학·출판계 밖으로 더욱 거세질 전망이다.

검찰은 강 씨의 신작 소설『난 카라멜마끼아또』의 주인공 두 남녀가 커피숍에서 카라멜마끼아또를 주문한 뒤, 커피는 마시지 않고 공공장소에서 노골적인 성행위에만 집착하는 것을 상식 이하의 성도착적 행각이라고 보고 있다. 뿐만 아니라 특정 상표의 카라멜마끼아또가 등장함에 따라 간접광고를 노린 것이 아니냐는 지적도 따르고 있다. 공공장소에서 벌어지는 저질스러운 성행위를 구체적이고 노골적으로 묘사하고 있는 글은 예술 작품으로는 볼 수 없으며, 이는 명백한 상업주의에 입각한 외설이라는 입장이다. 특히 48년의 나이 차이(남자가 20세, 여자가 68세)를 가진 두 남녀의 성행위 묘사가 작품 전체의 8할 이상을 차지할 정도로 여과 없이 표현된 것은 포르노를 방불케 한다는 것이 검찰의 주장이다. 또한 '카라멜마끼아또'라는 말만 들어도 여자가 이유 없이 성적 흥분을 한다는 것, 결국 성행위에 집착하다가 사랑하는 사람이 떠나자 상대의 변을 받아먹기 위해 변기로 변한다는 설정은 문학적인 인과율과 거리가 멀다고 부연했다.

　그러나 사법 처리를 둘러싼 사회 각계의 반응은 크게 엇갈린다. 28개 전국시민사회단체모임인 '음란폭력성 조장매체 대책시민협의회(이하 음란조대, 대표 명박이)'는 사법 조치를 환영하는 분위기다. 커피라는 대중화된 기호 식품을 음란물을 포장하는 데 이용했다는 것도 지적할 사항이라고 했다. 이 작품을 읽은 대중이 커피를 마실 때마다 변태적 성행위를 떠오르게 한 것 역시 큰 죄라는 것이 명 대표의 주장이다. 앞으로는 성도덕적으로 완벽한 작품만 출판할 수 있도록 관련 법률을 개정할 필요가 있다고 그는 역설했다. 대한민국범기독교윤리실천위원회의 전세계복음운동실행정책실장 조융기 씨는 "강 씨의 소설은 검찰이 사법 처리할 만한 음란적인 내용을 충분히 담고 있다."며, "검찰이 강 씨의 소설에 대해 법적인 제재를 가한다면 그것은 문학작품에 대한 제재가 아니라 상품화된 저질 외설 도서에 대한 제재로 봐야 한다. 사법 조치는 선량한 국민들과 순결한 기독교인들을 위해 신속하게 이뤄지는 것이 옳다."고 말했다. 뿐만 아니라 성경 구절 "너는 여자와 교합함과 같이 남자와 교합하지 말라. 이는 가증한 일이니라.(레위기 18:22)"를 인용하며, 『난 카라멜마끼아또』의 저자인 강 씨가 동성연애자라는 사실을 강조했다. 더불어 대한민국 문단의 신앙적, 도덕적 정화가 필요한 시점이라고 주장했다. 이 단체의 일부 회원은 소설가 강 씨의 아들이 장애인인 것이 그의 성 정체성과 관련이 있다고 말해 물의를 빚고 있다. 이 단체의 몇몇 과격론자들이 강 씨의 집 앞에서 "아들이 코 없이 태어난 것은 아버지가 하나님의 뜻을 거역한 동성애자이기 때문에 받은 벌"이라고 말해 논란이 되고 있다.

문화계에서도 이 소설의 외설성에 대해 공감하는 목소리가 전혀 없는 것은 아니다. 그러나 문학작품을 검찰이 사법적으로 재단하는 것은 문제가 있다는 게 문화 예술인들의 한결같은 주장이다.

이번 사태가 이미 지난 세기에 일어난 마강수 교수의 『즐거운 사라』, 소설가 김정일의 『내가 거짓말을 왜 했을까?』 사건의 재판再版이 될 것을 우려하는 이들이 많다. 문학계에서는 작품에 대한 최종 판단은 독자들에게 맡겨야 한다고 강조하고 있다. 세기가 바뀌었는데, 표현의 자유는 제자리걸음 혹은 뒷걸음질이라는 주장도 만만치 않다.

특히 도서출판 사몽이 간행물윤리위원회의 심의 결과가 나오기 전 출간된 책을 자진 회수, 폐기하고, 윤진화 편집자가 직접 온·오프라인에 사과문을 올릴 정도로 성의를 보였는데도 출판인을 구속한 것은 납득하기 어렵다는 주장이다.

　오○○ 총명출판사 대표는 "청소년의 정서에 악영향을 끼치는 도서를 낸 출판사와 편집자도 책임이 있지만 법으로 창작물을 규제하는 것은 바람직하지 않다. 그리고 분명한 것은『난 카라멜마끼아또』의 경우는 청소년을 위한 문학이 아니기 때문에 그에 걸맞은 잣대를 대는 것이 중요하다."고 밝혔다. 8년 동안 꾸준히 외국 작품들을 국내에 소개해온 도서출판 유니콘의 석미경 대표는 "음란 DVD, 도색잡지, 만화 등의 외설물에 비하면 소설의 사회적 영향력은 미미하다. 특히 최근 범람하고 있는 음란 사이트나 동영상에 비하면, 강 씨의 소설은 유아적인 수준"이라고 말했다. 우선 처벌 대상은 문학판이 아니라 인터넷 공간이라는 주장이 설득력을 얻고 있다. "아르헨티나 작가 알리시아 스테임베르그의『아마티스타』와 미국 작가 아나이스 닌의『마틸드』가 미풍양속과 사회도덕에 저촉된다고 판정을 받으면서, 두 도서를 출간한 문학 전문 출판사 정호(대표 이무원)가 등록 취소되고, 출판 편집인이 구속되는 등 출판계에 대한 잇단 규제는 우리 문화의 후진성을 여실히 드러낸 것일 뿐"이라고 덧붙였다.

　문단 내에서도 문학작품에 대한 사법적 단죄에 대한 우려의 소리가 높다. 특히 중견 작가로서 드물게 광범위한 고정 독자층을 갖고 있고, 소설뿐만 아니라 시, 희곡, 시나리오, 서평, 번역, 동화, 동시, 시조, 하이쿠 등 다양한 분야에 재능을 보이고 있는 강 씨에 대한 사법처리는 문단의 창작 풍토를 크게 위축시킬 것이라고 문인들은 우려하고 있다. 더 나아가 인문학의 위기를 조장하는 행위가 될 수 있다고 경고하고 있다.

지난 8일 신세대 작가 8명과 함께 '강모를 지지하는 작가 열린 모임(이하 강지작열)' 성명을 발표한 강지작열의 대표, 가수 겸 작가 겸 진주 강씨 종친회장인 전직 야구선수 강병철 씨는 강모 작가를 적극적으로 옹호하고 있다. 그는 "예술 작품에 대한 모든 형태의 검열은 작가 및 독자의 상상력을 제한하며 궁극적으로 문화적 생산력을 억압하며 더 나아가 자생적 경제력까지 억압한다."며 "사법 처리에 앞서 문학계, 예술계 내부의 활발한 논의를 수렴하는 작업이 반드시 있어야 할 것."이라고 밝혔다. "만약 이러한 검열이 지속된다면, 강지작열은 물론이고, 가수협회, 진주 강씨 종친회, 은퇴프로야구선수협의회 등의 힘을 모아 투쟁할 것이며, 절대 불의를 좌시하지 않겠다."며 정부의 태도를 강하게 비판했다.

한편 구로1동 자택 아파트에 칩거 중인 강 씨는 최근 문학 계간지 『자음과묵음』과의 인터뷰에서 "작가란 내부에서, 즉 자신의 안에서 사유하는 사람이다. 표현의 자유를 법과 정부, 검찰 따위에 보장해달라 조르는 것은 모순이다. 표현의 자유를 '거지'처럼 구걸하지 않겠다."며 "검찰의 소환에 절대 쫄지 않을 것이며, 하고 싶은 말은 전부 쿨하게 뱉어내겠다."고 밝혔다.

highlight

코 없는 학생의 괴로운 학창 시절

텔레비전가이드 | 기사 입력 0045년 8월 9일

    oddTV 3부작 드라마 〈그깟 코 하나쯤 없어도 괜찮다〉 제2화＝코가 없는 Y(마지섭 분)에게 초등학교 생활이 평탄할 리 없다. 입학과 동시에 따돌림이 시작된다. 소위 '일진'들에게 Y는 '찐따'라고 불리며 아무 이유 없이 린치를 당한다. 얼굴에 사포질을 하기도 하고, 여자 깡패들은 성폭행까지 일삼는다. Y의 아빠가 동성애자임이 밝혀지면서 교사들도 Y의 편이 되어주지 않는다.

    하지만 가정에서 Y는 아빠와 아빠의 파트너(아마: 엄마 역할을 하는 남자라는 뜻으로 Y가 만들어낸 말, 현재 국립국어원에서 국어대사전 등재를 평가 중이다)에게 많은 사랑을 받는다. 그래서 Y는 더더욱 학교생활을 가족들에게 솔직히 말하지 못한다. Y에게 위안이 되는 것은 '이상기(원반 분)'라는 친구의 존재, 아마와 취미로 하는 야구, 글쓰기와 책 읽기뿐이다. Y의 유일한 친구, 상기 역시 뚱뚱하다는 이유로 일진들에게 늘 당했기 때문에 둘은 쉽게 소통한다.

중학교, 고등학교 시절에도 Y를 향한 사람들의 삐뚤어진 시선과 동급생들의 괴롭힘은 끊이질 않는다. 하지만 Y는 힘든 상황 속에서도 상기와의 우정을 키워가고 첫사랑 D에 대한 연정을 간직한다. 그리고 그녀에게 쓴 편지를 늘 가방에 넣고 다니면서 그녀를 만나면 줄 것을 상상한다. 학업도 소홀히 하지 않으며 고등학교 졸업 후 새로워질 대학 생활만을 상상하며 모든 외로움과 괴로움을 버텨낸다. 하지만 Y는 공부를 못하는 상기와 함께 대학을 가기 위해 특별한 입시 전략을 짠다. 그리고 이를 실행할 돈을 마련하기 위해 차량 절도까지 한다.

Y의 아빠, 강모는 북 칼럼니스트로 꽤 유명해지는 한편, 문학계에서도 주목받는 작가가 된다. 그리고 자신의 새로운 소설을 준비한다. 하지만 강모가 발표한 소설은 외설 시비에 휘말리고 사회적 논란까지 일으킨다. 강모의 작품에 대한 외설 논란이 일면서 Y 역시 우울한 나날을 보낸다. 하지만 강모는 주변의 혼란스러운 상황에 연연하지 않고, 외설 시비를 겸허하게 받아들인다.

대한민국 대표 미남 배우, 마지섭의 못난이 분장, 몸짱 배우 원반의 고도비만 분장도 드라마 속 볼거리.

사랑도 못한다면

entrance examination

주요 대학 신입생 정시 모집 경쟁률 하락, 낙성대 철학과 20 대 1 이례적

주간입시동정 | 기사 입력 0018년 12월 28일

28일 0019학년도 대학 신입생 정시 모집의 원서 접수를 마감한 결과 서울 주요 대학들의 경쟁률이 지난해보다 소폭 하락한 것으로 집계됐다.

이는 정시 모집 선발 인원의 대폭 감소와 쉬운 수능으로 인한 상위권 학생들의 변별력 약화로 수험생들이 대체로 하향 안정 지원한 것으로 분석됐다.

하지만 이변도 있었다. 28일 대학입시교육전문업체 삼투스청솔과 각 대학에 따르면 이날 원서 접수를 마감한 구로구립대는 8.08 대 1의 경쟁률을 기록했다. 구로구립대는 오○○ 구청장의 '3분의 1 값 등록금' 방침으로 관심이 크게 모아지면서 경쟁률이 대폭 높아질 것으로 예상됐지만 오히려 지난해(8.88 대 1)보다 경쟁률이 소폭 하락

했다.

보편적인 교육의 지향이라는 목표로 작년에 개교해 입시 돌풍을 일으킨 바 있는 평균대의 경우, 파군 일반 전형에서 6.08 대 1, 의학 계열을 선발한 하군은 6.18 대 1, 경영학부 20명을 모집한 타군은 13.88 대 1로 전체적으로 작년보다 다소 낮은 경쟁률을 보였다.

지난해보다 경쟁률이 오른 대학들도 일부 있었다.

낙성대는 9.88 대 1의 높은 경쟁률로 지난해 6.08 대 1보다 크게 상승했다.

특히, 철학과의 경우, 20.8 대 1로 작년 2.2 대 1보다 10배가량 상승하는 이변을 낳았다.

27일까지 원서 접수를 마감한 서울대, 고려대, 청와대 등 이른바 SKC 서울 명문 대학들의 정시 일반 전형 평균 경쟁률은 4.88 대 1로 지난해의 4.88 대 1과 같았다. 지방 국립대 중에는 국립문경대학교가 유일하게 8 대 1의 경쟁률을 기록하며, 전년보다 상승했다.

삼투스청솔의 입시전략평가분석연구소는 "전반적으로 정시 모집 인원 감소에 따라 예상대로 하향 안정 지원하는 경향이 뚜렷하게 나타났다."며 "자연계 의예과 등 일부 모집 단위는 소신 지원 경향이 강하게 나타나 경쟁률이 높은 편이었다."고 분석했다. "하지만 낙성대 철학과의 높은 경쟁률과 구로구립대의 저조한 경쟁률은 연구소에서도 전혀 예상하지 못한 것"이라고 발표했다.

이번 정시 모집에서는 188개 대학이 전체 정원의 37.9퍼센트인

18만 8,000여 명을 선발한다. 대학별 전형은 다음 달 2일부터 2월 3일까지 카, 타, 파, 하 군별(총 4개 군)로 진행된다.

party for the freshmen

주색에서 환각까지 '막장' 신입생 환영회

투데이유니버시티 | 기사 입력 0019년 3월 9일

매년 3월이면 대학들의 '막장' 신입생 환영회가 화제가 된다. 해가 거듭할수록 그 작태가 가관이다. 이미 해프닝으로 치부할 수준은 넘어선 것 같다. 과음(폭음)은 예사이고, 성적인 게임은 이미 통과의례가 되어버렸다. 올해는 성기 노출이나 환각제 흡입 등 지성과는 거리가 먼, 충격적인 사건들까지 벌어졌다.

가장 먼저 문제를 일으킨 대학은 최고의 명문 사립대로 손꼽히는 서울의 청와대淸窪大이다.

청와대(이하 청대)는 이성 간, 동성 간 학생들이 서로 부둥켜안고 성행위를 연상시키는 모습을 연출하는 등 불온하고 선정적인 신입생 환영회로 네티즌들의 뭇매를 맞고 있다. 총학생회 등 관계자들이 사과문을 올리며 발 빠르게 진화에 나섰지만 오히려 반감을 불러일으키며 논란만 한층 가중되고 있다.

지난 28일 포털사이트 다음(www.daom.net)의 앙고라 게시판에는 '대학교 OT, 오리엔테이션이 아니라, 오(O) 마이 테(T)러다!'라는 글과 함께 남자 학생 둘이 엉켜 있는 사진이 공개됐다. 글을 올린 네티즌은 사진 속 학생들이 청대의 국어국문학과 신입생들이며, 선배들이 이들에게 성적 수치심을 안겨주는 게임을 강요했다고 주장했다.

게시판에 공개된 사진에는 남학생 둘이 막대 과자를 먹다가 서로 혀가 닿는 장면, 두 여학생이 서로 가슴을 맞대고 골프공을 나르는 게임을 하는데 뭔가 힘겨워하는 장면 등이 담겨 있었다.

특히 문제가 되었던 사진은 한 신입생의 성기가 노출된 장면이었다. 게임의 벌칙으로 선배가 신입생의 바지를 벗기는 과정에서 속옷까지 벗겨져 성기가 그대로 노출된 것이다. 문제는 성기 부분은 모자이크 처리가 되었는데, 해당 신입생의 얼굴은 그대로 공개되었다는 점이다.

이 게시물이 인터넷과 휴대전화 등을 통해 삽시간에 퍼지면서 많은 사람들의 공분을 샀다. 해당 사이트의 게시판도 거의 마비 상태이다. '완전 저질 포르노 수준의 행동', '아직도 저따위 신입생 환영회를 한다는 것이 믿기지 않는다.', '대학에서는 건전한 신입생 환영회를 외치고 있는데, 학생들이 그 수준을 따라가지 못하고 있다.'고 거세게 비판했다. 하지만 일부에서는 비아냥조의 의견도 많았다. '보여줄 거면 남녀가 비비는 걸 보여줘야지.', '저 신입생 성기 봐라! 모자이크로 가려지지도 않을 정도로 크다. 대물이야, 대물! 그러니 당당하게 얼굴까지 공개한 거 아니야?', '야, 저런 얼굴 공개하지 마라! 토 나온다. 왝! 뭐 저 따위로 생겼냐?'

당시 참여했던 학생들도 인터넷 게시판을 통해 "미치도록 하기 싫었지만 선배들의 강압 때문에 정말 어쩔 수 없이 했다. 또 분위기를 망치는 사람이 되기 싫어 즐거운 척했다."고 고백하는 등 수준 이하의 신입생 환영회에 대해 스스로 비난하기도 했다.

논란이 커지자 이 대학의 총학생회는 지난 8일 오후 8시, 교내 게시판을 통해 "신입생들이 느꼈을 성적 수치심과 학생회에 대한 실망감에 대해 크게 통감하고 깊이 반성한다."며 "학생회 행사에서 이런 문제가 다시는 발생하지 않도록 소통하고 고민하겠다."고 밝혔다. 그리고 "이번 사건으로 본의 아니게 가장 큰 피해를 입게 된 국어국문학과 신입생 Y군에게는 고개 숙여 거듭 사과한다."고 덧붙였다.

학생회는 "전통이라는 착각 속에 여러 해 동안 대부분의 학생들이 선정적이고 자극적이라고 느낄 만한 게임들을 개념 없이 답습한 것은 사실"이라며 "학생회는 물론이고 재학생들도 스스로 이런 문제들을 바꾸기 위해 여러 방면으로 노력했지만 완전히 해결되지 못했다. 전적으로 학생회의 자질 부족이 만들어낸 문제이지, 신입생들과 학교 측은 잘못이 없다."고 털어놓았다. 그러면서도 "학생회 측과 최소한의 인터뷰나 취재도 하지 않은 채 단순히 자극적이고 작위적인 보도를 하고 있는 여러 언론사의 누런 저널리즘에 구역질이 난다."며 "일부 황색 언론과 저질 누리꾼들로 인해 해당 학과 및 학생회장이 사생활 공격을 받고 있다. 심지어 신상까지 밝혀지고 있다."고 강도 높게 불만을 털어놓았다.

같은 날 자신을 청대 국어국문학과 전前 학생회장이라고 밝힌 한 네티즌도 학교 비공식 커뮤니티 사이트와 개인 SNS를 통해 사과의 글을 올렸다. "신입생 여러분들이 했던 게임들은 모두 제가 학생회장을 했던 당시 고민하고 제안하고 기획했으며 실행했던 게임들"이라며 "전에는 반응도 좋고, 이런 문제도 없었는데 시간이 지나 사람들의 생각이 변한 것 같기도 하다. 어쩌면 성기 노출 때문에 더욱 거부반응이 생겼을지도 모르겠다. 하지만 결국 모든 잘못은 저에게 있으니 현現 학생회장과 임원진 및 후배들은 너무 자책하거나 힘들어하지 말길 바란다."고 말했다. 그는 "누가 그랬는가(제보했는가)를 찾는 일을 그만해주시길 바란다. 제보자를 찾는 일은 중요한 것이 아니다. 제보를 통해 더 발전적인 자세를 취하는 것이 우선이라고 믿는다. 이제 일상으로 돌아가 진정하고, 공부할 시간"이라고 했다.

청대 국문학과 현 학생회장 오○○ 씨도 같은 날 사과문을 올리고 "신입생 환영회를 총괄하는 과정에서 이러한 사항들을 고려하지 못한 100퍼센트 제 잘못"이라며 "수치심을 느낀 학우들에게 정말로 머리 숙여 사과드린다."고 말했다. 그는 "이 일의 시작이 누구인지 찾는 것은 의미 없는 일"이라고 말하고, "이런 일 때문에 학교나 학부, 학과의 다른 행사를 포기하거나 맡은 바 직무를 끝까지 책임지지 않는 비겁한 행동은 절대 하지 않을 것"이라고 공표했다.

사건 관계자들이 연이어 사과에 나섰지만 주변 반응은 영 싸늘하기만 하다. 네티즌들은 물론, 같은 학교 학생들까지도 "진정성이 없는 거짓 사과"라며 반발하고 있다. 해당 대학 커뮤니티 사이트에는 '죄송하다는 진심보다는 어떻게 해서든 조용히 대충 넘어가고 싶은 마음이 더 보이는 듯', '자신들의 잘못을 말하면서 언론 얘기까지 하는 것은 자신들의 잘못을 사회 전체의 문제로 얼렁뚱땅 떠넘기려는 빤히 보이는 정치인 수법'이라는 의견 등 비판적인 댓글이 줄을 이었다. 몇몇 학생들은 대자보를 통해 '애초에 저런 전통이 있다는 것 자체가 문제이고 망신', '사과는 입이 아닌 마음으로 하는 것!'이라 비판했다.

이번 사태에 가장 직접적인 피해자인 성기 노출의 주인공 Y군은 "청와대에 입학한 이유는 『우리들의 찌그러진 영웅』의 저자인 이물열 선생님께 배우고 싶어서였다. 어릴 때부터 선생님의 작품을 읽었고 특히 학원 폭력에 대한 『우리들의 찌그러진 영웅』에 큰 감명을 받았었다. 그래서 그것(학교 폭력)에 대해 고민도 많이 했고, 그것을 문학적으로 표현하고 싶었는데, 대학에 와서까지 이른바 '학원 폭력'을 겪게 될 거라고는 상상도 못 했다. 그러나 이 선생님께 제대로 배울 수만 있다면 성기가 노출되어도 심지어 절단되어도 상관없다는 생각은 여전하다. 이 역시 인생을 배우는 과정이라고 생각한다. 만약 사회적으로 물의가 계속된다면 일단 자원입대를 통해 사회를 잠시 떠날 생각"이라고 말해 듣는 이들을 놀라게 했다.

청와대는 공식 홈페이지를 통해 '본교에서 발생한 불미스러운 사건은 재발하지 않을 것이며 도덕적으로 더 성숙한 대학과 대학인이 되도록 모두 노력할 것'이라고 성명을 냈다. 그러나 내년부터 신입생 환영회를 학교 차원에서 폐지할 생각이 없냐는 질문에는 '아직 그럴 계획은 없다.'고 짧게 대답했다.

청대의 사과문이 발표된 8일, 인근 낙성대학교樂成大學校(이하 낙대)에서는 신입생 환영회에 참석한 대학생이 술을 마시고 잠을 자다 숨진 채 발견됐다.

이 대학 철학과 1학년 오○○(19) 군이 쓰러져 숨져 있는 것을 친구들이 발견해 경찰에 신고했다. 오 군의 친구들은 "친구가 며칠째 수업에 오지 않아 기숙사에 가봤더니 침대에 누워 있었고, 아무리 흔들어도 깨어나지 않았다. 이미 숨져 있었다."고 말했다. 오 군은 4일 전 오후 8시경부터 같은 대학 교수 4명, 신입생 18명이 참석한 가운데 열린 신입생 환영 행사를 마치고 기숙사로 돌아와 같은 학과 동기 8명과 함께 자정부터 익일 아침 8시까지 소주, 맥주, 양주, 막걸리, 코냑, 와인, 보드카, 데킬라 등을 섞어 마신 것으로 알려졌다.

같은 방을 쓰고 있던 같은 대학 같은 학과의 이상기(20) 군은 오○○ 군의 사망 사실을 4일간 몰랐다고 진술했다. 그러나 진술 과정에서 제대로 말을 하지 못하고 눈에 초점도 잃은 상태여서 추가 조사 중이다. 특히 침대에서 발견된 검은 비닐 봉투와 대량의 공예용 니스, 접착제 등으로 볼 때, 이 군이 환각제를 흡입한 것으로 추정하고 있다. 이 군은 신입생 환영회 후, 오 군과 함께 돌아와 환각제를 흡입한 것으로 알려졌다. 이 군은 "어차피 대학은 친구 덕에 들어온 것이고, 친구에게는 미안하지만 머리에 든 것이 없어 난 졸업하기는 글렀다. 12년을 왕따로 살았는데, 대학이라고 달라지는 것이 있겠느냐? 난 여기서도 여전히 '왕따'"라면서 경찰에게 '마음대로 하라'고 배짱을 부리고 있다.

이에 경찰은 일단 친구들이 강압적으로 오 군과 이 군에게 술을 먹였는지와 지도 교수의 학생 지도 소홀 여부 등을 조사하고 있다. 경찰은 오 군을 검시한 의료진이 급성 심근경색으로 추정된다고 판단함에 따라 오 군이 과음으로 숨졌을 가능성이 높은 것으로 보고 정확한 사인을 조사하고 있다.

이 군의 경우, 소변검사를 통해 환각제 흡입 여부를 판단할 예정이며 흡입으로 판정될 경우 학교 차원의 처벌은 물론이고 사법 처리도 받게 된다.

irrationality

학구열 높은 한·중·일에서 동시에 터진 충격적 입시 부정

대입데일리 | 기사 입력 0019년 6월 18일

한국, 중국, 일본, 동아시아 3국은 '입시 가열'로 세계 1~3위를 차지하는 나라이다. 긍정적인 관점으로 보자면 학구열이 높은 나라라고 할 수 있지만, 그만큼 대학의 간판이 인생을 크게 좌우하는 나라이기도 한 것이다. 이들 나라에서 '명문대 입학을 위해선 불법을 저지르는 것 빼고는 다 한다.'는 말이 이상하게 들리지 않는 이유도 이 때문이다. 이들 동아시아 3국의 국민들은 1~2년 '죽도록' 고생해서 40~50년 편안하게 살 수 있다고 믿고 있다.

그래서 전 세계에서 입시 부정에 가장 민감한 나라도 3국이다. 다른 사람들의 부정이 자신의 행복을 앗아 간다고 생각하기 때문이다. 아이로니컬하게도 일부 후진국을 제외하곤 입시 부정이 가장 빈번하게 일어나는 나라도 한국, 중국, 일본이다.

일본 최고 명문대학 도쿄東京대에서 대학원 입시 문제 유출 사건이 뒤늦게 밝혀져 큰 파문이 일고 있다고 교도共同통신이 28일 보도했다. 도쿄대는 이날 오전 기자회견을 갖고 이 대학 서사문학예술창작심리연구소 소속의 부교수가 지난 8월 실시한 대학원 예술창작학 전공 석사과정 입시에서 일부 문제를 수험생에게 알려준 사실이 드러나 해고했다고 발표했다. 그동안 일본 일부 대학에서 입시 문제 유출 사건이 발생한 적은 있었으나 일본뿐만 아니라 아시아 최고 명문대 중 하나인 도쿄대에서는 학부를 포함해서 이번이 처음이다.

도쿄대의 발표에 따르면, 문제가 된 교수는 출제 문제를 사전에 확인한 뒤 입학시험이 있기 전인 작년 8월부터 9월 사이에 자신을 지도 교수로 희망하는 일부 학부생들에게 '시험에 관해 긴히 얘기할 게 있다.'는 내용의 이메일을 보냈다. 이후 자신에게 전화를 걸어 오거나 직접 찾아온 학생에게 입시 문제에 관해 소상하게 조언을 주었다. 이번 사건은 문제 교수로부터 정보를 얻은 학생들이 올해 초 다른 교수들에게 부정 사실을 털어놓음으로써 밝혀지게 됐다. 도쿄대는 예술대학입학부정특별비상조사위원회를 구성, 자체 조사를 실시했으며 이번 유출 사건에 있어 체계적이고 조직적인 범행 가능성은 거의 없다고 결론지었다. 또한 금품이나 성 상납 등의 대가 또한 없었다고 발표했다. 문제가 된 부교수는 예술대학입학부정특별비상조사위원회 조사에서 "시험 범위가 너무 광범위해 학생들에게 핵심적이며 중요한 부분을 짚어주어 단기간에 효율적으로 공부하게 할 생각이었다. 만약 그런 결단을 내리지 않았다면 많은 학생들이 어려움을 겪을 것을 걱정했다."며 "고의적으로 유출하려는 의도는 전혀 없었고, 대가를 받은 것도 전무했다."고 말한 것으로 알려졌다. 우스이 요시토^{臼井儀人} 도쿄대 예술대 학장은 "학교 입시의 신뢰성에 해를 끼치는 불미스러운 사태가 발생해 죄송하다."고 고개 숙여 사과했다.

일본 문부성은 이날 도쿄대에 재발 방지에 대한 대책을 강력 촉구했다. 지난해에는 일본 최대 사학 명문인 와세다^{早稲田}대에서 경제학부 소속 한 교수가 입시 출제자의 이름을 사전에 알려줘 28일간 정직 처분을 받기도 했다.

일본에서는 몇몇 명문 대학이 입시 부정에 관여하여 사회적으로 큰 물의를 일으켰다면, 중국은 만연된 부정행위로 골머리를 앓고 있다.

우리나라 수학능력시험에 해당되는 중국의 대학 입시인 가오카오^{高考}가 8일부터 시행되면서 중국 공안과 교육 당국이 '부정행위와의 전면전'을 벌이고 있다. 중국 교육 당국은 학생들의 부정행위를 원천적으로 차단하기 위해 최첨단 특수 장비를 총동원하고 감시 활동을 강화하고 있다고 관영 신화통신 등 중국 언론들이 8일 일제히 보도했다.

특히 베이징과 상하이, 칭다오의 경우 무선전파를 이용한 부정행위를 막기 위해 고사장 주변의 불법적인 라디오 전파를 차단할 수 있도록 부정입시전담무선감청특수부대에 도움을 요청했다. 일부 지역에서는 시험 당일 라디오 수신을 전면 금지하기도 했다. 산시성은 수험생들이 고사장에 입실하기 전, 금속 탐지기가 설치된 검색대를 통과하도록 했다. 산둥성과 랴오닝성은 모든 고사장에 감시 카메라를 설치했다. 논란이 되었던 엑스레이 검색대 설치는 우리나라, 미국, 북한, 쿠바, 러시아 등의 다른 나라 인권 단체들의 강력 반발로 무산되었다.

사실 중국 정부는 매년 입시 때마다 부정행위로 골머리를 앓고 있다. 최근에는 부정행위 수법도 문자 쪽지, 휴대전화 메시지 등 고전적 방법에서 렌즈처럼 안구에 부착하는 초소형 특수 카메라나 귓속 외이도에 부착하는 스티커형 이어폰, 수 킬로미터 밖의 전파를 탐지해 시계판에 그림 파일 형태로 재생 상영하는 특수 커닝용 시계 등을 이용한 방법으로 갈수록 첨단화되고 있다. 뿐만 아니라 그 수법도 갈수록 대담해져 당국을 당황케 하고 있다. 작년의 경우, 감독관의 음료수에 마취제를 넣어 기절시킨 뒤 커닝을 시도하다가 적발된 사례가 있으며, 3년 전 입시에서는 감독관을 화장실로 끌고 가 협박한 뒤, 폭행까지 한 사건도 발생했다.

중국 교육부는 수험생과 학부모 들에게 커닝을 하거나 커닝 기자재를 구입하지 말 것, 부정행위를 유혹하는 범죄자와 접촉하지 말 것을 당부했다. 최근에는 입시 부정에 흑사회와 같은 폭력 조직도 가담했다는 첩보가 있을 정도다. 중국 입법부는 입시 부정 관련 법안을 강화해 내년부터는 적발 시 태형, 장형 등 중형이 선고될 방침이다. 그럼에도 불구하고 부정행위의 근절을 장담할 수는 없기에 당국이 곤혹스러워하고 있다. 중국의 대표적인 고시 관련 경제연구소 '원(圓)경제연구원'에서는 입시 부정 관련 상품 시장만 천억 원대로 추정하고 있다. 또한 부정 관련 상품들이 디지털화되고 있어 경찰들이 찾아내기가 점점 더 어려워진다는 진단을 내놓았다.

광둥성에서는 8일 하루 동안 8명이 대리 시험을 치르다, 18명이 커닝하다 적발됐다. 후베이와 허베이성에서는 무선전파를 이용한 부정행위자들 28명이 잇따라 체포됐다. 광둥성은 자체적으로 대리 시험 등 부정행위자를 '수지手指 절단법'으로 처벌할 수 있도록 법안을 상정한 상태이다.

공안 당국은 지난달, 위조시험 문제를 판매하거나 커닝용 기자재를 판매한 8개 조직 88명을 체포했으며 크고 작은 부정 입시 범죄 조직들을 조사 중이라고 밝혔다. 총 1,088만 명이 응시한 올 중국 가오카오는 전국 1만 8,000여 개 고사장별로 8일부터 사흘간 실시되었다.

일본의 일부 명문대에서, 중국은 대학 입시 전반에 부정이 일어난 것과 달리 한국에서는 특정 대학교의 특정인이 입시 부정을 저질렀다고 자백해 사회적으로 큰 물의를 일으키고 있다.

지난 3월, 신입생 환영회에서 한 학생이 사망한 사건이 발생한 서울 N대학교가 바로 문제의 대학이다. 이 대학 철학과 오○○ 군이 신입생 환영회에서 폭음을 하고 사망했다.

경찰은 이 사건을 조사하던 도중 기숙사 같은 방에 묵고 있던 이상기(19, 철학과 1학년) 군에게 충격적인 자백을 들었다. 오○○ 군의 사체를 발견했을 당시, 이 군 역시 같은 방에 있었는데 경찰은 이 군이 환각제(공예용 니스, 500원 상당)를 흡입하여 제정신이 아닌 것으로 판단되어 연행했다. 경찰에서 이 군은 환각제 흡입을 인정했으며 이에 따른 모든 책임을 지겠다고 밝혔다.

하지만 문제는 거기서 끝나지 않았다.

지난달, N대학 측이 이 군을 최종적으로 징계하기 위해 개인 신상 및 입학 관련 서류를 검토하고 면담하던 과정에서 더 큰 문제가 발생했다. 이 군의 입학 성적이 N대학의 수준에 맞지 않게 터무니없이 낮았던 것. 그리고 이 군 스스로 자신은 대학 생활을 할 자격이 없으며, 공부와는 전혀 상관없는 사람이라고 말했다.

이 군은 경찰과 학교 측에 자신이 부정 입학의 수혜자라고 자백했다. 범법이라고는 할 수 없지만 실력이 아닌 다른 방법을 동원해 입학했다고 말했다. 이를 위해 고교 시절 차량 절도를 한 적도 있다고 말했다. 경찰은 이 군의 자백을 바탕으로 학교 측과 비상대책위원회(이하 비대위)를 조직해 부정 입학 사건을 조사 중이다. 비대위 대변인은 "이 씨가 환각 때문에 실언을 한 것인지, 실제로 입시 부정을 저질렀는지는 일단 정신과 치료를 받은 후에나 윤곽이 드러날 것으로 보고 있다."고 말했다.

경찰은 현재 이 군의 자백이 상당히 신빙성이 있다고 보고 자체적으로 조사 중이다.

enlistment

그들은 왜 일찍 군대에 가려 하는가?

국방타임즈 | 기사 입력 0019년 4월 8일

대세는 군필이다.

병역 면제자들을 '신의 아들'이라고 부르던 시절이 있었다. 하지만 최근 군 복무 기간의 단축과 대학 고액 등록금 때문에 대학생들의 입영이 종전의 연기 위주에서 조기 입영 쪽으로 바뀌고 있다. 졸업 후 치러지는 '취업 전쟁'도 조기 입영에 영향을 미쳤다는 분석이다.

6일 서울지방병무청에 따르면 시내 각 대학의 병역 미필 대학생들이 최근 조기 군 입대를 위해 휴학을 한 뒤 원하는 시기에 즉시 입대토록 해달라며 병무청에 입영 요구 민원도 잇따라 접수하고 있으나 병역 자원이 포화 상태로 이들을 수용치 못하고 있다는 것이다.

이 때문에 서울지방병무청과 청와대 등 소위 명문대를 중심으로 각 대학 민원실에는 조기 군 입대 방법에 대한 전화 및 인터넷 문의, 방문 상담이 급증, 관계자들이 유·무선으로 답변하는 데 곤욕을 치르고 있는 실정이다.

　서울지방병무청의 경우 이 같은 대학생들의 조기 입영을 위한 문의나 상담(인터넷 접수 포함)이 하루 800여 건이나 쇄도하고 있으며, 각 대학 학사 민원실도 만원이다. 서울 청와대 학사 민원실의 경우, 병무 상담을 원하는 대학생들이 하루 평균 80명이나 방문하고 있다는 것. 이는 최근 10년간 최고 수준이라고 한다.

　병무 상담 담당자들은 "종전에는 연기원을 내는 방법에 대한 문의가 가장 많았고 그다음으로는 다른 학생을 군대에 보내는 방법, 면제 사유에 대한 문의가 많았으나 최근에는 조기 입영에 관한 상담, 동반 입대에 관한 문의가 거의 대부분을 차지하고 있다."고 말했다.

　이와 같은 현상은 입영 대상 대학생들 사이에 빨리 갔다 오는 것이 좋다는 인식이 높아진 데다 복무 기간이 많이 단축되었고, 더 이상의 단축은 힘들 것이라는 전망들이 나왔기 때문이기도 하다. 또한 취업난이 심해짐에 따라 남학생들의 경우 복학 후에 본격적으로 '스펙 쌓기'를 준비하는 경우가 많아졌다.

　최근 유명 연예인들이 연이어 입대 혹은 제대하는 것 역시 대학생들의 조기 입영에 불을 붙였다는 분석도 있다.

　하지만 이외에 조기 입영을 원하는 지원자들에게는 다양한 이유가 있었다. 서울 가리봉동 오○○ 씨는 "계속 좋다고 따라다니는 여자가 있는데, 헤어지는 방법은 입대밖에 없는 것 같다."고 했다. 익명을 요구한 한 학생은 "학기 초에 학교 앞에서 너무 과도하게 외상술을 많이 먹었다. 군대 가서 열심히 벌어 갚을 생각"이라고 말했다. 또 다른 학생은 "첫사랑을 잊기 위해 입대를 결심했다."고 밝혔다.

반면, 조기 입영을 하고 싶어도 못하는 사람이 주변을 안타깝게 하고 있다. 서울 청와대 국문과 1학년 Y씨는 조기 입영을 하겠다는 희망으로 병무청에서 신체검사를 받았는데 안면 장애(조직의 비후나 함몰, 결손에 해당)로 면제 판정을 받았다. Y씨는 그 외의 신체 기관은 거의 완벽하다는 판정을 받았다. Y씨는 "어린 시절부터 이상한 얼굴, 특히 코 때문에 왕따를 많이 당했는데, 대학에 들어와서도 별로 달라지는 것이 없었다. 선배들, 동기들과 어울릴 수 없었다. 학교 이외에 다른 사회에 속해보고 싶다. 나라를 지키는 사람들이라면 분명히 다른 마인드를 가지고 있을 것이라는 확신이 있다. 그래서 입대를 결심했는데 그것마저 불가능하다니 앞이 깜깜하다."고 말했다. Y씨는 최근 신입생 환영회에서 성적인 수치심을 느낄 만큼 외설적인 게임에 참여해 정신적 고통을 받았고, 남과 다른 외모 때문에 학교생활에 어려움을 겪고 있다고 고백했다. 하지만 일련의 사건들이 Y씨의 외모와 관련 있다는 확실한 증거는 아직 발견되지 않았다.

이에 대해 병무청 직원은 "Y씨의 개인적인 고통은 충분히 공감이 되지만 Y씨와 같이 심한 안면 장애가 있는 경우, 입대 후 정신적으로 더 큰 고통을 겪을 수 있어 면제 조치를 취하고 있다."고 답변했다. Y씨는 여러 가지 통로를 통해 입대 의사를 재차 밝힐 예정이다. 하지만 병무청 관계자는 특별히 달라지는 것은 없을 것으로 예상했다.

friendship

치밀하게 준비한 희대의 입시 부정인가?
환각 상태에서 뱉어낸 희대의 거짓말인가?

주간범죄와진실 | 기사 입력 0019년 6월 18일

지난 3월, 경찰은 서울 낙성대학교 기숙사에서 공예용 니스를 흡입하고 환각 상태에 빠져 있던 철학과 1학년 이상기(20) 씨를 '유해화학물질관리법위반(환각물질흡입)' 등의 혐의로 검거했다.

경찰에 따르면 이 씨는 발견 당시 입가는 물론이고 코 주변으로 분비물이 흐르고 있었으며 상의에는 환각 성분이 함유된 공예용 니스가 잔뜩 묻은 채로 방에 누워 있었다. 당신 이 씨는 거의 패닉 상태였고, 인기 그룹 불나비스타일쏘세지글러브의 〈왼손잡이〉라는 음악을 들으며 흥얼거렸다고 한다. 동공이 완전히 풀린 상태에서 횡설수설하며 왼손을 좌우로 흔들고 있었던 것으로 알려졌다. 노래를 따라 부르고 있었으나 음정, 박자는 전혀 맞지 않았다고 전해진다.

조사 결과 이 씨는 이미 초·중·고등학교 시절 8차례에 걸친 동종

범죄 기록이 있었고, 대학 입학 후에도 외로움을 견디지 못해 다시 환각제에 손을 댄 것으로 밝혀졌다. 경찰은 이 씨에 대해 구속영장을 신청할 예정이었다. 하지만 학교 측에서 선처를 호소했고, 자체적으로 징계를 내려 지성인으로 만들어보고자 하는 바람이 커 벌금형으로 감형한 바 있다.

하지만 학교 측이 징계를 검토하는 과정에서 이 씨가 추가적으로 새로운 범죄 사실을 자백함에 따라 수사가 새로운 국면에 접어들었다. 경찰에 따르면, 이 씨는 자신이 환각 물질을 흡입한 이유를 대학 생활의 부적응 때문이라고 밝혔는데 그 과정에서 자신의 부정 입학을 실토했다.

경찰과 낙성대 측은 이 씨의 주장이 사실인지를 공동 조사 중이다.

경찰에서 이 씨는 "자신이 올해 낙성대학교 철학과에 입학할 수 있었던 것은 친구의 도움 덕분"이라고 했다. 친구의 이름은 밝히지 않았지만 초등학교 때부터 친하게 지냈던 죽마고우이며, 우정을 계속 유지하기 위해 친구 역시 인근 명문 대학에 입학했다고 말했다. 경찰은 이 씨가 말한 '인근 명문 대학'을 청와대로 판단하고 조사를 진행 중이다.

이 씨에 따르면, 현재 재학 중인 낙성대학교에 입학하기 위해 그의 친구가 고3 초부터 본격적으로 도와줬다고 했다. 부정 입학에 필요한 자금은 "과외비와 학원비를 핑계로 부모님께 받은 돈과 자신이 '약(유해 화학물질 및 날부핀, 데메론, MS 코틴 등의 마약성 진통제)'을 판 돈, 차량 뒤 창문에 종이 한 장을 붙여 운전자를 차 밖으로 나오게 해 차량을 훔치거나, 차 문이 열려 있는 차들을 골라 절도해 팔아넘긴 돈으로 충당했다."고 자백했다.

고3 초에 이 씨의 친구는 이 씨에게 대학을 가고 싶냐고 물은 뒤, 이 씨가 가고 싶다고 솔직히 말하자 자신이 갈 수 있게 해준다고 약속한 뒤 계획적으로 입시 부정을 저질렀다고 한다.

이 씨의 친구는 우선적으로 서울 시내 4년제 대학 중에 중위권에 속하는 대학 몇 개를 골랐다. 그다음 이 씨에게 마음에 드는 대학이 있는지 물었다. 이 씨가 어느 대학이든 상관없다고 하자, 그중 대부분 대학에 설치된 특성화되지 않은 학과 중 특히 비교적 정원이 적은 곳(30명 내외)을 선택했다. 그리고 가장 많은 대학이 입시를 치르는 '하군'에 속한 대학이 유리하다고 판단한 뒤, 낙성대 철학과를 추천했다.

그렇게 학교와 학과를 선택한 이 씨와 그의 친구는 3학년 1학기 초에 서울 시내 실업계 고등학교를 돌면서 수학능력시험 성적과 상관없이 대학에 진학이 가능한 실업계 고3들, 4년제가 아닌 소위 전문대(2년제, 3년제)에 입학을 희망하는 고3들을 모았고, 대학 진학에 전혀 관심이 없는 고3들과 재수생들을 인터넷 카페와 SNS 등을 통해 접촉하여 범죄에 가담시켰다.

이들이 8개월간 모은 수험생의 수는 무려 600명에 이르렀고, 이 씨와 친구는 수학능력시험이 치러질 때까지 근 1년 동안 자신들이 모은 수업생들을 잘 관리하며, '하군' 전형 첫날 동시에 낙성대학교 철학과에 지원하도록 했다.

그 과정에서 현금(응시대를 제외하고 10~20만 원 선)을 제공하기도 하고, 친분을 이용하기도 했다. 원서 접수 등은 이 씨와 친구가 직접 했다.

'하군' 전형 첫날 낙성대학교는 평년(작년 첫날 기준 1.8 : 1)과 달리 20 대 1에 가까운 기록적인 경쟁률을 보였고, 애초 이 대학 철학과에 진학하려던 수험생들이 대거 포기했다.

그들은 비슷한 수준의 다른 대학으로 지원하거나 같은 대학 타 학과에 지원한 것으로 알려졌다. 이 씨는 친구의 지시대로 둘째 날 낙성대 철학과에 원서를 접수했고, 평년 학과 커트라인에 많이 못 미치는 점수임에도 불구하고 합격했다고 자백했다.

이 씨 일당의 수법은 자신보다 점수가 낮은 수험생들을 대거 포섭해 같은 과에 지원하게 하여 허수 경쟁자를 대거 늘린 뒤, 다른 학생들을 지원하지 못하게 하는 수법인 것으로 밝혀졌다.

학교 측에서는 이번 사건이 이론적으로는 충분히 가능한 일이라고 보고, 현재 철학과 신입생들의 입학 성적을 확인 중이다. 경찰에서는 이 씨의 이러한 자백이 환각 상태에서 만들어낸 환상에 의한 것인지, 진실인지를 밝히기 위해 신경정신과 전문의 오○○ 박사 연구팀에 검사를 의뢰해둔 상태이다.

경찰은 실제로 이 씨가 밝힌 방법으로 대학에 입학했을 경우, 사법적으로 처리가 가능한지도 검토 중이다. 그리고 차량 절도 등 이 씨가 고교 시절에 저질렀다고 자백한 범죄 등도 조사 중이다. 한편, 이번 사건의 열쇠를 쥐고 있는 이 씨의 친구도 청화대 등 인근 대학을 중심으로 추적 중이다.

이 씨는 현재 오전에는 자신의 부정 입학을 인정하고, 오후에는 철저히 이를 발뺌하는 등 계속해서 자신의 발언을 바꾸고 있다. 하지만 첫 번째 자백 이후에 친구에 대한 언급은 일절 하지 않았다.

낙성대 철학과는 신입생 환영회 때 과음으로 학생 한 명이 사망한 사고와 더불어 대형 부정 입학 의혹 사건이 터졌음에도 불구하고 현재까지 별다른 성명이나 공식 입장을 밝히지 않았다.

the others

'먹고 대학생' 사라져

경향일보 | 기사 입력 0019년 5월 8일

　한때, '먹고 대학생'이라는 말이 있었다. 대학생들은 놀고먹는다는 뜻이다. 세계에서 가장 편한 직업이 대한민국 대학생이라는 농담도 있었다. 하지만 이제 모두 옛날이야기다.

　졸업을 앞둔 대학생 오○○(28) 씨는 최근 술자리에 나가기조차 부담스럽다. 취업 준비에 학교 중간고사까지 겹쳐 시간을 내기가 버겁기 때문이다. 뿐만 아니다. 등록금과 생활비를 마련하기 위해 아르바이트도 많이 했지만 취업 준비에 몰두하기 위해 최근 이마저도 그만둔 상황이라 생활비 걱정도 해야 한다. 예전 같으면 일주일에 두세 번씩은 술자리에 참석해 새벽까지 마셨지만, 지금은 소주 한두 잔을 마시는 척만 하고 일찍 집으로 돌아온다. 오 씨는 "술을 아예 마시지 않는 것은 아니다. 진짜 스트레스가 큰 날에는 가끔 마시기도 한다. 특히 취업 때문에 스트레스를 많이 받으면 동네 편의점에서 맥주를 한 캔 산 뒤 집에 가서 마시는 게 전부"라고 말했다.

대학가의 음주 문화가 변하고 있다.
만취한 학생들이 몸을 비틀거리며 새벽녘 첫차를 기다리는 풍경이 점차 줄어들고 있다. 새벽녘 학교 주변에서 취객 대학생들도 사라졌다.
한국음주문화센터가 조사해 28일 발표한 '대학생 음주 실태 보고서'를 보면 한 달 동안 술을 '8회 이상 마신다'고 응답한 학생 비율은 0009년 48.8퍼센트에서 0019년 28.8퍼센트로 크게 줄었다. 반면 4회 이하로 마신다는 비율은 같은 기간 동안 58.8퍼센트에서 78퍼센트로 늘어났다. 학생들은 취업 준비와 학점 관리, 아르바이트, 금전적인 이유, 이성 친구의 권유 등으로 술자리를 기피하고 있다고 전한다.
취업 준비가 한창인 낙성대 철학과 한 학생(24)은 얼마 전 취업한 친구를 축하해주기 위해 술을 마셨다. 이 주일 만의 술자리였다. 학생은 "술 한번 마시면 숙취 때문에 머리도 아프고 생활 리듬이 깨져 공부하는 데 방해가 돼 되도록 자제하고 있다."고 말했다. 청와대 신문방송학과 신입생은 "요즘 대학생들이 과제도 많고 저학년 때부터 취업 준비를 시작해 술을 전반적으로 잘 안 마시는 분위기"라며 "심지어 치킨집에 가는 것도 술이 아니라 닭을 먹으러 가는 것이란 얘기도 있다."고 전했다. 그리고 최근 대학에서 벌어진 '막장' 신입생 환영회 때문에 대학생들이 스스로 음주 문화를 바꿔보자는 운동도 많다고 한다.
대학가 술집들도 학생들의 변화된 음주 문화를 체감하는 분위기다. 서울 서대문구 남가좌동 평균대 근처에서 호프집을 운영한다고 밝힌 오 모 씨는 "3년 전부터 학생 손님은 물론이고, 학생들이 술을 마시는 양도 줄었다."면서 "18년 동안 장사를 했지만 특히 최근에 돈의 구애를 받는 학생들이 많이 늘어난 것 같다."고 말했다. 18년 동안 대학가에서 치킨집을 운영해온 또 다른 오 모(45) 씨도 역시 "요즘에는 동아리 단체 손님이나 학과 단체 손님을 찾아보기가 힘들다. 많아야 대여섯 명이 와서 맥주 500cc 한 잔씩 마시고 가는 경우가 많다."고 전했다. 치킨도 한 마리보다는 반 마리를 선호하며, 최근에는 3분의 1만 달라는 학생 손님도 적지 않다고 한다.

대한민국음주가무문화연구센터 대변인은 "전반적으로 대학생 음주 비율이 준 것이 사실이지만 한 술자리에서 폭음하는 비율은 오히려 증가했다."며 "일부 학생들은 미래에 대한 불확실성, 경제적인 압박, 학점 문제, 이성 문제 등 다양하고 복합적인 스트레스 때문에 평소에는 절주를 하다가 한번 마시면 더 많이 마시게 되는 것 같다."고 설명했다.

rejection

노래방 도우미들이 밝히는
'이런 남자 절대 돕고 싶지 않다.'

헤럴드싱잉 | 기사 입력 0019년 5월 28일

노래방 도우미 10만 명 시대이다.

내달 8일 노래방 도우미들의 인권을 보호하기 위한 모임(가칭 노래방을 다시 찾게 하는 사람들의 모임, 약칭 노찾사)이 출범한다. 이제 노래방 도우미도 직업군의 일종으로 봐야 할 시점이다. 노래방 도우미들도 댄싱 헬퍼, 싱잉 헬퍼, 토킹 헬퍼 등 다양화와 전문화가 되어가고 있다.

서울 구로 지역 노찾사 소속 노래방 도우미 88명에게 물었다.
"이런 손님, 진짜 진상이다!"

4위는 8퍼센트를 차지한 '더듬이'였다. 말 그대로 시도 때도 없이 더듬는 사람들이다. 노찾사 간사 오○○ 씨는 노래방 도우미는 함께 노래를 불러주고, 즐기기 위해 댄스 서비스 정도를 제공하는 사람들이지 매춘부가 아니라고 주장한다. 건전한 노래방 문화 정착을 위해선 노래방 내에서는 과도한 스킨십은 자제하는 것이 도우미들은 물론이고 손님들에게도 이로우며, 도우미 뒤에는 항상 '보도방 삼촌들'이나 '업소 기도들'이 있다는 사실을 인지한 뒤 노래방에 왔으면 좋겠다고 밝혔다. 더듬고 싶으면 사창가를 찾아가라, 노래방은 노래를 하는 곳임을 잊지 말라는 것이 노찾사의 일관된 주장이다.

 3위는 18퍼센트의 '자칭' 부자들이었다. 도우미들의 눈에 이들은 눈엣가시이다. 사실 '풀살롱'이나 비즈니스클럽, '텐프로' 등 고급 유흥 주점에 갈 능력이 안 되는 사람들이 오는 곳이 노래방인데, 그렇게 왔으면서 도우미들에게 돈 자랑하는 사람들을 보면 정말 한심해 보인다는 것. 오 간사는 도우미들은 돈 줄 테니까 담배 좀 사 오라고 하는 사람들이나, 돈 줄 테니 원하는 노래를 부르면서 옷을 벗어달라는 등 무리한 요구를 하는 사람들과는 말도 섞고 싶지 않다고 귀띔했다. 심지어 돈 자랑 후에 계산할 때는 깎아달라고 하는 손님들도 많다고 한다. 그야말로 업계에서 진상 중의 최악으로 분류하는 부류다. '팁 주는 열 진상보다 팁 안 주는 매너남 한 명이 훨씬 낫다.'는 말이 돌 정도이다.

 2위는 28퍼센트가 말한 기본적인 예의도 없는 사람들이었다. 보자마자 반말하는 사람, 이거 해라 저거 해라 명령하는 사람, 인사해도 무시하는 사람, 심지어 욕하는 사람들까지. 도우미들은 말이 아닌 얼굴로 무시하는 사람들도 많다고 말한다. 특히 이런 부류 손님들의 경우, 검증을 중요하시는 경향이 있다고 한다. 그래서 대학생이라고 밝히면 학생증을 보여달라고 하며, 나이나 사는 곳을 말하면 주민증을 요구하는 경우가 많다. 이 역시 도우미들이 싫어하는 비매너 중 비매너. 도우미들은 이런 손님들을 경찰에 비유해 '짭새 매너'라고 한다.

손님 측에서 모욕적인 표정이나 짜증 나는 눈빛을 보내면 도우미들도 사람이기 때문에 웃고만 있기 힘들다고 한다. 도우미들 사이에서는 '오는 매너가 좋아야 가는 서비스가 좋다.'는 명언이 있을 정도.

1위는 무려 3분의 1 이상(38퍼센트)이 진상이라고 말한 '지네들끼리 노는 남자들'이었다. 도우미의 역할을 망각하거나 존재 자체를 무시하고 만취 상태에서 자기네들끼리 노는 사람들이 가장 진상이라고 했다.

일부 손님들은 그렇게 놀면 도우미들 입장에서는 오히려 힘도 들지 않고, 돈도 벌 수 있으니 더 좋은 것 아니냐는 의견도 있지만, 도우미 다수는 그런 발상 자체가 자신들을 무시하는 것이라고 말한다. 도우미들은 "식당에 가서 자기가 더 음식 잘한다고 큰소리치면서 주방으로 들어가서 직접 요리하는 손님을 좋아할 주방장이 있냐?"고 되묻는다.

기타 의견으로는 술 취해 방 안에서 구토하는 남자, 노래 부르다가 자는 남자, 같은 노래만 계속 부르는 남자, 심하게 못생긴 남자, 여자끼리 와서 여자 도우미 부르는 손님, 커플로 온 손님 등이 있었다. 여자들이 여자 도우미를 부르는 경우는 진상이라기보다 난감이라고 표현했다.

본격적으로 도우미를 시작한 지 8개월째라고 자신을 밝힌 D양의 경우, 개인적으로 못생긴 사람이 제일 싫다고 말한다. "얼마 전 노래방에서 코가 없는 손님과 돼지 같은 얼굴에 덩치는 산만 한 손님이 왔는데, 정말 토할 것 같아 뛰쳐나왔다."고. 그중 파트너였던 코가 없는 손님이 따라와 무슨 말을 했는데, 그때 무섭기도 하고 신경질이 나기도 했다고 답변했다. 그 사람 얼굴에 침이라도 뱉어주고 싶은 심정이었다며 당시를 회상한다. "삼촌한테 혼나는 한이 있어도 그렇게 생긴 사람이랑은 같이 놀고 싶지 않았다. 정말 제대로 징그럽게 생겼다. 코도 없었고. 코가 낮은 게 아니라 아예 없었다. 정말 벌레 새끼 같았다."는 것이다.

가수가 되기 위해 돈도 벌고, 연습도 할 수 있어 노래방 도우미를 하고 있지만 그렇게 괴물같이 생긴 사람들 앞에서는 노래가 아닌 욕이 먼저 나온다고 말하는 D양. 그녀의 고백에 묘한 울림이 느껴진다.

하지만 D양은 앞으로도 당분간은 노래방 도우미로 일할 생각이 있다고 말했다.

music

'불나비스타일쏘세지글러브' 은퇴 공식 발표

주간음악중간 | 기사 입력 0019년 7월 18일

지난달 28일 잠적한 '불나비스타일쏘세지글러브'가 17일 어제 서울 구로구 고척동 구로문화원에서 기자회견을 열어 은퇴를 공식 발표했다.

잠적 이후 21일 만에 모습을 드러낸 이들은 "오늘을 기해 지난 13년간의 긴 가요계 생활을 마치고 평범한 아저씨로 돌아가고자 한다."며 "팬들의 마음속에 가장 친근한 모습으로 영원히 남고 싶다."고 밝혔다. 머리를 길게 길러 귀까지 가린 리더 태히의 표정은 침울했다.

이들은 또 "살이 타고 뼈를 깎는 창작의 고통과 부담감"도 은퇴의 중요한 이유라고 설명하고, "그동안 우리에게 준 팬들의 진실한 사랑과 믿음은 영원히 잊을 수도, 잊어서도 안 되며, 또한 갚을 수도 없을 것"이라고 말했다.

은퇴 사실이 언론에 보도된 이후 침묵했던 이유에 대해서는 "갑작스런 이별에 충격을 받을 많은 팬들에게 마음의 준비를 할 시간을 주고 싶었고, 우리 스스로도 화려하고 고통스러웠던 지난 10여 년의 시간을 정리하기 위한 시간이 필요했다."고 덧붙였다. 은퇴 이후 활동 계획에 대해서는 "우선 함께 스칸디나비아 3국을 여행하면서 아픈 마음을 진정시키고 폭넓고 건강한 사람으로 성숙하기 위해 노력하겠다."고 말했다.

불나비스타일쏘세지글러브는 이날 마지막으로 모인 팬들을 위해 독특한 스타일의 불나비 티셔츠와 소시지 빵, 야구 글러브, 비니, 대형 귀마개, 대형 이어폰 등을 선물로 나눠줬다.

destiny

살아 있는 현대미술 대표 작가 장민영을 서울에서 만나다

미술동네 | 기사 입력 0020년 5월 5일

    나비, 장난감(꼬까르), 엘리베이터, 노래방, 소시지, 사포, 전화, 한글, 야구, 공예용 니스, 오미자, 편지, 귀마개, 이어폰, 비니까지 '다양하다'는 말 이외에는 그 어떤 범주로도 한데 묶을 수 없는 서로 상이한 소재들로 작품 활동을 해온 독특한 행보의 화가 장민영 화백의 개인전이 내달 8일 서울서 열린다.

    장 화백의 작품은 동양적 소재와 서양적 기법으로 표현한 구상화부터 점, 선, 면 등 단순하고 상징화된 추상화까지 매우 다채롭다. 농촌의 향수를 불러일으키는 작품과 도시의 삭막함을 표현한 작품을 한 캔버스에 담기도 한다. 장 화백이 그간 서울이 아닌, 지방 도시를 중심으로 활동했음에도 불구하고 평단과 세간의 주목을 받을 수 있었던 이유는, 동양의 직관과 서양의 합리성을 무작위로 결합하고 재구성하여 개성적인 작품으로 형상화했기 때문이다.

대구에서 태어난 작가는 고등학교 졸업 후 바로 결혼을 해서 문경 일대에서 잠시 살다가 이혼을 한 뒤, 일본으로 가 일본대학 예술학원 미술학부에서 본격적인 미술 공부를 시작했다(알려진 대로 작가의 전남편은 소설가 강모 씨이다. 두 사람은 성 정체성 문제로 이혼한 것으로 알려져 있다. 슬하에는 남아가 한 명 있는데, 현재는 대학생이고, 강모 씨와 함께 살고 있다). 미대 졸업도 하기 전에 이미 경북지역미술가연합의 초청으로 대구에서 첫 번째 개인전이 성황리에 열렸을 정도로 활동 초기부터 장 화백의 작품은 미술계뿐만 아니라, 세간에서도 큰 관심거리였다.

활동 초기에는 자연을 배경으로 한 '오미자' 시리즈에 매진했다. 장 화백은 그림으로 오미자의 다섯 가지 맛을 표현할 수 있었으면 좋겠다는 작은 소망으로 시리즈를 그리기 시작했다고 한다. 미술 평론가들은 장 화백의 오미자에선 다섯 가지 맛이 느껴지고, 이것은 인생의 여러 가지 맛을 은유적으로 표현하고 있는 것이라고 입을 모은다. 개인사적으로 볼 때, 장 화백이 오미자 연작을 시작한 이유는 신혼 초기를 추억하기 위해서라고 한다. 실제로 장 화백은 강모 작가와 신접살림을 문경시에서 시작했는데, 그곳의 특산물이 바로 오미자이다. 한 인터뷰에서 장 화백은 직접 "그때는 정말 오미자같이 살았다. 인생의 다양한 맛을 본 시기였다."고 밝힌 바 있다.

그 후에 그린 시리즈가 '승강기 열전'이라는 엘리베이터 그림들인데, 현대식 건물 속에서 흔히 볼 수 있는 개성 없는 엘리베이터에 새로운 의미와 생명력을 불어넣었다는 극찬을 받은 바 있다. 직사각형으로 정형화된 엘리베이터에 다양한 해석을 붙여 예술 작품으로 만들어내는 능력은 장 화백만의 장점이다.

장 화백의 또 하나 유명한 그림은 〈내 가슴속에 나비 떼가 있다〉라는 대작인데, 이 작품은 지난 8월 뉴욕세계미술대전에서 으뜸상을 받은 바 있다. 작품의 크기만 해도 무려 388.8×788.87센티미터라고 한다. 이는 피카소의 대표적인 대작 〈게르니카〉를 능가하는 규모이다. 장 화백은 수상 소감에서 "사랑해본 사람이라면 누구나 〈내 가슴속에 나비 떼가 있다〉를 이해할 수 있다. 뉴욕세계미술대전 심사위원들이 내 작품을 뽑았다는 것은 그들도 사랑해봤다는 사실이다. 사랑을 아는 평론가들로 심사위원을 구성한 뉴욕세계미술대전 관계자들의 안목에 박수를 보낸다."라고 말해 세계 미술계에 큰 반향을 일으켰다.

〈편지〉 연작은 대작이라고 할 순 없지만, 장 화백의 독특한 화풍이 묻어나는 작품이다. 가방 속 편지, 운동장에 가운데 덩그러니 놓인 편지 등 요즘 세상에서 접하기 어려운 편지를 독특한 배경으로 담담하게 화폭에 담았다. 평론가들은 내용을 보지 않아도 마냥 우울해지는 진정한 걸작이라는 평을 했다.

장 화백은 데뷔 후, 주로 일본과 대구를 중심으로 활동하다가 이번에 처음으로 서울에서 개인전을 연다. 장 화백은 이미 뉴욕, 파리, 모스크바, 다카, 아디스아바바 등 세계적 미술의 메카에서 성공적으로 개인전을 연 바 있다.

이번 서울 개인전에서 얼마나 큰 주목을 받을지 이미 미술계뿐만 아니라 문화계 전체의 큰 관심거리이다.

장 화백이 이번 전시를 위해 특별히 그린 작품으로 알려진 〈노래방 연정〉은 벌써부터 구입 문의가 빗발치고 있다. 장 화백 역시 이 작품에 남다른 애정을 가지고 있다고 밝혔다. 돌아서서 떠나려는 여자를 물끄러미 바라보는 남자의 표정에 오만 가지 감정이 담겨 있다. 눈부시게 아름다운 외모의 여인, 그리고 눈 뜨고 보지 못할 정도로 추한 남성의 외모가 극단적으로 대비되어 보는 이의 가슴을 움직인다. 특히 남자의 얼굴에 맺혀 있는 한 방울의 눈물을 주목해볼 필요가 있다. 장 화백은 그 작은 눈물방울 속에 아름다운 동화 세계를 그려 넣었다. 눈물 속의 작은 마을(혹은 도시)이 또 하나의 세상, 상상의 세계를 표현하고 있다. 남자의 눈물을 자세히 살펴보면, 장 화백이 세밀하게 묘사한 작지만 인간 냄새 나는 따뜻한 마을이 보인다.

사랑하기엔 너무나 삭막한 도시 공간에서, 그것도 가장 흔한 노래방이라는 진부한 장소에서 펼쳐지는, 뭔가 깊은 사연이 있음직한 '연정'은 슬플 것을 알면서도 이를 거부할 수 없는 현대인의 사랑을 표현하고 있다. 더불어 작가는 작은 눈물을 통해 늘 동화와 같은 아름다운 세계를 꿈꿀 수밖에 없는 인간의 내면을 묘사하고 있다.

실제로 〈노래방 연정〉은 장 화백이 대학생인 친아들의 사랑 이야기를 듣고 그린 작품이라고 밝힌 바 있다.

〈노래방 연정〉 외에도 이번 전시에는 데뷔 때부터 이어져온 〈오미자〉 시리즈, 상업성 논란으로 유명세를 치른 〈꼬까르〉 시리즈, 역동적인 선이 인상적인 수묵담채화 〈불꽃 야구〉, 초현실주의 작품인 〈공예용 니스〉, 〈진통제〉, 성적 판타지를 철학적으로 풀어낸 작품 〈독일식 정원 바비큐 소시지〉 등도 볼 수 있다.

장 화백은 이번 전시가 끝나면, 〈소시지, 피 그리고 눈물〉이라는 작품을 그릴 예정이라고 말했다. 평단에서는 차기작이 슬픔과 고통 그리고 사랑과 인생이 담긴 대작이 될 것이라고 전망하고 있다.

장 화백의 이번 개인전은 '다섯 가지 맛이나, 한 가지 맛이나'라는 이름으로 오는 8일부터 80일간 서울 구로동 삼선미술관 '지움'에서 열린다. 관람료: 일반 8,000원, 학생 4,800원. 문의: 02-454-2541.

heart

츠란프 프카프는 왜? 구레가리 잠바는 어째서?

계간노문학사상 | 기사 입력 0020년 6월 8일

    드디어 츠란프 프카프의 전집이 원문을 토대로 완역, 완간됐다.
    최근 츠란프 프카프(1888~1928년)의 전집을 완역한 소설가 강모는 프카프에 대해 '시커먼 어둠 속의 기기묘묘한 아리따움'이라는 절묘한 헌사를 남겼다.
    프카프의 대표작은 단연『변심』이다. 이 작품은 가히 충격이다. 아마도 이 소설이 처음 출간됐던 1918년에는 그 강도가 상상을 초월했을 것이다. 이제 막 리얼리즘을 흉내 비슷하게 내고 있던 당시 문단에서 경장편소설『변심』은 제대로 된 대접을 받을 수 없었을 것이다. 하지만 당시 '불안만 조장하는 괴상한 작가', '검은 악마를 몰고 다니는 미친 글쟁이' 등으로 불리던 프카프는 그가 사망한 후 제대로 부활했다. 엄밀히 말하자면, 그는 변하지 않았지만, 사람들이 '변심'한 것이다. 평론가들은 그에게 '신'이라는 놀라운 수식어를 붙여줬으며,

그의 소설은 '신의 이야기' 즉, '신화'가 되었다.

경장편소설『변심』의 표면적인 줄거리는 간단명료하다.
아보카도, 블루베리 등을 팔던 과일 농장 외판원이 소설의 주인공이다. 한 집안의 외아들이자 희망이며 대들보였던 주인공 구레가리 잠바는 어느 날 자고 일어나 보니 끔찍한 벌레(새끼)로 변해 있는 자신을 발견한다. 그날 이후 그는 벌레로서의 삶을 잠시 살다가 말라비틀어진 귤에 등을 얻어맞은 채 죽어간다(물론 벌레로서의 삶은 평탄치 않았다).
프카프는 주인공 구레가리 잠바가 죽는 장면을 싸늘할 정도로 무심하고 냉정하게 묘사했다.

그의 등에 제대로 박힌 말라비틀어진 귤, 온통 먼지로 쌓인 곪은 언저리도 그는 이제 느끼지 못했다.

말랑말랑한 귤이 딱딱한 갑각류의 등에 박혔다는 설정은 표면적으로만 보자면 이해하기 힘든 비논리이다. 하지만 현실에서 도태되는 것은 강하지 않아서가 아니라는 점을 은유한다. 주인공은 스스로 없어져버려야 한다고 생각한다.

그의 생각은 아마도 이복동생의 그것보다 더 단호했다.

그는 스스로 도태를 선택한다.

사위가 밝아지기 시작하는 것도 그는 보지 못했다.

시력을 잃은 구레가리는 삶을 자연스럽게 포기하기에 이른다.
'제대로 볼 수 없는 자는 제대로 살 수 없다.'는 그의 잠언적 유언은 또 다른 메타포이다.

그러고는 그의 머리가 자신도 모르게 아주 힘없이 떨어졌고, 커다란 콧구멍에서 마지막 숨이 푸석하게 흘러나왔다. 방 안 가득 귤 향기가 피어났다.

방 안 가득 피어나는 귤 향기는 낭만이 아니다. 그저 살아남은 자들의 흔적일 뿐이다. 죽은 자는 살아남은 자들에 의해 평가받는 것이다. 다수의 생존자가 늘 세상을 채워간다는 단순한 진리를 프카프는 이렇듯 무심하게 내뱉는다.

인간에게는 절대 파괴하고 싶지 않은 몇 가지가 있다.
프카프의 작품 『변심』은 바로 이런 것들을 해체시키는 과정을 보여준다. 그 과정이 독자들의 고통스러운 지점이자 공감의 지점이 되는 것이다. 파격과 공감이라는 명작의 두 요소를 모두 지닌 『변심』.
첫 번째는 '육체'이다. 잠바의 육체가 파괴된다. 몸이 없이는 온전한 삶도 없다. 올바르지 않은 몸은 조롱의 대상이 되고, 그 생명체가 인간임을 증명할 수 없게 만든다. 프카프는 신이 내려준 그 육체를 파괴 혹은 해체해버렸다. 주인공(인간)을 등딱지가 달린 흉측한 벌레 새끼로 만든 것이다. 그야말로 벌레만도 못한 인간이 되어버린 구레가리 잠바.

두 번째로 프카프가 해체시킨 건 '가족공동체'이다. 벌레가 된 잠바는 돈을 벌어 오지 못하자 가족으로부터 '강퇴'당한다. 우리는 가족을 영원한 '우리' 편으로 생각한다. 그리하여 '최후의 보루' 정도로 여긴다. 하지만 가족이라고 언제까지나 무한한 사랑을 줄 순 없다. 사람들이 절대적이라고 굳게 믿었던 혈연, 가족이 어느 순간 아무 의미도 지닐 수 없다는 사실을 프카프는 구레가리 잠바를 통해 묘사하고 있다. 그리고 가족 구성원들에게 버림받은 자는 사회적 인간이 되기 힘들다는 사실도 보여준다.

세 번째로 프카프는 '공간', 즉 집을 해체시켜버린다. 사건이 벌어지기 전 잠바의 집은 평범하지만 아늑하고 사랑이 있는 집이었다. 그러나 주인공이 벌레 새끼로 변한 다음 그의 집은 생계를 위해 일종의 '거처'로 변해버린다. 정신적인 의미의 집에서 물리적인 의미의 거처 혹은 숙소의 개념으로 바뀌고 나중엔 그마저도 온전하게 유지되지 않는다.

육체, 가족, 공간.
프카프가 파괴한 이 세 가지는 삶의 최소 조건이다. 몸과 가족, 살 곳이 없는 존재에게 삶의 의미를 부여하는 일은 쉽지 않다. 이 중 하나라도 없는 삶을 우린 불완전한 것으로 본다. 몸이 파괴된 자를 장애인이라고 말하고, 가족이 없는 사람들 부랑인이라고 부르며, 집이 없으면 노숙자가 된다. 잠바는 사랑받지 못해 벌레 새끼로 변한다.

그리고 삼무三無의 고통을 극복하기 위해 다시 사랑을 찾아 나선다. 하지만 그 사랑이 가능할 리는 없다. 몸과 가족, 거처가 없는 자가 사랑할 확률은 평범한 인간이 벌레로 변할 확률보다 낮기 때문이다.

그렇다면, 프카프는 왜 구레가리 잠바를 이렇게 만들었을까? 혹은 구레가리 잠바는 왜 이렇게 되었을까? 왜 '벌레 새끼'가 되어야만 했을까?

그 대답은 작품의 줄거리만큼이나 간단하다. 잠바는 사랑의 상실을 겪은 다음 날, 벌레 새끼가 되어버린다. 10년 이상 홀로 바라보며 사랑했던 여인이 보낸 눈초리가 잠바를 변하게 했다. 그 눈빛은 경멸에 찬 것이었으며, 그것을 보고 주인공 잠바는 심한 모멸을 느끼게 된다. 제목 '변심'은 그녀의 마음이 변했다는 뜻이 아니라, 주인공 잠바의 마음이 변했음을 의미한다. 그리고 마음의 변화(변심)은 몸의 변화(변신)까지 만들었고, 모든 것이 변화하기에 이른다(가족의 냉대, 공간의 상실).

사실 소설『변심』은 작가 프카프의 유전자와 개인적인 경험, 그리고 당대 현실이 함께 버무려져 탄생한 작품이다.

러시아 모스크바의 고려인 가정에서 태어난 프카프는 어디에도 속하지 못하는 이방인이었다. 키가 208센티미터에, 몸무게가 158킬로그램으로 상상하기 힘든 거구였던 그는 평범한 사람들과 어울릴 수 없었다. 또한 러시아어보다는 한국어를 주로 사용하는 고려인이었으므로 러시아 주류 사회에도 낄 수가 없었다. 심지어 고려인들의 생활 습관은 신봉하지 않았기 때문에 같은 고려인들에게서도 따돌림을 당했다고 한다. 문학과 예술, 연애에 재능이 있었지만 자식의 출세를 원하는 가부장적인 아버지 때문에 농학을 억지로 공부해야 했고, 결국 죽기 얼마 전까지 과일 농장의 외판원이라는 어울리지 않는 삶을 살아야 했다.

그리고 연애에는 능하지만 못생긴 얼굴 때문에 시라노 같은 삶은 살아야 했다. 생전에 프카프의 문학성을 인정해준 유일한 문인이자 그의 말년 연인이었던 러시아의 여류 시인 안나 액흐메이토바Anna Akhmatova는 "그의 작품은 위대하지만, 내 사랑은 더 위대하다. 왜냐면, 난 그의 외모까지 사랑하기 때문"이라고 말했을 정도였다.

『변심』의 주인공 잠바는 프카프 자신이라고 해도 과언이 아니다.

프카프는 죽기 전 가장 친한 친구에게 자기의 모든 원고를 불태워버릴 것을 부탁했다. 그러나 친구가 원고를 불태우기 위해 불을 지피려다 기름에 미끄러져 바닥에 넘어진다. 그리고 뇌진탕으로 즉사한다. 결국 그 사고로 프카프와의 약속은 지켜지지 못하게 된다. 문학사에서는 이를 '세기의 뇌진탕', '세계문학사 100년을 살린 넘어짐'이라고 한다. 그 덕분에 우리는 한 어둡고 예민한 남자를 통해 세상의 이면을 생각해보는 기회를 얻게 됐다.

contempt

콧대가 낮을수록 모멸감을 크게 느낀다

건강심리일보 | 기사 입력 0020년 7월 18일

상대가 자신을 업신여기고 얕잡아 볼 때 느껴지는 감정인 모멸감이 인간의 외모, 특히 코와 밀접한 관계가 있다는 연구 결과가 나왔다.

『요미조미 신문』은 일본후생노동성 연구 팀의 연구 결과를 인용, 약 18년에 걸쳐 추적 조사를 실시한 결과 콧대가 낮을수록 쉽게 모멸감을 느끼는 것으로 나타났다고 지난 16일 보도했다. 연구 결과에 따르면 콧대가 낮은 사람의 경우, 상대방의 말에 더욱 민감하게 반응하며, 모멸감도 크게 느꼈다. 특히, 이들은 강한 모멸감을 느꼈음에도 인내하는 경우가 많았고, 자신이 가깝다고 생각했던 사람이나 연인 혹은 짝사랑의 대상으로부터 더 쉽고 강하게 모멸감을 느꼈다고 한다.

연구 팀은 후쿠오카福岡현 히사야마마치久山町에 사는 주민 2,888명을 대상으로 조사를 실시했다. 남녀별 콧대 높이 순으로 인원을 균등하게 8개 조로 나눠 성별과 연령, 학력 등을 고려해 콧대와 모멸감의 관계를 조사한 것이다.

콧대가 가장 낮은 조(남성 0.0~0.5밀리미터, 여성 0.0~0.4밀리미터)를 기준으로 각 조를 비교한 결과 남녀 모두 콧대가 낮을수록 모멸감을 쉽게 느끼는 것으로 나타났다. 모멸감의 정도는 같은 질문의 반응을 통해 측정했으며, 주로 외모에 관한 인신공격에 쉽게 모멸감을 느끼는 것으로 나타났다. 직접적인 인신공격뿐만 아니라, 눈빛이나 감탄사 등에 대한 반응도 살펴보았다.

콧대가 3.8밀리미터 이상인 경우에는 외모에 대한 평가에 대해 믿지 않았으며, 모멸감도 거의 느끼지 않는 것으로 밝혀졌다.

연구 팀 관계자는 "콧대의 높이가 외모의 기준이 된다는 점에서 이번 연구 결과는 의미하는 바가 크다. 하지만 콧대가 높다고 모멸감을 느끼지 않는다는 일반화를 할 순 없다. 그럼에도 외모가 사회생활과 개인 인격 형성에 영향을 미치고 있음을 입증하는 연구"라고 설명했다.

first crime

나비를 핑계로 유명 소설가 아들이 유치원 여아 성폭행

격주간폭력in | 기사 입력 0020년 8월 10일

서울 구로구 한 아파트 단지 엘리베이터에서 유치원생이 대낮에 납치돼 성폭행을 당해 큰 충격을 주고 있다.

8일 오후 서울 구로구 둥근유치원에 다니고 있는 7세 오○○ 양이 아파트 엘리베이터에서 괴한에 납치돼 성폭행을 당했다. 오 양은 범인이 잠든 사이 도망쳐 범인의 집에서 빠져나와 관리실에 신고했고 울고 있는 오 양을 이 아파트 관리소장이 발견해 경찰에 신고했다.

이날 오 양은 유치원이 끝나고 집으로 가던 중 아파트 엘리베이터 안에서 괴한을 만나 집까지 끌려간 뒤, 봉변을 당한 것으로 알려졌다.

오후 3시 8분께 범인은 혼자 엘리베이터에서 누군가가 오기를 기다렸다가 오 양이 일행이 없이 들어오자 범행을 결심했다고 한다. 범인은 오 양이 엘리베이터에 타자마자 눈을 가린 뒤 800미터쯤 떨어진 자신이 살고 있는 옆 동 아파트로 끌고 가 성폭행했다.

관리소장은 오 양을 발견했을 당시 초췌한 얼굴에 콧물이 잔뜩 묻어 있었고 피가 묻은 치마를 입은 모습에 몹시 놀라 병원에 데려간 뒤 경찰에 신고했다. 오 양의 부모는 당시 회사에서 일을 하고 있었고, 오 양의 할머니가 집에서 손녀를 기다리고 있었다. 오 양의 할머니는 손녀가 평소보다 늦어 유치원에 전화를 하려고 하는 찰나, 경찰서에서 연락이 왔다고 말했다.

병원으로 옮겨진 오 양은 국부와 항문 등에 매우 심각한 상처를 입어 범행 후 이틀이 지난 10일 새벽까지 인공항문을 만드는 응급 수술을 받았고, 현재까지 특수 병동에서 지내고 있다. 언제 일반 병실로 옮겨질지는 아직 지켜봐야 하는 상황이다. 병원 관계자에 따르면 "치료에 최소 8개월 이상이 걸릴 것이다."며, "오 양뿐 아니라 부모와 조모도 충격으로 정신적 공황 상태에 있다. 이들 역시 즉각적인 치료가 필요하다."고 전했다. 당초 오 양의 국부와 항문이 심하게 파열되어 범인이 맥주병, 곤봉 등 다른 도구를 이용해 오 양에게 상해를 입힌 것으로 추정되었으나 범인의 신체를 조사한 결과 도구 없는 단순한 성폭행으로 밝혀졌다.

경찰은 아파트 단지 주변 CCTV 화면과 오 양의 진술을 종합하여 탐문 수사를 벌여 9일 밤 서울 C대 국문과 휴학생 Y씨를 용의자로 체포했다. Y씨가 내성적이고 차분한 성격이며, 명문대 재학생이라는 사실에 경찰 측, 피해자 측, 대학 측 모두 놀랐다.

Y씨는 경찰 조사에서 "엘리베이터에서 오 양을 본 순간, 가슴속에서 나비들이 터져 나와 나도 모르게 오 양을 집으로 데리고 가 술을 마시고 범행을 저질렀다."고 자백한 것으로 알려졌다. Y씨는 오 양과 오 양의 가족에게 진심으로 사죄하며 어떠한 처벌도 달게 받겠다고 밝혔으나, 자신의 범행 동기가 가슴(마음)속 나비 때문이라는 주장도 굽히지 않고 있다.

경찰은 사건 다음 날인 9일 Y씨에 대해 미성년자 성폭행 등 혐의로 구속영장을 신청했다. 한편 경찰은 나비 때문에 성폭행을 했다고 주장하는 Y씨의 정신 상태가 비정상적일 수 있다고 보고 정신감정도 의뢰해둔 상황이다.

Y씨의 아버지가 외설 시비에 휘말려 구속당한 적이 있는 동성애 작가 강모 씨, 어머니는 세계적인 화가 장민영 씨로 알려져 더 큰 사회적 파장이 일 것으로 예상된다.

사건 소식을 접한 시민들은 '부전자전이다!', '무기징역감이다.', '어릴 때부터 아빠가 쓴 글을 많이 읽어서 저 지경이 되었다.', '강모도 같이 구속시켜라!', '나비는 무슨 나비? 지금 소설 쓰냐?', '니 엄마가 왜 널 두고 혼자 떠났는지 알겠다.' 등 격한 분노의 감정을 표현했다.

현재까지 작가 강모 씨는 피해자 가족들에게 사과한 것을 제외하곤 아들의 범행에 대해 일절 언급하지 않았다. Y의 생모인 장민영 화백은 현재 에스토니아에 체류 중이다.

testimony

아파트 단지의 평화를 위해 법정서 진술

구로뉴스 | 기사 입력 0023년 8월 18일

"법정에서 다시 보기 정말 무서웠지만 그냥 놔두면 아파트 단지 사람들 그리고 동네 친구들이 다칠 것 같아 최선을 다해 진술했다."

'Y씨 나비 성폭행 사건'의 피해자인 오○○(10) 양이 법무부가 매년 여름 펴내는 범죄피해자수기를 통해 직접 쓴 글을 공개한 사실이 16일 확인됐다. 오 양은 어린 나이에 지옥 같은 경험을 했지만 동네 주민들을 먼저 걱정하는 의젓하고 어른스러운 모습을 드러냈다.

오 양은 3년 전 끔찍했던 순간에 대해서도 적었다.

무서운 아저씨는 저를 엄청 아프게 했어요. 많이 괴롭혔어요. 그리고 편지를 읽어줬어요. 저를 괴롭힐 때랑, 편지를 읽어줄 때는 완전히 다른 사람 같았어요. 그래서 더 무서웠어요. 편지를 읽고 나서 아저씨는 방 안에서 옛날 노래를 계속 반복해서 들었어요. 노래를 따라 하기도 했어요. 그러다가 잠들어버렸어요. 무서운 아저씨가 잠든 것을 보고 몰래 기어 나왔어요. 나오면서 생각해보니 많이 본 아저씨 같았어요. 동네에서 자주 만났고, 인사도 친절하게 해줬던 것 같았어요. 그래서 더 무서웠어요. 미친 사람 같았어요. 미친사람요.

경찰은 체포 당시 범인 Y가 '불나비스타일쏘세지글러브'의 〈어쩌다 마주친 그대〉를 반복해서 듣고 있었다고 밝힌 바 있다.
오 양은 성폭행의 상처 때문에 배변 주머니를 차고 다니면서 겪었던 불편에 대해서도 솔직히 설명했다.

왜 옷 속에서 비닐 종이 소리가 왜 나느냐고 친구가 물었다. 그 뒤부터 주머니에 사탕을 몇 개씩 넣고 다닌다.

놀이동산에 놀러 갔는데, 놀이기구에서 갑자기 주머니가 터져 온 가족은 물론이고 놀이기구에 함께 탔던 사람들 모두 고생했던 이야기를 털어놓기도 했다.
지우기 어려운 상처는 한동안 오 양의 머릿속에서 사라지지 않았던 것 같다. '꿈에 무서운 아저씨 집에서 들었던 〈어쩌다 마주 친 그대〉라는 노래가 자주 들린다.', '아직도 엘리베이터를 탈 수 없다.', '법정에서 끝없이 미안하다고 말했던 아저씨의 모습이 가끔 떠오른다.' 하지만 오 양은 꿈과 희망을 포기하지 않았다.

어른이 되면, 엘리베이터에서 범죄가 일어나지 않도록 최첨단 엘리베이터를 만드는 과학자가 되고 싶다.

Y는 0020년 8월 당시 7세에 불과한 오 양을 엘리베이터에서 납치한 후 자신의 집으로 데려가 잔혹하게 성폭행한 혐의로 징역 8년이 확정돼 복역 중이다. 당시, Y가 명문대 출신이고, 초범인 데다가 깊이 반성하고 있으며, 불우한 어린 시절을 보냈다는 이유 등으로 낮은 형량을 받아 사회적 논란이 된 바 있다. 하지만 그는 엄연히 성폭력범이다. 피해자가 아니라 범죄자이다.

그리고 5년 후 그는 다시 세상에 나온다.

오 양의 아버지는 성폭행 범죄 공소 시효를 폐지해줄 것을 요구하며 인터넷 카페 등을 통해 지속적으로 서명운동을 하고 있다. 국회에도 아동 성범죄 공소 시효 폐지를 포함한 법률 개정안이 발의돼 있다.

suicide attempt

'나비 성폭행' Y씨, 자살 기도 중태

교도일보 | 기사 입력 0025년 8월 20일

　가슴속에서 나비들이 터져 나와 성폭행을 저질렀다는 폭행 동기로 유명한 '나비 성폭행'의 범인 Y씨가 지난 18일 감방에서 자살을 기도해 중태에 빠졌다.

　경북 북부 제8교도소는 Y씨가 이날 오전 8시 8분쯤 독방(4.80제곱미터)에서 고무장갑으로 목을 조른 채 신음하며 구토하고 있는 것을 교도관이 발견, 인근 지역 모 병원으로 옮겨 치료 중이라고 밝혔다.

　담당 교도관 오○○ 씨에 따르면 Y씨는 양손으로 고무장갑을 잡고 자신의 목을 감아 자살을 시도했으며 교도소 측은 발견 직후 즉각 118구조대에 도움을 요청, 현재는 인근 병원 응급중환자실에서 치료 중이다.

　교도소 측은 Y씨가 스스로 숨을 쉴 수 있지만 의식은 거의 없는 상태라고 밝혔다. 병원 관계자도 "현재 Y씨는 인공호흡기를 통해 숨을 쉬고 있다. 의식은 혼미하지만 혈압, 맥박 등은 모두 정상이어서 생명에는 전혀 지장이 없다."고 말했다.

Y씨는 지난달 8일 설거지와 빨래 등을 위해 교도소 내에서 고무장갑을 구입한 것으로 알려졌다. 교도소 측은 Y씨의 독방에서 '미안합니다'라고 적힌 A8용지 1장의 메모와 편지 한 통 외에 별다른 유서는 발견되지 않았다고 밝혔다. 편지의 내용이나 수신인은 공개되지 않았다. 일부에서는 Y씨가 첫사랑에게 쓴 편지로 추정하고 있다.

교도소 측은 Y씨가 어머니와 같은 아빠의 동성 파트너의 사망 이후 심적 갈등을 견디지 못해 자살을 시도한 것으로 보고 정확한 원인을 조사 중이다. 교도소 관계자는 "Y씨가 수감 생활 도중 의지하던 '아마(Y씨는 아버지의 동성 파트너를 그렇게 불렀다)'가 지난달 숨지자 충격을 받고 심적 갈등을 겪어온 것으로 보인다."고 말했다.

그간 Y씨 부친인 소설가 강모 씨와 화가 장민영 씨 등 가족은 면회를 오지 않았으며, 서신 교환만 자주 했던 것으로 알려졌다. 반면 '아마'는 Y씨를 자주 면회 왔고, 어릴 적부터 Y씨는 '아마'를 어머니처럼 따랐다는 주위의 전언이다.

병원 측은 Y씨가 현재는 의식이 없는 상태지만 8일 안에 의식을 회복할 확률이 98.8퍼센트 이상이라고 발표했다.

revival

'나비 성폭행' Y씨, 일반실로 돌아가

죄수일보 | 기사 입력 0025년 9월 10일

    지난달 18일 새벽, 자살 기도로 세인들의 관심을 끌었던 '나비 성폭행'의 범인 Y씨가 교도소 독방 생활을 벗어났다. 자살 기도 이후인 지난달 28일, 병원 치료를 마치고 복역 중인 경북 북부 제8교도소로 복귀한 Y씨는 교도소 내에서 적절한 치료를 받고 현재 심신의 안정을 되찾아 정상적인 수감 생활을 하고 있는 것으로 알려졌다.

    특히 Y씨는 격리돼 있던 독방 생활에서 벗어나 현재 일반실 수감자 2~3명과 함께 복역하고 있는 것으로 확인됐다

    8일 경북 북부 제8교도소 오○○ 교도관은 공식적으로 "Y는 현재 격리된 독방이 아닌 일반실에서 다른 수감자들과 함께 생활하며 성실하게 복역한다."고 말했다. 일반실에서 일정 부분 통제를 받고 있지만 다른 수감자들과 함께 독서, 공부, 운동, 미술 활동, 시사 토론, 전통 놀이, 컴퓨터 등을 하며 건전하고 정상적인 수감 생활을 하고

있는 중이다.

Y씨가 자살을 기도한 이유에 대한 자체 조사에서 "이미 언론 등에서 밝혀진 바와 같이 '아마(부친의 동거인)'의 갑작스런 죽음에 따른 심경 변화" 때문에 충동적으로 극단적인 선택을 한 것이라고 교도소 측은 밝혔다.

하지만 일부 인권 단체에서는 모범수였던 Y씨가 갑작스럽게 자살을 택한 다른 이유가 있을지도 모른다고 의혹을 제기하고 있다. '생활을 잘하는 모범수를 사랑하는 인권 변호사들의 모임(이하 생사변모)'는 Y씨가 독방으로 이감되기 전 집단 따돌림을 받았을 수도 있다고 보고, 좀 더 체계적인 조사가 필요하다는 공식 성명을 낸 바 있다.

교도서 측 발표에 따르면, Y씨는 자살 기도 조사 과정에서 "충동적이었다. 내가 왜 그랬는지 모르겠다. 다시는 이런 일이 없을 것이다. 국민들과 부모님께 죄송하다."라고 말한 것으로 알려졌다. 하지만 교도소 측은 언제 어떻게 조사가 이뤄졌는지에 대해선 말을 아꼈다. 생사변모 측은 조사 시점과 내용을 전면 공개하지 않으면 의혹이 증폭될 수 있다고 지적하면서 관련 자료를 즉각적으로 공개하라고 요구했다.

지난달 말 교도소 측은 Y씨의 자살 기도 사건 발생 후 "평소 독방 수감 생활에 대해 본인의 불만은 없었다."고 밝혔다. 아울러 "Y씨에 대한 기존 교도소 수감 생활 방침은 변함이 없으나, 조만간 실시되는 자살 기도 이유 조사에서 Y씨가 독방 수감에 대해 문제 제기를 할 경우 교도관 회의를 거쳐 변화를 고려해야 하지 않겠느냐."고 말해 Y씨의 일반실 이감 가능성을 비친 바 있다.

따라서 자살 기도 후유증에서 회복된 Y씨가 조사 과정에서 독방 생활의 고통에 대해 호소했거나, 교도소 행정에 대해 언급해 교도소 측이 Y씨의 독방 생활 지속 여부를 재고했던 것으로 분석된다.

교도소 관계자는 "Y씨의 우발적인 행동 가능성을 배제하지 않고 있으며, 만약의 사태에 대비해 Y씨의 신병 관리에 만전을 기하고 있다."고 말했다. 하지만 동료 수감자들은 "Y씨가 여느 수감자들과 다름없이 성실하게 생활하고 있다."고 말했다.

Y씨가 수감돼 있던 독방은 화장실(변기)을 포함, 1평 남짓한 4.80제곱미터 규모로, 출입문을 열면 방 안쪽에 0.8미터 정도 높이의 받침대, 그리고 그 위에 설치된 TV와 세면대 외에 별다른 시설물은 없다. 냉난방도 잘되는 것으로 알려졌다.

last warm

눈 대신 햇살 가득한 소설

웨더리포트 | 기사 입력 0026년 11월 22일

'소설', 절기상 눈이 내리기 시작한다는 날.

그러나 오늘 하루는 그런 정의가 무색하게 따뜻했다. 전국적으로 낮 기온이 영상 10도 안팎에 이르는 등 전국이 대체로 포근한 날씨를 보였다. 경북 문경 지역은 낮 최고기온이 18도까지 올라가기도 했다. 이는 기상관측 사상 최고치이다.

28일, 유난히 추웠던 몇 주를 보낸 시민들은 오랜만에 확 풀린 날씨에 인근 공원이나 유원지를 찾아 움츠려 있던 몸과 마음을 달래며 재충전의 시간을 가졌다. 가족 단위 혹은 연인, 친구들과 팔짱을 낀 채 마른 낙엽 사이를 걸으며 시민들은 이제 가을과 작별하고 겨울을 맞이할 준비를 했다. 서울 구로구 거리 공원을 찾은 시민은 "몇 주 동안 추워서 움츠리고 있었는데 오랜만에 날이 풀려 외출하니 상쾌한 기분"이라고 말했다.

대구 두류공원에는 이날 하루 8,800명의 시민들이 입장하는 등 전국의 유원지가 나들이객들로 붐볐다. 장민영 화백의 그림 등이 전시된 대한민국 현대미술대전 개막식이 열린 서울시립미술관에는 2,800여 명의 관람객이 입장하는 등 도심 곳곳의 미술관에도 시민들의 발길이 이어졌다. 오랜만에 가족들과 함께 문화 체험을 하기 위해 미술대전을 찾은 오○○ 씨는 "올해의 마지막 포근함이라는 생각으로 가족들과 나들이를 나왔다. 지난번에 장민영 화백의 개인전에서 감명을 받아 이번에는 아내와 아이들까지 데리고 왔다. 포근한 가을과 예술이 너무 잘 어울리는 날 같다."고 말했다.

포근한 가을을 맞아 북한산과 관악산, 아차산, 남산 등 도심 주변의 산에는 막바지 가을 산행을 즐기려는 등산객이 예년보다 많았다.

한편 서울 등 도심을 빠져나가고 들어오는 차량들로 인해 18시를 전후로 고속도로 곳곳에서 정체 현상이 빚어지고 있다. 경부고속도로 하행선 판교에서 안성 부근까지 48킬로미터 구간 등에서, 상행선의 경우 목천에서 안성, 오산-수원, 서울 요금소에서 서초 등 군데군데에서 차량이 몰려가다 서다를 반복하고 있다. 서해안고속도로는 하행선 서서울에서 발안 부근 38킬로미터 구간과 상행선 서해대교에서 매송 구간 등에서, 영동선은 양방향에서 차량들이 속도를 줄이고 있다.

동해안고속도로는 정체 없이 평소처럼 속도를 내고 있다.

기상청은 내일부터 예년 기온을 찾을 것이며, 다음 주쯤에는 초겨울 한파가 올 것이라고 예측했다.

determination

집행 없는 화학적 거세

화학과범죄 | 기사 입력 0029년 3월 20일

　흉악한 성폭행 범죄자에 대한 징벌 제도의 하나로 지난 8월부터 시행된 '성충동약물치료제도(일명 화학적 거세)'가 시행 8개월이 됐지만 현재까지 검찰의 대상자 청구는 물론 법원 판결이 단 한 건도 없는 것으로 나타났다. 대상을 너무 엄격하게 규정한 것이 그 중요한 원인으로 지적된다. 이에 따라 흉악한 성폭력 범죄와 아동 성폭력에 대한 대책으로 도입한 화학적 거세 제도 자체가 '유명무실'해지는 것 아니냐는 우려가 높이 일고 있다. 일부에서는 '죽은 법'으로 전락할 우려까지 제기하고 나섰다.

　18일 검찰과 법원에 따르면 '88선언(0028년 8월 8일부터 시행)'이라고 불리는 성충동약물치료제도가 시행된 이후 현재까지 검찰의 대상자 청구 사례는 전무한 것으로 집계됐다. 화학적 거세 집행이 결정되기 위해서는 국립 법무병원이 성도착증 환자라는 판단을 하고 검찰이 법원에 청구하는 절차를 거쳐야 하기 때문에 올해도 대상자는 없을 것으로 전망된다. 검찰 관계자는 "현재 성도착증 감정을 의뢰한 성폭행 피의자가 한 명 있기는 하지만 대상이 될는지는 감정 결과를 지켜봐야 한다. 현실적으로 대상자로 선택될 확률은 지극히 낮을 것"이라고 말했다.

전문가들은 이처럼 화학적 거세 대상자가 한 명도 없는 일차적인 이유는 법 집행 규정이 엄격하기 때문이라고 말한다. 현행 관련 법규에 따르면 화학적 거세는 16세 미만의 아동에게 성범죄를 저지른 19세 이상 성도착증 환자로 제한되고 있다. 그중 재범 위험성이 높은 성폭행 범죄자만 대상이 된다. 성도착증 환자의 개념은 2회 이상 아동 대상 성범죄자로 한정된다. 현실적으로 수치화가 불가능한 '재범 위험성이 높은'이라는 구절도 판결의 애매함을 가중시킨다.

서울중앙지검 여성아동성폭력전문조사부의 부장 오○○ 씨는 "다른 이유보다 인권 보호 차원에서 엄격히 사용을 제한해야 하는 측면이 있기 때문에 화학적 거세 대상자 청구가 생각보다 쉽지 않다. 그리고 정서적으로 '거세'라는 단어 때문에 대상자 청구가 쉽지 않은 측면도 있다."고 밝혔다.

하지만 일각에서는 '인권 보호' 차원의 고려가 성범죄자에게도 해당되어야 하는지 반문하고 있다. 성폭행 전과자들은 끊임없이 재범을 저지르고 있다. 특히 전자팔찌, 전자발찌를 부착한 채 다시 성폭행을 저지른 성범죄자는 올해만 18명에 달하는 것으로 집계되었다. 지난해 8월에는 성폭행 범죄로 8년을 복역한 한 범죄자가 대구시 중구의 한 다가구 주택에 창문을 통해 무단 침입해 잠자던 20대 여성을 흉기(속칭 사시미)로 위협해 성폭행하고 달아났다. 이 범죄자는 당시 손목에는 전자팔찌, 발목에는 전자발찌를 부착한 상태였다. 이렇게 재범을 저지른 사람도 확정 판결을 받고 출소하면 화학적 거세의 대상에서 제외된다.

충남 공주시 국립 법무병원에는 성도착증에 의해 성범죄를 저지른 수감자 800여 명이 치료를 받고 있다.

그중에 단 한 명만이 법원의 강제 명령이 아닌 "성 욕구를 참을 수 없으니 화학적 거세를 해달라."는 자발적 요청으로 약물 투입 치료를 받고 있다.

한편 지난 8일 '성범죄자를 증오하는 범국민적 행동연대(이하 성범행)'의 젊은이들은 경북 제8교도소 인근에서 모임을 갖고, "이러한 범죄를 저지른 자들에게는 화학적이 아닌 물리적 거세를 취하는 것이 옳다."고 주장했다. 성범행 대표는 "체코는 현재 아동 성범죄자에게 물리적 거세를 시행하고 있고, 프랑스도 물리적 거세를 채택할 움직임이 보인다. 삼진 아웃제 등을 도입하여 재범에게는 반드시 강력한 처벌을 해야 한다. 인권은 인간다운 행동을 한 사람을 위해 존재하는 것"이라고 강력히 주장했다.

한편, 통계청 발표에 따르면 작년 성범죄는 재작년 대비 8퍼센트 증가했다.

castration

대한민국 화학적 거세 제1호 '나비 성폭행' Y씨

월간처벌의학 | 기사 입력 0029년 4월 4일

김수절, 김길퇴, 귀두순, 그리고 Y.

어린이를 대상으로 인간 이하의 끔찍한 성범죄를 저질러 세상을 놀라게 했던 이들이다. 이들 사건 때문에 아동 성폭력에 대한 우리 사회의 경각심이 상당히 높아졌다.

알려진 바대로 성범죄, 특히 아동 성범죄는 재범률이 상당히 높은 편이다. 그래서 범죄가 되풀이되지 않도록 전자팔찌, 전자발찌 착용, 신상 정보 공개 등 다양한 방법이 총동원되고 있다. 최근에는 인체 내에 칩 시술을 해야 한다는 주장, 인간용 블랙박스를 개발해야 한다는 주장, 성범죄자들에게 개 목걸이와 같은 전자 목걸이를 달아야 한다는 의견까지 나왔다.

폭력 범죄자의 성충동 약물 치료에 관한 법률이 지난해부터 발효돼 이른바 '화학적 거세'도 가능해졌다. 그러나 이 법에 따라 화학적 거세를 집행하려면 검사의 청구와 판사의 허가가 있어야 한다. 이렇게 되면, 범죄자가 동의하지 않더라도 시행이 가능하다. 하지만 아직 대한민국에서 화학적 거세의 강제집행이 이뤄진 사례는 단 한 건도 없다.

그런데 자진해서 화학적 거세를 받겠다고 나선 이가 있다. 자신의 의지로는 비정상적인 성적 충동을 도저히 억누르지 못하고 또다시 성범죄를 저지를 것 같은 두려움 때문에 스스로에게 '거세'라는 극약 처방을 한 것이다.

'나비 성폭행'으로 알려진 Y씨가 바로 자진해서 화학적 거세를 결심한 주인공이다. 그는 성범죄로 한 번, 거세로 또 한 번 세상을 놀라게 했다.

현재 충남 공주 국립법무병원(옛 공주 치료감호소) 성폭력 범죄자 치료재활센터의 재소자 800여 명 가운데 Y씨, 딱 한 명이 자발적으로 화학적 거세 치료에 응하고 있다.

28일 성폭력 범죄자 특수감호치료재활센터 면담실에서 Y씨를 만났다. 그는 날씬하고 훤칠했다. 하지만 알려진 대로 코가 없었다(그는 선천적 안면 장애이다). 그는 유치원생 여아에게 성폭력을 저질렀고 이곳에 와서 소아 기호증 판정을 받았다(그는 자신이 소아 기호증이 아니라고 주장하고 있다). Y씨가 대한민국에서 화학적 거세를 스스로 선택한 최초이자 현재까지는 유일한 성범죄자다. Y씨는 조심스럽게 자신의 이야기를 시작했다.

초등학교에 입학하기 전, 그러니까 서울 생활을 시작한 지(그는 경북 문경 출신이다) 얼마 되지 않아서 우연히 만난 소녀를 무척 사랑하게 되었습니다.

엘리베이터에서 그녀를 처음 보았습니다. 그리고 초등학교, 중학교, 고등학교, 심지어 대학에 가서도 잊을 수 없었습니다.

아직도 그 소녀를 처음 만난 순간이 생생하게 기억납니다.

볕이 좋은 오후였습니다. 전 혼자 엘리베이터에 타 있었습니다. 엘리베이터 문이 닫히려는 순간, 소녀는 현관을 지나 달려왔습니다. 소녀의 등 뒤엔 환한 빛이 보였습니다. 빛과 함께 소녀가 제게로 달려왔습니다. 환하게 웃고 있었어요. 그런 생각이 들었어요. 내 곁에만 머물러줬으면 좋겠다. 떠나면 안 된다. 항상 소녀 곁에 머물고 싶다. 떠나면 안 된다. 뭐, 그런 생각들이 들었어요. 그 어떤 꽃보다 아름다웠습니다. 웃으며, 잠시만 기다려달라고 제게 애원했습니다. 말은 하지 않았지만, 소녀의 눈빛을 보고 전 알 수 있었습니다. 전 열림 버튼을 꾹 누르고 있었습니다. 소녀가 어서 들어오기를 기다렸습니다. 손가락에서 땀이 났습니다. 별로 덥지도 않았는데, 땀이 많이 났습니다. 소녀는 제게 점점 다가왔습니다. 심장이 마구 뛰었습니다. 소녀가 엘리베이터로 들어오려는 순간, 제 손가락이 버튼에서 미끄러졌습니다. 소녀는 엘리베이터 안으로 채 들어오지 못했고, 문이 닫혔습니다. 저 때문에 소녀의 머리가 엘리베이터 문 사이에 끼었어요. 그런데 전 아무것도 못 했습니다. 정말 아파 보였어요. 그런데도 그냥 한참을 멍하니 보고 있었어요. 정신을 차리고 열림 버튼을 눌렀지요. 그리고 다시 한동안 아무것도 할 수 없었습니다. 그렇게 넋을 놓고 소녀를 보고 있는데, 갑자기 가슴속에서 나비들이 생겨났어요. 그리고 나비 떼가 가슴속을 날기 시작했어요. 그 후로는 다른 여자가 눈에 들어오지 않았습니다. 소녀를 생각할 때마다 가슴속에서 나비들이 날았어요.

그리고 나서 소녀에게 편지 한 통을 썼습니다. 부칠 수 없는 편지였어요. 하지만 늘 가지고 다녔습니다. 줄 순 없는 편지. 정말 우울한 편지였습니다. 그러나 늘 언젠가는 만날 수 있다는 생각을 했어요. 언젠가는.

그러다가 대학에 갔고, 바로 군대를 가려고 했는데 그것도 여의치 않았습니다(Y는 심한 안면 장애 때문에 군 면제를 받았다).

그러던 어느 날, 가장 친한 친구가 그 '소녀'를 찾았다고 만나러 가자고 했습니다. 처음에는 농담인 줄 알았는데, 친구가 가자는 곳에 갔더니 정말 소녀가 있었습니다. 초등학교 졸업식 때 중국집에서 우연히 본 뒤로 처음이었어요.

소녀는 이미 성인이 되었지만, 여전히 아름다웠습니다. 전혀 변하지 않았습니다.

소녀를 만난 곳은 노래방이었습니다.

소녀는 노래방 도우미로 일하고 있었습니다. 십몇 년 만에 봤지만 전 한 번에 알아볼 수 있었습니다.

소녀를 보자, 가슴에서 나비들이 날기 시작했습니다. 물론, 소녀는 절 알아보지 못했습니다. 소녀는 제게 아무 말도 하지 않았고, 아주 불쾌하다는 표정을 짓고 나가버렸습니다. 따라가보았지만, 소녀는 눈길 한 번 주지 않았습니다. 제가 소녀에게 무슨 말을 하려고 하자, 그녀는 제 얼굴에 침이라도 뱉을 듯 불쾌하다는 표정을 지었습니다. 저는 그냥 편지만 건네줄 생각이었습니다. 사실, 말할 용기도 없었거든요. 전해주지 못한 편지, 정말 우울한 편지였어요. 친구는 원래 그런 여자니까 잊으라고 했지만 저는 그럴 수 없었습니다. 전 원래 그런 여자를 사랑했으니까요.

시간이 흘렀지만 마음이 가라앉지 않았습니다. 친구가 다른 도우미를 불러줬습니다. 싹싹하고 아름다운 여성이었습니다. 하지만 기분이 좋아지지 않았습니다. 그 후로 며칠 동안 집 밖에도 나가지 않았습니다. 자꾸 소녀의 마지막 표정이 떠올랐습니다.

그리고 몇 달 뒤, 그러니까 소녀와 노래방에서 만난 지 두 달 뒤 어느 날, 아파트 엘리베이터에서 만나 범죄를 저지르고 말았습니다.

한 유치원생이 들어왔는데 갑자기 가슴속에서 나비 떼가 날기 시작했고 가슴이 막 뛰었습니다. 다시 어린 시절로 돌아간 것 같았어요. 유치원생과 저는 단둘이 엘리베이터에 있게 되었고, 그 유치원생이 소녀 같다는 생각이 들었습니다. 다시는 놓치고 싶지 않았어요. 가슴이 마구 뛰었습니다. 나비들의 거센 날갯짓이 느껴졌습니다.

그 후로는 생각이 나지 않습니다. 아무런 기억도 나지 않습니다. 눈을 떴더니 집이었습니다. '불나비스타일쏘세지글러브'의 〈어쩌다 마주친 그대〉가 들렸어요. 제가 계속 반복해서 듣고 있었나 봐요. 그땐 이미 유치원생은 보이지 않았습니다. 그리고 조금 있다 경찰들이 저를 체포했습니다.

다시는 그러고 싶지 않습니다. 하지만 갑자기 또 엘리베이터에서 그런 일이 생길 것 같아 두렵습니다. 나비들이 가슴에서 난리를 칠까

봐 걱정이 됩니다. 가슴속의 나비들은 제 생각과 상관없이 움직입니다.

이곳에 와서도 그 문제로 힘들던 차에 화학적 거세 치료 이야기를 듣고 자원했습니다. 다시는 범죄를 저지르지 말아야 하니까요. 지난달부터 화학적 거세 주사를 맞고 있습니다. 지금은 나비에 관한 생각이 나지 않습니다. 일부러 소녀나 나비를 생각해보려고 해도 8초 정도 지나면 바로 끝납니다. 가슴속의 나비들을 제 마음대로 움직이고 싶어요.

부작용이 있다는 얘기도 들었습니다. 솔직히 겁납니다. 정상적인 남자로 살지 못하면 어쩌나, 하는 생각도 듭니다. 다시 소녀를 만나게 된다면 정상적인 모습을 보여주고 싶습니다. 그리고 다시는 엘리베이터에서 저질렀던 범죄를 저질러선 안 되겠지요.

감옥에 있는 동안 아마가 갑자기 돌아가셨습니다. 그때 너무 힘들어서 삶을 접을까, 했습니다. 실제로 시도를 했지만, 실패했습니다. 다행히 살아났습니다.

며칠 동안 의식을 찾지 못했는데, 그때 꿈에서 소녀를 만났습니다. 소녀는 아무 말도 하지 않았지만 소녀가 제 꿈에 등장했다는 것은 다시 만나자는 메시지일지도 모른다는 생각을 했습니다. 꿈속에서 소녀는 엘리베이터 안에 있었어요. 그 안에서 소녀가 저를 기다리고 있었어요.

세상 사람들이 저를 어떻게 생각하는지 잘 압니다.

그래도 치료 잘 받고 착하게 살면 시선이 조금씩 변하지 않을까 기대합니다. 소녀도 다시 만날 수 있을 거라고 믿습니다. 그렇다고 소녀가 저를 좋아할 일은 없겠지만요.

여기 오기 전에 (감호소) 병원 외과 중환자실에서 도우미로 일했습니다. 힘들었지만 뿌듯했습니다. 중환자들에게 책을 읽어주는 봉사를 했습니다. 밖에 나가면 다시 공부를 하고 싶습니다. 중·고등학교 시절 이물열 선생님을 좋아해서 대학도 국문학과에 들어갔습니다 (Y씨는 청와대 국문과를 1학기 다니고, 휴학 중에 범죄를 저질렀다). 전에는 문학을 공부하고 싶었는데, 이제 역사 공부를 하고 싶습니다. 상상의 산물인 문학보다는 과거 사실을 밝히는 역사가 더 좋을 거 같습니다. 저 같은 놈은 상상을 하면 안 될 테니까요.

피해자에겐 지금도 미안한 마음뿐입니다. 가족들에게도 너무 미안합니다. 너무나도 미안하고 뼈저리게 후회합니다. 아이가 큰 수술도 받았다고 들었습니다. 모두 제 탓입니다. 제가 가슴속 나비를 잘못 다스린 탓입니다.

그 아이가 주위의 사랑을 많이 받으면서 행복하게 잘 살았으면 합니다. 죄송합니다. 진심으로 죄송합니다.

화학적 거세는 성범죄자의 성욕을 억제해 재범을 방지하는 적극적인 조치다. '거세'라는 단어가 주는 중압감과 더불어 실질적으로 몸을 변화시키기 때문에, 소극적으로 재범을 막는 전자팔찌나 전자발찌보다 더 강력한 수단이라 할 수 있다.

하지만 화학적 거세에 대한 오해와 편견도 있다.

화학적 거세 하면 화학적 요법을 통해 성범죄자들을 진짜 거세시키는 것으로 알고 있는 사람들도 많다. 즉, 화학약품을 통해 성기를 절단하는 처벌이라고 생각하는 사람들이 의외로 많다. 그러나 화학적 거세는 약물을 복용하는 기간에만 효과가 있다. 약물의 성분이 떨어지면 원래 상태로 돌아가기 때문에 물리적 거세와는 개념 자체가 완전히 다르다.

덴마크가 1929년 화학적 거세 관련 절차를 규정한 법을 최초로 만들었다. 이어 인접국인 노르웨이의 단종법, 스웨덴의 거세법 등이 나왔다. 현재 1~2개국을 제외하곤 물리적 거세는 사실상 사라졌고 화학적 거세가 주를 이룬다. '거세'라는 단어가 강렬한 인상을 주지만 이 자극적 단어만 벗기면 실제로는 정신적인 문제를 겪고 있는 이들을 위한 치료 행위가 주가 된다. 화학적 거세는 일종의 '일시 정지'의 효과가 있는 것이다.

우리나라의 성폭력 범죄자의 성충동 약물치료에 관한 법률은 '16세 미만에게 성폭력 범죄를 저지른 사람' 중 재범 위험이 높다는 정신과 전문의의 진단이 나온 이들에게 강제적으로 집행하도록 규정하고 있다. 집행 시기는 장기 복역수의 경우 출소 8개월 전부터 가능하다고 규정돼 있다. 따라서 연쇄살인과 아동 성폭행으로 무기징역을 선고받은 김길퇴와 역시 연쇄 아동 성폭력과 유괴로 복역 기간이 10년 이상 남은 귀두순은 아직 대상자가 아니고, 앞으로도 대상자가 될 확률은 지극히 낮다.

화학적 거세의 실제 과정은 매우 간단하다. 'GnRH 길항제'라는 주사를 한 달에 한 번 맞는 것이 전부다. 과거 해외에선 남성성을 억제하기 위해 다양한 여성호르몬을 증가시키는 방법을 썼는데, 이는 피의자의 가슴과 엉덩이를 커지게 하고, 목소리가 변하는 등 여성화 부작용이 컸다. 실제로 당시 화학적 거세를 받은 출소자 중 몇몇은 성적 취향이 바뀌기도 했다.

GnRH 길항제는 성충동을 일으키는 남성호르몬인 테스토스테론의 분비를 촉진하는 약물이다. 길항제가 신체에 들어가면 신체는 항상성을 유지하기 위해 오히려 테스토스테론의 생성을 중단해버린다. 그래서 혈중 테스토스테론 수치가 정상 수준인 $2.25 \sim 9.72 ng/ml$에서 거세 수준인 $0.5 ng/ml$로 현저히 떨어진다. 치료 전 순간적으로 $8.88 ng/ml$까지 치솟았던 Y의 테스토스테론 수치는 현재 $0.8 ng/ml$ 이하로 유지되고 있다.

일부 대상자는 의지와 상관없이 야한 생각이 계속 떠오르는 '침투환상'을 겪기도 하는데 대부분 치료 이후 환상이 완화된다고 한다. 테스토스테론 분비가 중단되면 근 위축, 골 밀도 감소 등의 부작용이 생길 수 있다. 다만 이 약물은 전립선암 치료제로 쓰이기 때문에 임상적 경험이 축적됐고, 약물 부작용 대처도 용이한 편이다. 그래서 현재에는 화학적 거세를 할 때, 가장 손쉽게 이용되는 약물이다.

화학적 거세가 성범죄 재범률에 미치는 효과를 판단하기는 아직 이르다. 하지만 학계에서는 긍정적일 것으로 기대한다. 서울대 의대 산하 성의학범죄예방치료재활연구센터의 법무부 연구 용역 보고서에 따르면, 남유럽을 기준으로 치료를 받지 않은 성범죄자의 재범률은 60~88퍼센트에 달하지만 고환 절제술을 했을 경우 재범률이 2.8~8.8퍼센트로 급감한다. GnRH 길항제는 역시 고환 절제술에 준하는 효과가 있는 것으로 예상된다. 하지만 일부에서는 검증되지 않은 화학적 거세보다는 확실한 고환 절제술을 실시하는 것이 효과적이라고 주장한다. 여론도 현재는 화학적 거세보다는 물리적 거세 쪽에 손을 들어주고 있다.

오○○ 국립법무병원장(치료감호소장)은 "아직 구체적인 사례가 적기 때문에 통계적으로 유의미하다고 할 수는 없지만, 현재 Y씨를 볼 때 치료 효과가 있는 것으로 관찰되고 있다."고 말했다. 또한 자발적으로 화학적 거세 치료를 선택했다는 것 자체가 갱생의 가능성을 보여주는 예라고 평가했다.

하지만 일각에서는 화학적 거세를 해봐야 약물을 중단함과 동시에 원래 상태로 돌아오기 때문에 밑 빠진 독에 물 붓기라는 주장을 제기한다. 화학요법을 멈추는 순간 억눌렸던 호르몬 분비가 더 많아지면서 또 다른 범죄 혹은 더 강력한 범죄를 낳는 것 아니냐는 우려 때문이다.

하지만 약물 치료와 인성 및 심리 치료, 최면 치료 등을 병행하면 효과가 더 좋아진다는 게 전문가들의 일반적인 소견이다. 법무병원 범죄자인성치료전문재활센터에서는 "약물이 성충동을 억제하기 때문에 일탈적 성적 사고의 부정적 영향이 차단되고 환자들이 심리 치료에 더욱 집중하게 된다. 심리 치료에 더 집중하면서 '나도 좋아질 수 있다'는 자신감을 갖게 되고, 그 덕분에 전체적인 성과도 높아진다."고 설명했다.

성범죄를 근본적으로 예방하려면 소아 기호, 노출증 등 성적인 문제를 겪는 이들이 성범죄자가 되기 전에 스스로 치료를 받을 수 있는 사회시스템을 마련해야 한다. 하지만 우리나라의 경우, 이 분야가 너무 터부시되어 있고 일반인들 역시 이에 대해 너무 무지하다는 것이 문제점이다.

성범죄자들은 자신을 그저 남들과 조금 다른 성적 취향을 가졌을 뿐인 평범한 사람으로 착각하는 경우가 많다. 심지어는 범죄를 저지르면서도 자신이 왜 그러는지 모를 정도다. 노출증 환자 대부분이 "내게 무슨 이익이 있는 것도 아니고 큰 쾌감을 느낀 것도 아닌데 왜 그런 짓을 했는지 정말 모르겠다."고 스스로 말하고 있다. 자신의 상태를 일종의 병이라고 인정하지 않는 것이 문제의 시발이 된다.

북유럽의 거세 경험자들은 공통적으로 범죄를 저지르기 전에 관련 치료를 받았으면 좋았을 것이라고 안타까워했다. 치료의 중요성을 보여주는 대목이다. 오○○ 국립법무병원장은 "대부분이 여기 와서 자신의 문제를 알게 된다. 문제를 미리 알고 적절한 치료를 받았으면 이 지경은 안 되지 않았을까? 그러기 위해선 사회적 제도도 필요하고, 재발 방지를 위해 스스로 결단하는 Y와 같은 용기도 더불어 필요하다."고 말한다.

Y씨는 자신의 삐뚤어진 욕구를 억제하기 위해 스스로 거세를 선택했다. 그는 명백한 범죄자, 파렴치한 인간이지만 다른 한편으로는 자신의 마음속 악마와 싸우며 사람답게 살아보려고 몸부림치는 불쌍한 인간이기도 하다. 그의 표현을 빌리자면, 그는 지금 가슴속 나비 떼와 혈투 중이다. 그는 확실히 자신의 잘못된 과거를 지우려고 노력하는 인간이다. Y가 삐뚤어진 성충동을 억제하도록 돕는 것이 결국 우리 사회를 지키는 일이며, 또 다른 악마의 노예들이 생기지 않도록 사회적인 제도를 만드는 일 역시 우리 사회의 몫이다.

music

태히 컴백 사실, 새 음반 내달 8일 전격 발매

음악은행 | 기사 입력 0029년 8월 8일

소문이 아니었다.

베일에 꽁꽁 가려진 채 소문만 무성했던 '불나비스타일쏘세지글러브'의 리더 태히 새 음반의 비밀이 드디어 벗겨졌다.

다음 달 8일 발표되는 태히 솔로 앨범 타이틀곡은 〈미움의 제국〉이다.

새 음반에는 '1번 노래', '2번 노래'라는 식으로 제목이 붙은 6곡의 연작과 타이틀곡인 〈미움의 제국〉, 발라드곡인 〈소녀〉 등 총 8곡이 실려 있다.

〈미움의 제국〉은 강력한 메시지의 가사가 돋보인다.

'미움의 제국이란 나라 안에서는 이 사람도 싫고 저것도 싫어. 어쩌면 그래 나를 보는 저 사람들도 내가 싫어하는 것처럼 날 싫어할까

날 미워할까 그래도 난 상관없어. 나에게 소원 하나 있어. 좀 물어봐 줘. 죽이고 싶은 누가 있어 넌 모를 거야.'

이미 평단에는 대중음악의 거장이 표류하는 대한민국 정치에 직격탄을 날리고 있다는 평가가 있지만, 태히는 이에 동의하지 않는다. 그냥 우울하고, 슬프고, 아무것도 하기 싫은 날, 심심해서 쓴 가사일 뿐이라고 밝혔다.

또한 '내 곁에만 머물러요. 떠나면 안 돼요. 나 항상 그대 곁에 머물겠어요. 떠나지 않아요.'라는 가사와 서정적인 멜로디로 시작하는 〈소녀〉의 경우, 사랑에 대한 발라드라는 평론가들의 의견과는 달리, 태히는 '현직 대통령에 대한 연정'을 담은 곡이라고 해서 또 한 번 전문가들을 놀라게 했다.

태히는 이 음반에서 노래는 물론이고, 코러스, 작사, 작곡, 편곡, 음반 디자인, 기타, 베이스, 키보드, 드럼, 가야금, 해금, 아코디언, 리코더 등을 활용한 연주와 녹음까지 완전히 혼자 작업한 것으로 알려지고 있다. 레코딩은 에스토니아 탈린에 있는 세계적인 파취무 스튜디오에서 이뤄졌다.

이번 앨범의 재킷에는 기존 가요 앨범과는 달리 태히의 사진이나 가사가 실리지 않았다. 이에 대해 관계자는 "태히가 직접 디자인하다 보니, 어려움이 많았다. 모든 것을 혼자 해야 성이 차는 태히는 진짜 완벽주의자"라고 밝혔다.

그룹 '불나비스타일쏘세지글러브'의 리더였던 태히는 〈어쩌다 마주친 그대〉, 〈왼손잡이〉, 〈컴백헐〉, 〈챠우챠우〉, 〈달의 몰락〉 등 4집까지 발표하며 우리 시대 대중음악을 대표하는 문화 국무총리로 불려왔다. 10년 이상 가요계를 이끌다 0019년 돌연 은퇴를 선언했다.

태히는 음반만 발표하고 방송 등 공식 활동을 전혀 하지 않겠다고 했지만 이번 음반으로 사실상 가요계에 컴백한 셈이어서 팬들의 반응과 이후 그의 행보에 많은 관심이 쏠리게 됐다.

태히는 얼굴 없는 가수로 활동할 것이라고 밝힌 바 있다.

nature

내년 문경나비대축제 주인공은 '불나비'

월간나비 | 기사 입력 0029년 8월 10일

문경시는 내년 4월 28일부터 5월 8일까지 열리는 제42회 문경나비대축제의 주인공 나비로 '불나비'가 선정됐다고 지난 8일 밝혔다.

불나비는 앞날개의 밑부분이 옅은 녹색으로 줄무늬가 없고 대체로 주황색이 강한 편으로, 우리나라뿐만 아니라 유럽 등지에도 서식하지만 주로 필리핀에 많은 것으로 알려져 있다. 불나비는 평소에는 마른풀 위에서 일광욕을 즐기지만, 번데기 상태로 영하 180도의 겨울을 이겨내는 강인한 나비다. 특히, 원하는 꽃을 발견하면 절대 포기하지 않고 일생을 그 꽃 주변에서 맴도는 것으로 유명하다. 그래서 일부 나라에서는 절개와 사랑의 상징으로 통하기도 한다. 그리고 자신이 원하는 꽃이 시들어버리면 불구덩이로 스스로 몸을 던져 '불나비'라고 불린다.

한편, 문경시는 내달 8일 아이둥근터 실내 체육관에서 제42회 문경나비대축제의 보고회를 갖고, 다음 달 중순부터 국립 문경대학교 나비생태학과와 공동으로 본격적인 축제 준비에 돌입한다.

freedom

'나비 성폭행' Y,
'광복절 특사' 가석방 소식에 네티즌 갑론을박

수감석방소식 | 기사 입력 0029년 8월 14일

아동 성폭행으로 복역 중이던 Y가 출소 80일을 남기고 '광복절 특별사면'으로 가석방됐다. 이를 두고 네티즌들은 '감옥에서 많이 반성한 것 같다.', '또다시 나비를 운운하며 죄 없고 어린 아동들을 성폭행할까 두렵다!' 등 다양한 반응을 나타내고 있다.

'광복절 특사'에 포함된 Y는 지난 13일 금요일 오전 8시, 서울 구로구 고척동 남부교도소에서 출소했다. 가석방이니만큼 거주지(구로구 거주 예정)는 제한되고 보호관찰을 받게 된다.

당초 Y의 만기 출소 시기는 10월 말이었지만 교도소에서 그는 '모범수'로 인정받아 이번 광복절에 풀려나게 됐다. 징역형을 선고받고 수감된 지 8년 8일 만의 출소이다.

앞서 법무부는 광복절을 맞아 지난 12일 Y를 포함한 모범수형사

888명에 대해 '특별사면'했다. 그중 아동 성폭력으로 수감되었던 사람은 Y가 유일하다.

법무부 관계자는 Y의 가석방과 관련 "유명인의 아들이자 Y씨가 흉악한 아동 성폭행범이라 사회적으로 큰 관심의 대상이라는 것을 잘 알고 있다."며 "하지만 형을 사는 동안 남달리 반성하는 모습을 보였고, 재범 위험성도 매우 낮다고 판단했다."고 밝혔다. 이어 "교도소 안에서 평소 생활도 다른 재소자들에게 귀감이 될 만큼 모범적이었다. 징벌 등을 전혀 받지 않았고, 만기가 두 달 남짓 남은 점 등을 참작해 가석방 명단에 포함했다."고 설명했다. Y는 고척동 남부교도소에 이송되기 전까지 충남 공주 국립법무병원에서 '화학적 거세' 상태로 심리 치료를 받았다.

Y의 아버지 강모 작가는 "Y가 출소 후, 당분간 구로동 함께 머물면서 재활 치료를 받을 것이다. 물론 자숙의 시간이 될 것이다. Y는 자신이 친어머니처럼 생각했던 나의 (남성) 파트너가 죽어 아직 심적으로 힘들 것이다. 하지만 Y의 엄마와 함께 Y가 사회에 잘 적응할 있도록 물심양면으로 적극 도울 예정"이라고 전했다. 복역 기간 동안 Y는 자신을 친아들처럼 돌봐줬던 아버지 강모 씨의 동성 파트너가 죽었다는 소식을 듣고 자살을 기도하기도 했다.

이번 'Y 광복절 특사' 소식을 접한 일부 네티즌들은 '화학적 거세까지 했다는 뉴스를 보고 반성을 많이 했다고 생각했다. 고생했다. 앞으로는 잘 살기 바란다.', '이제는 실수하지 않기를. 부모 얼굴에 먹칠하지 않기를.', '흉악범인 것은 사실이지만 죄를 미워해야지, 반성하고 나온 사람을 미워해선 안 된다. 앞으로 정신 차려라!' 등 Y의 출소에 응원의 메시지를 보냈다.

　반면 부정적인 의견도 적지 않았다. '법무부가 정한 가석방 기준이 뭔지 알 수가 없다.', 'Y가 재범을 저지르면 어쩔 건데.', '아빠 따라 교도서 다녀오니 좋냐? 변태 부자!', '다른 양심수도 많은데, 성범죄자를 풀어주다니! 대한독립 만세다!', '자꾸 이 새끼 기사는 왜 나오냐? 강모 신간 나올 때 되었냐?', '동성애자 부모에! 성폭행범 아들이라? 최고의 콩가루 집안이다. 가족끼리 모이면 두부도 만들겠다!', '너도 똥구멍 찢어지게 당해봐야지!', '나비 보면 또 발작할라?', '저 썩은 쌍판 보기도 싫다. 어쩌면 저렇게 생겼을까?' 등 의견을 나타내기도 했다.

highlight

Y, 스스로 '거세'를 선택하다

TV&DVD | 기사 입력 0045년 8월 10일

    oddTV 3부작 드라마 〈그깟 코 하나쯤 없어도 괜찮다〉 제3화(마지막회)=Y는 우수한 성적으로 대학에 입학한다. 그리고 친구인 상기도 대학에 보내기로 마음을 먹는다. 결국, Y는 상기를 대학에 보내기 위해 부정한 방법을 모색하고, 상기는 이를 위해 자동차 절도 등을 동원해 돈을 모은다.
    하지만 대학 생활은 Y와 상기의 환상과는 크게 다르고, 현실을 깨달은 Y는 군대에 가길 결심하지만 이마저도 좌절된다.
    그러던 어느 날, 상기는 동네 노래방에서 Y의 첫사랑 D가 도우미로 일한다는 사실을 알게 된다. 둘은 D가 일하는 노래방에 간다. 하지만 Y의 못생긴 얼굴을 본 D는 몹시 불쾌한 표정을 짓고 나가버린다. Y는 그 사건으로 크게 낙담한다.
    한편, Y의 친모 장민영은 성공한 화가가 되어 서울에서 개인전을 열고, Y를 소재로 그린 작품들을 전시한다. 상기는 환각제 복용 등의 혐의로 경찰에 잡혀간다.

Y는 D의 '무시'를 떠올리며 슬퍼하던 어느 날, 아파트 엘리베이터에서 한 유치원생 여아를 보고, 순간적인 광기로 성폭행까지 하게 된다.

이 일로 Y 역시 투옥된다. Y는 감옥에서 성실하게 생활하고, 자진해서 '화학적 거세'까지 결심하게 되는데…….

드라마 〈그깟 코 하나쯤 없어도 괜찮다〉가 인기를 끌면서 원작 소설이 다시 재조명받고 있다. 일각에서는 이 이야기가 실화를 바탕으로 하고 있다는 소문까지 났다. 하지만 원작자인 강모 작가는 소설은 100퍼센트 허구라고 밝힌 바 있다.

주인공 Y역을 한 배우 마지섭은 출연료의 일부를 아동 성폭력 피해자들에게 기부했다. 배우 원반은 구로구 지역 비만 어린이들에게 줄넘기 800개를 기부했다.

정말로 그렇다면

life's essential

아름답고 깨끗할 뿐만 아니라
예술적이기까지 한 으뜸 화장실들

토일럿뉴스 | 기사 입력 0029년 11월 18일

올해도 어김없이 '대한민국 최고의 화장실 톱 8'이 선정되었고 베스트 3이 공식적으로 발표되었다. 베스트 3에 뽑힌 세 화장실은 1년간 화장지 지원을 받게 된다.

분뇨 비즈니스 분야의 최고 권위를 자랑하는 '베스트 레스트룸(www.bestrestroom.co.kr)'에서 지난 8개월간 설문 조사를 한 것을 토대로 지난 8일 발표된 결과이다.

'베스트 레스트룸'은 예전과 마찬가지로 '대한민국 최고의 화장실 톱 8' 순위 결정을 네티즌들의 투표를 통해 집계했다. 이번에는 모바일 참가자가 눈이 띄게 많았다. 주최 측은 저마다 다른 개성을 뽐내는 공중화장실의 순위를 매기는 일은 재미있고도 의미 있는 일이라고 자평했다. 또 하나 흥미로운 것은 인터넷, 신문에 화장실 순위는 공개되었지만 사진은 공개되지 않았다는 것. '베스트 레스트룸'의 홍보 담당관은 "직접 방문해보는 것이 아름다운 화장실 체험의 묘미라고 생각하기 때문에 의도적으로 사진을 공개하지 않는 전통이 있다."고 밝혔다.

올해 1위는 문경의 아이둥근터 시설 내 위치한 실내 체육관 공중화장실이다. 이 화장실은 고풍스러운 외부 디자인 및 화장실 주위를 장식하는 꼬까르 인형들, 오미자 열매 장식, 나비 액자 등 아기자기한 장식물 등을 갖췄다. 시설 관리자는 조만간에 24시간 오미자와 나비 체험을 할 수 있는 특수 모니터를 화장실 내부에 설치해 체험형 화장실로 거듭날 계획이라고 밝혔다.

건설된 지 88년이 지난 낡은 건물에 위치한 공중화장실이 가장 아름다운 화장실이 2위가 되었다. 8년 연속 2위라는 명예(?)까지 더불어 얻었다. 서울 구로구 구로구립대학 내에 위치한 야구장 화장실은 80년이 넘은 건물임에도 불구하고, 붉고 하얀 색 글러브와 붉은색 야구공 무늬의 타일, 청결한 관리로 주목을 받고 있다. 이곳은, 테마형 화장실 장식으로 개성 넘치는 화장실을 꾸밀 수 있다는 대표적인 사례로 꼽힌다. 하지만 몇 년 전 이 화장실을 관리하는 화장실청소관리 노조가 "우리는 이 화장실의 명예를 지키기 위해 너무 많은 희생을 하고 있다."고 말해 파문이 인 바 있다. 실제로 얼마 전 국정감사에서 등록금의 8퍼센트가 화장실 관리에 쓰인다고 알려져 문제가 되었다.

3위는 대구구청 내 화장실이다. 대구 지역 출신 유명 화가인 장민영 화백의 대표 작품인 〈편지〉 연작으로 꾸며진 이 화장실은 대변기,

소변기, 타일 등에 장화백의 작품인 〈편지〉가 그려져 있다.

이번 공식 발표와 더불어 '최고의 화장실 명언', '최고의 화장실을 보고 느낀 점', '화장실 하면 생각나는 말' 등이 공개되었다.

최고의 화장실 명언은 카네기가 한 '큰일을 먼저 하라! 그러면 작은 일은 저절로 해결될 것이다.'였고, 화장실을 생각하는 떠오르는 말은 '화장실 들어갈 때 마음 다르고 나올 때 마음 다르다.'였다.

최고의 화장실들을 보고 네티즌이 남긴 감상평 1위는 '그래봐야 화장실이지, 뭐!'였다고 한다.

repetition

대구서 여성 상대 성폭행 등 강력 범죄 잇달아

주간사회문제 | 기사 입력 0030년 8월 29일

    최근 대구 지역에서 젊은 여성을 상대로 한 성폭행이 잇따라 발생해 인근 주민들이 공포에 떨고 있다. 이 지역 주민들은 "여성 안전에 빨간불이 켜졌다. 즉각적인 대책을 마련하라."고 촉구했다.
    이에 대구 경찰이 젊은 여성들의 안전을 지킬 수 있는 '젊은 여성 안전 귀가 서비스'를 제공하기로 했다.
    28일 대구 경찰에 따르면 지난 26일 오후 8시 18분쯤 대구 서구 평리동에서 ㄱ(22, 여)씨가 노래방에서 성폭행을 당했다. ㄱ씨는 회사에서 일을 마치고 귀가하던 중 범인에게 흉기로 위협을 당해 노래방까지 끌려갔다고 밝혔다.
    ㄱ씨는 바로 신고 전화를 하려고 했지만 자신의 신분이 노출되는 것을 꺼려 망설이다가 대구 지역에 연이어 성폭행 사건이 발생한다는 뉴스를 보고 뒤늦게 신고를 결심했다.

이에 앞서 지난달 8일 오전 3시쯤 동구 신암동에서 2인조 강도가 귀가하던 ㄴ(22, 여)씨를 흉기로 위협한 뒤, 차로 납치해 카드를 빼앗아 현금 800여만 원을 인출하고 ㄴ씨를 풀어준 뒤 달아났다. 현금 인출기 CCTV에 2인조의 얼굴이 제대로 찍히지는 않았지만, 한 명은 고도비만 수준으로 뚱뚱하며, 다른 한 명은 훤칠한 키에 미남형으로 추정되고 있다. 경찰은 발견된 차량 등을 상대로 수사를 하고 있지만 차량이 절도 차량이라서 범인들의 소재 파악에 어려움을 겪고 있다.

이에 앞서 발생한 '중국집 성폭행' 사건도 아직 범인이 잡히지 않은 상태이다. '중국집 성폭행' 사건은 넉 달 전 남구의 한 중국집에서 친구들과 함께 식사를 하고 나오던 ㄷ(13, 여)양이 인근 공원으로 끌려가 화장실에서 성폭행당한 사건이다. 범인은 ㄷ양에게 '다시는 남자 친구랑 중국집에 가지 마라.'고 말한 것으로 전해져 '중국집 성폭행' 사건으로 알려져 있다.

게다가 올 초 1월에 북구에서 발생한 초등학교 여아 ㄹ양 '엘리베이터 성폭행 미수 사건'의 범인도 현재까지 오리무중이다.

이렇듯 대구 전 지역에 여성 상대 범죄가 극성을 부리고 있어 여성 치안에 비상이 걸렸다. 이에 따라 대구 경찰은 이를 보다 적극 예방코자 홀로 귀가하는 여성을 발견, 요청 시 안전 귀가를 돕는 '영 레이디 보디가드 카드'를 8만 장 발급, 배포했다. 이 카드에는 성폭력 예방 수칙과 사건 발생 시 대처 요령, 신고 전화번호 등이 상세히 적혀 있다. 하지만 일부에서는 몰라서 당하는 것이 아니라 어쩔 수 없이 당하는 것이 여성 범죄인데, 안내 카드 배포로는 큰 효과를 볼 수 없다고 주장한다.

대구 경찰청은 보완책으로 '둥글게 모두 안전'이라는 치한방지예방 프로그램도 운영할 예정이다. 이 프로그램은 여성이 혼자 늦게 귀가하거나 혼자 늦게까지 노래방, 유흥 주점 등 업소를 관리, 운영해야 할 경우 관할 내의 방범대원이나 경찰이 귀가를 돕는 프로그램이다.

경찰 관계자는 "이 프로그램을 실시할 경우 매달 80여 건 이상 안전 귀가를 돕는 일이 가능할 것으로 보인다. 벌써 여성의 호응이 상당히 좋은 편이다."며 "대구 지역뿐만 아니라, 전국적으로 여성 상대 범죄가 증가하는 만큼 우리 지역에서 성공적으로 운영이 되면 홍보를 적극적으로 하여 전국적으로 확대 실시를 건의할 생각이다. 아울러 여성 상대 범죄가 발생하지 않도록 순찰 등을 더욱 강화할 계획이다."고 강조했다.

경찰은 최근 일어난 범죄가 동일범의 소행으로 보고 수사 중이다. 하지만 개별 사건일 수 있다는 가능성도 배제할 수 없다고 발표한 바 있다.

tool

단순히 좋은 칼이 아닌
소비자에게 완벽한 '절단'을 선사하는 칼

데일리나이프 | 기사 입력 0030년 9월 18일

고급 주방용 칼의 대명사 격인 '샴쌍둥이 칼'을 만드는 스위스의 'JR 해괴^{Haegoe}'. 이 회사는 280년간 '칼'과 관련된 기술 개발에만 집중해왔다. '단순히 좋은 칼이 아닌 소비자에게 완벽한 '절단'을 선사하는 칼을 만들자.'는 게 JR 해괴의 목표다.

국내에서도 예외 없이 전문 요리사나 가정주부들이 가장 갖고 싶어 하는 칼은 해괴에서 만든 '샴쌍둥이 칼'이다. 독일어로 '샴쌍둥이'를 뜻하는 '시아메시슈 츠빌링$^{Siamesische\ Zwillinge}$'이라는 브랜드가 붙어 있는 제품으로 샴쌍둥이가 손을 잡고 나란히 서 있는 로고가 더 유명하다. 해괴가 생산하는 이 칼은 최고로 우수한 품질의 주방용 칼을 뜻하는 대명사가 되기도 했다.

해괴는 3세기 전 설립됐다. 본사는 독일 노르트라인베스트팔렌주의 소도시 졸링겐. 해괴는 창립 이래 '쓰기 쉽고 오래가는 칼, 손에 잘 감기는 칼'을 만드는 데만 회사의 모든 힘을 집중해왔다.

처음에는 무기를 만들었다. 기사들이 쓰는 검이 바로 그것. 하지만 세상이 바뀌었고, 기사들도 사라졌다. 그래도 해괴의 검은 사라지지 않았다. 그들은 '칼'을 놓지 않았다. 무기를 만들던 기술을 집안 살림에 도입하는 데 주력했다. 특히, 180년 전 독일과 스위스 전역에 거세 처형이 유행했을 때, 해괴의 칼은 수많은 범죄자들을 거세했다. 그래서 아직도 독일 지역에는 "말 안 듣는 남편한테는 '샴쌍둥이'가 약"이라는 말이 있을 정도다. 하지만 거세 기술 덕분에 육류를 자르는 비법을 개발하게 되었다. 그 후로 본격적으로 주방용 칼, 가위, 손톱 손질 기구, 코털가위, 이발소용 면도기 등을 만들었다. '칼'을 포기하지 않은 것, 그것이 그들의 성공 비결이다. 포기를 모르는 집념, 그것 하나로 해괴는 세계 일류 기업 대열에 올랐다.

해괴가 주방용 칼의 명가로 자리 잡은 비결은 단순하다. 소비자가 원하는 것을 꾸준히 만든 것이다. '소비자의 요구 consumer needs 충족', 그것이 해괴의 사업 목표이다.

위생적이며 자르는 성능이 좋은 칼을 원하는 소비자들이 늘어나자 해괴는 배합을 통해 난점을 극복했다. 우선 물건(특히 육류)을 자르는 성능은 월등하지만 위생적이지 않은 이른바 무쇠 칼과, 위생적이지만 절삭력이 약한 스테인리스 칼을 배합하는 기술을 최초로 상용화했다. 아무도 생각하지 못했던 일이다. 위생을 고려해 세균이 번식할 공간이 없도록 칼자루와 손잡이의 접합면을 처음으로 제거한 것 역시 해괴이다. 칼에 인체공학 디자인을 도입한 것 또한 해괴의 생각이다. 강한 물건을 자를 때나 칼을 장기간 이용하는 사람들을 위한 해괴의 작품이었다. 그리고 1995년에는 따로 갈지 않아도 되는 칼인 '트리플슈퍼스타' 시리즈를 발매했다. 이 칼은 발매 직후 독일은 물론이고, 유럽 전역에서 베스트셀러가 되었다. 현재는 유럽 고급 주방용 칼 시장의 38퍼센트, 북미 시장의 48퍼센트를 차지하는 해괴의 대표적인 효자 모델이다.

시장에선 이미 오래전에 '명품 칼'의 이미지를 확고히 굳혔지만, 해괴는 이에 안주하지 않고 세계시장 변화에 적응하기 위해 다양한 노력을 하고 있다. 전 세계 2,800여 개 주요 매장의 각종 판매 동향을 파악하기 위한 최신 전산 시스템도 구축했다. 대륙별 시장의 분위기를 실시간 파악하기 위한 노력이다.

시장 다변화를 위한 노력도 하고 있다. 유럽과 북미 등, 이른바 서구에서 독보적인 입지를 굳힌 해괴는 고속 성장하고 있는 아시아, 아프리카 시장으로도 눈을 돌렸다. 특히 아시아인들의 식생활에 맞춘 맞춤형 제품 수도 늘리고 있다. 작년 매출도 전년 대비 18퍼센트 늘어난 3억 8800만 유로를 기록했다.

해괴는 우리나라에서도 다양한 제품을 내놓아 소비자들로부터 좋은 평가를 받고 있다. 최근에는 한우 조리를 위한 전용 칼인 KB[Korean Beef Knife]를 출시하기도 했다. 해괴 코리아는 출시 기념으로 서울, 부산, 대구 지역에서 최초로 식칼 쇼케이스까지 열었다.

대구에서 쇼케이스를 관람한 뒤, 한우 전용 칼 KB를 구입한 한 소비자는 "이 멋진 칼이 내가 지닌 단점까지 싹둑 잘라내줬으면 좋겠다."고 말했다.

cutting

고기는 제대로 잘라야 제맛!

정신과육식 | 기사 입력 0030년 9월 20일

최근 웰빙에 질린 젊은이들 사이에서 '안티웰빙'이 유행이다.

'안티웰빙'족들의 주장은 단순하다. '이래도 한세상, 저래도 한세상 사는 인생, 먹고 싶은 것, 하고 싶은 것 다 해보자.'는 것이다. 그리고 그렇게 마음 편하게 사는 것이 진정한 웰빙이라고 말한다. '안티웰빙' 붐이 불면서, 육식이 주목받고 있다. 유기농 야채를 거부하는 '안티웰빙'족들 때문이다.

'안티웰빙'족들은 좋은 고기를 고르는 방법은 물론이고, 최근에는 좋은 고기를 자르는 방법까지 신경을 쓴다고 한다.

8개월 전부터 안티웰빙을 하기 시작했다는 오○○ 씨는 "웰빙족들이 자신에게 맞는 삶을 살기 위해 많이 공부하듯이 우리들도 많이 학습한다."고 말한다.

안티웰빙족들이 말하는 고기 자르는 법은 무얼까?

요리 전에 고기를 잘라서 오래 두면 육즙이 나와 맛이 변질되어 고기 고유의 맛을 느낄 수 없다. 뿐만 아니라, 자르는 순간 공기와 더 많은 부위를 접촉하므로 신선도도 떨어지기 마련이다. 그렇기 때문에 잘 드는 칼로 조리 직전에 자르는 것이 가장 좋다. 덩어리 고기를 얇게 썰어 사용할 때는 고깃결과 직각으로 잘라야 고기가 연하고 조리하기가 용이하다.

그러나 고기 채썰기를 하거나 장조림 등을 할 경우에는 반대이다. 고깃결과 나란히 잘라야 한다. 즉 고깃결과 평행이 되도록 잘라야 한다. 그래야 부서짐이 없고, 오그라들지도 않는다. 물론 쫄깃함도 유지되며, 본연의 육질을 느낄 수 있다.

해동되었던 고기의 경우, 완전히 녹아버린 상태에서는 물렁물렁해져 썰기가 어려우므로 해동이 약간 덜 된 상태에서 써는 것이 요령이다.

하지만 대다수의 안티웰빙족들은 고기를 잘 자르기 위해 스트레스를 받을 필요는 없다고 한다. 가장 중요한 것은 먹고 싶은 만큼 잘라 질릴 때까지 먹는 것이 최고라고 말한다.

고기를 자를 때나, 고기를 먹을 때 망설임 없이 한 번에!
그것이 진짜 안티 웰빙족들의 주장이다.

suicide

태히의 삶, 음악 한국 모던 댄싱 뮤직의 별 지다

혼겨레 | 기사 입력 0030년 9월 18일

    한국 모던 댄싱 뮤직의 별이 세상을 떴다.

    지난 17일 새벽 자신의 집에서 자살한 태히(본명 미상) 씨는 단호하고 힘찬 울림의 목소리를 지닌 우리 시대 최고의 댄스 가수였다. 역동성과 부드러움을 겸비한 그의 춤사위는 금세기 최고라고 해도 과언이 아니다. 태히는 그야말로 모던 댄싱 뮤직의 별과 같은 존재였다.

    10여 년간 한국 가요계를 호령하다가 0019년 돌연 은퇴를 선언했던 그는 지난해 8월 전격 컴백해 많은 팬들을 놀라게 했다. 불나비스타일쏘세지글러브 시절 발표한 모든 앨범이 20만 장 이상의 판매고를 올렸으며, 음반이 사라진 시대에 판매로 음반을 절판시키는 뮤지션으로도 유명했다. 불나비스타일쏘세지글러브 시절 그와 양굴, 이주노동이 함께 부른 〈어쩌다 마주친 그대〉, 〈왼손잡이〉, 〈달의 몰락〉,

〈컴백헐〉, 〈챠우챠우〉 등은 시대를 초월한 명곡들로 기억되고 있다.

희대의 성범죄자 Y가 범죄를 저지른 후 들었던 노래 역시 태히의 곡으로 알려져 '악인의 노래' 혹은 '악인도 사랑하는 노래'로도 알려졌다.

유작이라고 할 수 있는 〈우울한 편지〉는 미발표곡으로 고인의 뜻에 따라 묘비명으로 남게 되었다.

"일부러 그랬는지 잊어버렸는지/가방 안 깊숙이 넣어두었다가/헤어지려고 할 때 그제야/네게 주려고 쓴 편질 꺼냈네/집으로 가서 천천히 펴보길 바랐는데/예쁜 종이 위에 써 내려간 글씨/한 줄 한 줄 또 한 줄 새기면서/나의 거짓 없는 마음을 띄웠네/나를 바라볼 때 눈물짓나요/마주친 두 눈이 눈물겹나요/그럼 아무 말도 필요 없이 서로를 믿어요/어리숙하다 해도/나약하다 해도/강인하다 해도/지혜롭다 해도/그대는 아는가요 아는가요/내겐 아무 관계 없다는 것을/우울한 편지는 이젠 그만/나의 사랑이 나비처럼 날아가려네."

그는 경북 문경에서 태어났다. 전남 벌교 출신인 양굴과 만나면서 본격적으로 댄스 음악을 하기로 결심하고, 글로벌 뮤직을 완성하기 위해 필리핀 출신 안무가 이주노동을 영입한다. 항상 전통과 정통을 강조했고, 새로움과 예스러움의 조화를 중요시했다. 아프리칸 라틴 음악을 표방하면서 이를 택견 댄스에 접목하기도 했고, 게임 음악으로 세계적인 뮤지션으로 자리매김하기도 했다. 〈왼손잡이〉라는 곡으로 소수의 의견을 음악에 담기도 했고, 서남아프리카 음악을 우리나라에 최초로 소개한 뮤지션이기도 하다. 환경문제, 인권 문제에도 관심이 많았다.

그의 패션 역시 음악만큼 세간의 관심거리였다. 항상 귀를 가리고 등장하는 모습 때문에 귀에 문제가 있다는 소문이 돌기도 했는데, 일부에서는 그의 귀가 당나귀 귀일 것이라고 주장하기도 했다. 하지만 이번에 귀를 가리지 않은 모습이 최초로 공개되면서 모든 의문이 풀렸다.

그는 양쪽 귀가 모두 없었다. 하지만 청각에 문제가 있었는지는 밝혀지지 않았다.

우리는 당대 최고의 댄싱 킹이자 문화계 국무총리인 태희를 이제 더 이상 볼 수 없다. 그의 난해하면서도 대중적인 음악도 기계로만 들을 수 있게 되었다. 그의 패션도 더 이상 기대할 수 없게 되었다. 알려졌다시피 그의 죽음은 자살이었고, 그 이유는 극심한 조증 때문이었다고 한다.

〈미움의 제국〉이라는 곡으로 10년 만에 은퇴를 번복하고 대중에게 돌아온 태희. 마니아층에서는 열광했지만, 대중은 그를 외면했다. 일부에서는 은퇴 번복을 도덕성과 결부시키기도 했다. 〈소녀〉라는 곡이 '현직 대통령에 대한 연정'을 담은 곡이라는 소문이 돌면서, 좌파 음악 팬들도 그를 외면했다. 안티팬들도 많이 생겼다. 감춰왔던 그의 귀에 대한 소문도 안티세력들을 통해 확대, 재생산되었다.

대중음악 평론가 강혼 씨는 "그는 한국 대중음악의 다양성의 수준을 10단계 정도 끌어올린 장본이었고, 전통과 최신, 서양과 동양을 아우를 줄 아는 거의 유일한 뮤지션이었다. 해야 할 일이 많았던 그가 이런 식으로 삶을 정리한 것은 너무나 안타까운 일"이라며 슬픔을 감추지 못했다.

불나비스타일쏘세지글러브의 멤버였던 양굴과 이주노동은 현재 연락이 두절된 상태이다. 태희의 유작인 〈우울한 편지〉는 그의 유언에 따라 포털사이트 등을 통해 무료 배포될 예정이다.

finally

Y, 거세된 채로 노래방에서 발견

주간노래연습실 | 기사 입력 0030년 9월 29일

연쇄 성폭행범 용의자인 Y가 서울 구로구 한 노래방에서 거세가 된 채로 발견되어 충격을 주고 있다.

Y가 발견된 시간은 28일 오전 8시.

거세된 Y를 최초로 발견한 노래방 주인 오○○ 씨는 평소에 Y와 함께 노래방을 찾았던 친구 이상기에게 전화를 했고, 이상기는 Y를 인근 병원인 고대병원까지 옮긴 것으로 알려졌다. 현재 보도방을 운영 중인 것으로 알려진 이상기는 Y를 병원 응급실에 남겨두고 도주했다. 주변 사람들의 증언에 따르면, 이상기는 구로디지털단지 역 상권을 기반으로 보도방을 운영하는 것으로 알려졌다.

고대구로병원 측은 "Y가 현재 정상적으로 치료 중이며, 생명에는 지장이 없지만 병원에 도착했을 때, 성기의 절단된 부분이 없어 접합 수술은 하지 못한 상태"라고 밝혔다.

Y는 '나비 성폭행'의 범인으로 8년간 복역했다. 교도소에 있는 동안 우리나라 최초로 '화학적 거세'를 해서 화제가 되기도 한 인물.

또한 Y는 최근 대구 지역에서 발생한 연쇄 강력 범죄의 용의자로 지목되기도 했다. 도주한 이상기와는 초등학교 때부터 절친한 친구이자 공범자로 알려져 있다. 이상기는 차량 절도범, 마약 사범으로 복역한 적이 있으며 입시 부정 사건에도 연루된 적이 있으나 그 건에 대해서는 무죄판결을 받은 바 있다.

노래방 주인 오 씨의 증언에 의하면, Y는 27일 밤 8시쯤에 혼자 왔고, 새벽까지는 노래를 불렀다고 한다. 가수 태히의 〈미움의 제국〉이라는 곡을 특별히 많이 불렀고, 거세된 채로 발견되기 전까지는 특별히 이상한 행동을 하지 않았다고 한다.

경찰은 노래방 현장에서 명품으로 알려진 '삼쌍둥이' 칼 한 자루와 얼음주머니, 분실된 줄 알았던 Y의 절단된 성기, 그리고 편지 한 통을 발견했다. 또한 경찰은 절단된 Y의 성기가 평균치보다 2.8배 이상 컸다고 발표했다. 또한 동행자가 없었던 것으로 보아 Y가 직접 자신의 성기를 절단한 것으로 보고 있다.

현재 Y는 이에 대해 묵비권을 행사 중이다.

mother

'장민영 개인전', 갤러리 지움에서 8월 28일까지

월간지움 | 기사 입력 0040년 8월 8일

뜨거운 여름이다.

이번 주말엔 그림으로 습한 더위를 털어버리는 것도 좋을 것 같다. 차분한 마음으로 문화 예술의 향기를 맡으러 떠나보는 건 어떨까?

삼선미술관 지움에서는 환갑을 맞이한 장민영 화백의 개인전이 열리고 있다. 오는 28일까지 계속되는 전시에서 그동안 많은 사랑을 받아왔던 작품들은 물론이고, 20년 만에 세상에 내놓는 〈소시지, 피 그리고 눈물〉이라는 작품이 가장 큰 주목을 받고 있다.

그림 속에는 거대한 소시지가 잘린 상태로 바닥에 떨어져 있으며, 그 주변에 피와 눈물이 흐른 흔적이 보인다. 어두운 배경에 왠지 모르게 음악이 들려오는 것 같은 느낌을 주는 몽환적인 분위기의 작품이다.

작가는 20년이라는 시간 동안 이 작품에 매달려온 이유를 제목에서 찾을 수 있다고 말한다. 잘라진 소시지가 피와 눈물을 흘리는 모양을 형상화한 이 작품은 작가가 다른 재료가 아닌 진짜 소시지와 피, 그리고 눈물로 그린 것이다. 장 화백은 작품을 위해 틈틈이 피를 뽑고, 눈물이 나올 때마다 양동이에 담아 모았다고 한다. 그리고 이를 잘 섞어 색을 만들고 소시지를 붓 삼아 그림을 완성했다고 한다.

평단에서는 이 그림을 놓고 다채로운 해설을 내놓고 있다.

'소시지의 죽음', 즉 환경오염으로 사라져가는 돼지(동물)의 피와 눈물을 표현한 것이라고 말하는 이도 있고, 소시지가 작가 자신이며 잘라진 소시지는 작가의 희생을 의미한다고 주장하는 평론가들도 있다. 하지만 장 화백은 이에 대하여 어떤 해설도 첨언하지 않고 있다. 그냥 사랑 이야기일 뿐이라고 했다.

매번 놀랍고도 새로운 작품으로 미술계뿐만 아니라, 예술계 전체에 신선한 충격을 던져준 장민영 화백. 평생 도전을 멈추지 않은 대가의 다음 발걸음이 벌써부터 주목된다.

장 화백의 이번 개인전은 오는 28일까지 서울 구로동 삼선미술관 '지움'에서 열린다. 관람료: 일반 1만 8,000원, 학생 8,800원. 문의: 02-454-2541.

highlight

화장실은 그래도 화장실

DVD&TV Movie | 기사 입력 0045년 11월 21일

지난여름 3부작으로 방영되어 사상 최고의 시청률을 기록했던 〈그깟 코 하나쯤 없어도 괜찮다〉 번외편.

oddTV 특집 드라마 〈그깟 코 하나쯤 없어도 괜찮다고 말했지만〉=감옥에서 화학적 거세를 하고 출소한 주인공 Y는 새 삶을 살아보려 하지만, 자기 마음속 본능을 이겨내지 못한다. 또다시 '나비들'이 가슴을 뛰쳐나온다. 그는 어머니의 고향인 대구에 내려가 전보다 더 무서운 범죄를 연쇄적으로 저지른다. 죄책감에 시달리며 하루하루를 간신히 살아가던 Y는 종국에 화학적 거세로는 아무것도 해결되지 않는다는 사실을 깨닫고 진짜 (물리적) 거세를 하기로 결심한다. 그리고 거세용으로 가장 비싸고 좋은 칼을 구입한다.

Y는 서울로 올라와 홀로 노래방에 간다. 그곳에서 즐겨 듣던 노래

를 부르며 자신이 결심한 바를 실행에 옮기는데…….

번외편도 원작 못지않게 잘 만들 수 있다는 것을 보여준 수작 드라마.

원작에서 주인공 역할을 했던 마지섭이 빠졌다는 것이 흠이라면 흠이다. 하지만 마지섭 대신 Y 역할을 한 이병헐의 연기는 나무랄 데가 없다. 특히, 마지막 거세 장면에서 '난 깨끗해질 수 없어. 아니야. 깨끗해지면 뭐해? 화장실은 아무래 깨끗한 척해도 화장실이라고! 오물을 담아두는 곳이지!'라고 말하며 오열하는 모습은 압권.

books

새 책 소개

뉴북데일리 | 기사 입력 0044년 8월 18일

그깟 코 하나쯤 없어도 괜찮다 (강모 | 도서출판 사몽)=이제 거장이라고 불러도 어색하지 않은 작가 강모의 열여덟 번째 소설. 선천적으로 코가 없이 태어난 주인공의 사랑 이야기. 자신의 의지와 상관없이 못생긴 얼굴을 타고난 주인공이 한 여자를 사랑하게 되면서 상대를 통해 자신을 찾아간다는 내용. 작가의 건조한 문체, 넘치는 패러디, 냉소적인 블랙 유머 등은 여전하다.

사기의 역사 (Y | 총명출판사)='나비 성폭행'으로 널리 알려진 역사가 Y의 역사서. 주로 신문 사회면을 장식했던 저자 Y가 역사학자로 주목받게 된 뒤 네 번째로 발표하는 역사책. 대한민국 사기詐欺의 역사를 재미있게 정리한 책. 고조선으로부터 시작하는 이 땅의 사기의 역사를 재미있으면서도 심도 깊게 들려준다.

미친 돼지 결국 목사 되다 (이상기 | 출판사 정호) = 각종 악성 약물로 인생의 대부분을 허비한 저자가 약물중독을 극복하고, 종교의 힘으로 새로운 삶의 희망을 찾게 된 경험을 토대로 쓴, 탈선 청소년들을 위한 에세이다. 약물 오·남용의 위험성, 청소년 범죄의 해악, 종교의 힘, 약물중독의 극복 요령 등을 자신의 경험을 바탕으로 가감 없이 이야기하고 있다.

내 아들이 거세한 날, 그날도 난 그림을 그렸다 (장민영 | 자음과모음) = 세계적인 화가 장민영 화백의 첫 번째 수필집. 파란만장한 인생의 유일한 탈출구였던 예술에 대한 88편의 수필이 담긴 책. 동성애자 남편과 이혼, 예기치 못했던 아들의 거세 사건 등 개인사적 슬픔과 대화가의 예술 이야기를 담담하게 풀어낸 글들을 한데 묶었다. 또한 비밀에 싸여 있던 대작 〈소시지, 피 그리고 눈물〉의 의미도 최초로 이 책을 통해 밝히고 있다.

숫자의 은밀한 비밀 (오○○ | 도서출판 유니콘) = 매일매일 쓰는 숫자. 하지만 숫자의 철학에 대해 생각해보는 이들은 많지 않다. 저자는 숫자의 숨겨진 의미를 파헤치는 데 반평생을 바쳤다. 예컨대, 8은 역사적으로나 수학적으로 연속성과 항상성을 의미한다는 주장을 이야기로 풀어나가는 식이다. 숫자보다는 이야기가 풍부한 '숫자 이야기'는 남녀노소가 흥미를 갖고 읽을 만하다.

귀 없는 태히는 어떻게 (강헌 | 문화동네) = 전설적인 그룹 불나비스

타일쏘세지글러브의 리더 태히의 평전. 양쪽 귀가 모두 없어서 어릴 적부터 엄청난 외모 콤플렉스가 있었던 태히가 음악적으로 성숙해 가는 과정에 초점을 맞추고 있다. 콤플렉스가 예술로 승화되었을 때, 강력한 힘을 발휘할 수 있다는 작가의 철학이 담긴 책.

weather

오늘의 날씨

삶과날씨 | 기사 입력 0044년 11월 22일

전국 대체로 흐린 후 오후 늦게 갬.

오늘은 전국이 대체로 흐린 후 오후 늦게 점차 개겠다고 기상청이 '예보'했다. 강원 영동과 경북 동해안 지방은 흐리고 눈 또는 비가 오다가 낮부터 점차 그치겠다. 내륙 지방을 중심으로 오전까지 안개가 끼는 곳이 있겠으나 오후에는 괜찮아질 전망이다. 낮 최고기온은 8도로 어제보다 높겠다. 바다의 물결은 동해 남부, 남해 동부 해상에서 0.8~2.8미터로 일겠고, 그 밖의 해상에서도 0.8~2.8미터로 일겠다.

어제는 24절기 중 스무 번째 절기인 '소설'이었다.

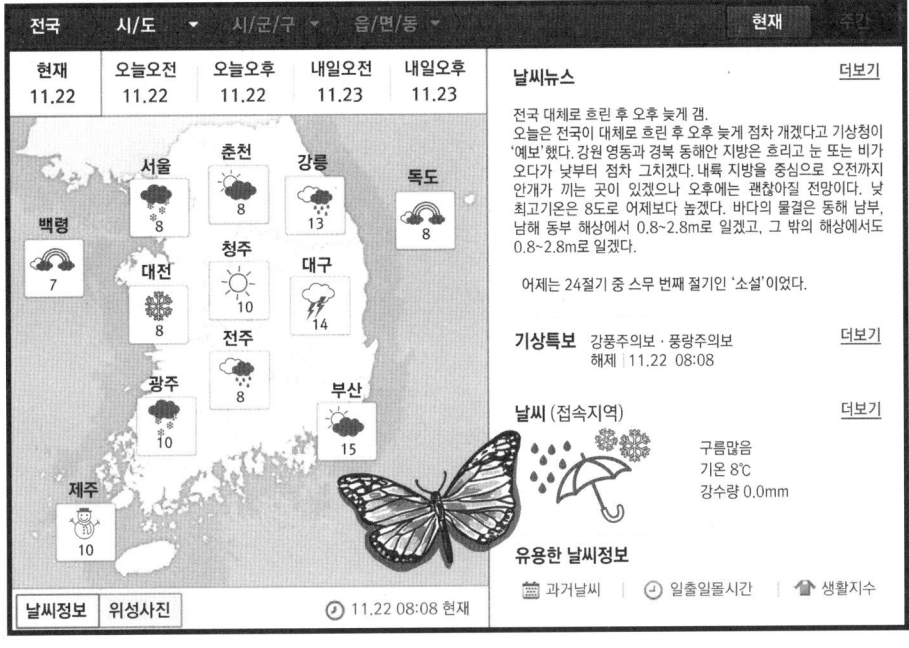

추천사

후안 마누엘 마르케스(Juan Manuel Marquez)

번역 : 이나영 '후리랜서' 번역가

    어느 날 갑자기(아시다시피 소설에서나 현실에서나 이상한 일은 '어느 날 갑자기' 일어나는 법입니다), 멕시코에 사는 제게 한국에서 전화 한 통이 왔습니다. 그때, 전 아침 운동을 하고 나서 샤워를 하려던 참이었습니다. 운동 후에 샤워를 하고 싶은데 참는다는 것은 정말 곤혹스러운 일입니다. 여러분도 멕시코 날씨에 대해 조금은 아실 거라고 믿습니다.

    일단, 전화를 받았습니다. 그쪽에서는 분명히 영어를 했는데, 알아듣기 쉽지 않았습니다. 한국이라는 말과 출판사라는 단어 이외에는 들리지 않았습니다. 스페인어만큼은 아니지만 저도 영어를 꽤 잘하는 편이라고 자부했었는데, 한국인이 하는 영어는 도통 알아들을 수가 없었습니다. (나중에 친구에게 들은 얘기입니다만, 저랑 통화한 한국인이 한 말은 잉글리시가 아닌 콩글리시였습니다.) 서로 의사소통을 할 수 없었기 때문에, 저는 용건이 있으면 이메일로 보내달라고 했습니다. 그리고 이메일 주소를 알려줬습니다.

며칠이 흘렀습니다. 한국에서 이메일이 왔습니다. (이번에는 잉글리시로 된 편지였습니다.) 그 편지는 제게 충격과 감동을 동시에 안겨줬습니다. 대한민국의 출판사에서 원했던 것은 어떤 책의 '추천사'였습니다. 한국 출판사에서 저와 세계적인 작가인 가브리엘 마르케스를 혼동하고 있다고 생각했습니다. 그래서 정중하게 답장을 보냈습니다.

저 역시 문학을 사랑하며, 한국 소설을 읽어보고 싶은 마음도 있지만 귀사에서 찾고 계신 분은 아닌 것 같습니다. 저는 『백 년 동안의 고독』의 작가 가브리엘 마르케스가 아닙니다. 그냥 성이 같을 뿐입니다. 저는 멕시코 사람이고, 가브리엘 마르케스 선생님은 콜롬비아 분이랍니다. 아무튼 반가웠고, 원하시는 바를 해드리지 못해 죄송합니다.

그리고 그 일을 잊고 있었습니다. 그런데 한국에서 다시 편지가 왔습니다. 한국 출판사 편집부에서는 저에 대해 이미 알고 있다고 했습니다. 제가 권투 선수인 것도 알고 있으며, 독서광인 사실도 안다고 했습니다. 제가 가끔 미국이나 멕시코 잡지에 스포츠에 관한 칼럼을 기고하는 것도 알고 있다고 했습니다. 심지어 몇 년 전, 한국 천안에서 있었던 경기를 직접 관람한 사람도 있다고 했습니다. 그쪽에서는 (직접 말하기 쑥스럽지만) 저같이 문학에 조예가 깊고 유명한 복서가 한국 소설에 추천사를 써준다면, 이례적인 일이 될 것이고 많은 이슈가 될 것 같다고 했습니다. 그리고 솔직히 말하자면, 몇몇은 진짜 (가브리엘) 마르케스의 추천사라고 생각하는 독자들도 있을지 모른다고 했습니다. 물론, 그것은 책 판매에 도움이 될 것이라고 솔직히 말했습니다. 전 그 편지를 읽고 한참 웃었습니다. 그리고 고민하기 시작했습니다. 하루, 이틀, 사흘, 나흘이 지나 일주일이 되었습니다. 결국 8일째 되던 날, 컴퓨터를 켜고 한국에 이메일을 보냈습니다. 일단 소설을 읽어보겠다는 내용의 편지를 썼습니다.

한국 출판사에서는 곧바로 소설을 첨부해서 보내줬습니다.
아주 슬픈 내용의 소설이었습니다. 솔직히 저는 한국 사회의 문제나 한국의 문화를 잘 알지 못합니다. 서울, 천안 이외의 다른 도시는 가본 적도, 들어본 적도 없습니다. 하지만 한국 작가가 말하는 슬픔은 이해할 수 있었습니다. 이 이야기는 코가 없는 사람의 슬픈 인생 이야기입니다. 코가 없이 살아야 한다는 것, 코가 없어서 사랑을 할 수 없다는 사실, 사랑할 수 없어 죽고 싶어지는 마음. 이런 것들은 한국인에게만 있는 것이 아닐 것입니다. 물론, 코가 없는 사람은 세상에 많지 않을 테지만, 코 대신 우린 다른 하나 혹은 둘, 셋…… 부족한 구석이 있습니다. 인간이기 때문입니다.
다시 말씀드리지만, 저는 가브리엘 마르케스 선생님처럼 위대한 작가는 아닙니다. 그냥, 책 읽기와 글쓰기를 좋아하는 권투 선수일 뿐입니다. 하지만 이 소설을 읽고 나서 저 같은 운동선수도 책에 대해 몇 마디 할 수 있을 것 같다는 생각을 했습니다. 그것은 권투 선수 마르케스의 마음에도, 작가 마르케스의 마음에도 무언가 공통된 것이 있다는 믿음 때문입니다. 우리는 서로 다 다른 사람입니다. 하지만 동시에 다 비슷한 사람입니다. 물론, 제가 가브리엘 마르케스 선생님처럼 멋진 추천사를 쓰지 못한다는 사실은 자명합니다. 출판사에서도 설마 그런 것을 바라는 것은 아닐 것입니다. 하지만 저 역시 이 소설을 읽고 마음이 움직였으니, 작품에 대해 무언가를 쓸 수 있다고 생각합니다. 마치 권투 경기를 본 관객이나 시청자가 누구나 경기에 대한 평가를 할 수 있는 것처럼 말입니다.

저는 문학이 무엇인지 잘 모릅니다. 그것보다는 어퍼컷, 훅, 스트레이트라는 말들에 더 익숙합니다. 하지만 이 소설은 저를 움직이게 했습니다. 부족한 저에게 글을 쓰게 만들었고, 생각도 하게 만들었습니다.

권투 선수들이 링에 오르는 이유가 무엇일까요? 선수마다 생각이 다르겠지만, 전 관객들에게 '움직임'을 주기 위해서 링에 오릅니다. 제 경기를 보고 마음이 움직여도 좋고, 몸이 움직여도 좋습니다. 마음이 움직인다는 것은 경기를 보는 중에 흥분되거나 통쾌해진다는 뜻입니다. 몸이 움직이는 경우는 경기장으로 직접 찾아오게 하거나, 제 경기를 보고 권투를 배우기 시작하는 것이라고 할 수 있습니다.

소설도 권투와 같은 것 아닐까요? 사람들에게, 독자들에게 '움직임'을 주는 것.

이 소설은 제게 그런 '움직임'을 주었습니다.

여러분도 한번 읽어보실 것을 적극 권합니다. 많은 분들이 이 책을 읽는다고 세상이 크게 바뀌진 않을 것입니다. 하지만 읽지 않는다고 더 좋아지는 것은 아무것도 없습니다. 가끔은 큰 슬픔을 겪어보는 것도 정신 건강에 좋다고 합니다.

여러분께 소설가 마르케스가 아닌, 권투 선수 마르케스가 바로 이 책을 추천합니다.

(그런데 대한민국에는 정말 성형외과가 그렇게 많습니까?)

Recommendation

Juan Manuel Marquez

One morning all of a sudden(It is the same old 'all of a sudden' shit that pops up every time in novels and reality), a phone call from Korea came to me living in Mexico. Then I was just about to take a shower after a morning workout. You know it's so incredibly fucking annoying when somebody stops you from taking a shower after a workout, especially when that bastard knows how shitty the weather can get in Mexico.

Well the phone rang and I answered. The guy on the other side was trying to speak English but I could hardly get what the fuck he was trying to say. I could only catch the word 'Korea', 'Publishing company'. I speak decent English, not to mention Spanish. But I just didn't get what the shit that Korean guy was babbling about. (Later my pal told me what he said was 'Konglish' not English.) The Korean chap and I weren't communicating with each other at all so I told him to just shove it up his ass and write a fucking email instead.

Couple of days later I got an email from Korea. (This time the guy was speaking in fucking English.) It made me feel like shit and insulted at the same time. The publishing guys in Korea was actually asking me to write a letter of recommendation for a book. I swear to God these boneheads confused me with Gabriel Marquez the world renowned writer. I wrote back to the stupid idiots.

I myself is a literature geek and I wouldn't mind reading Korean novels or any other equivalent bullshit, but I am not the right person you guys are looking for, morons. THE Gabriel Marquez wrote *100 years of solitude*, not me, you fucking idiots! We only share the same family name. Can't believe you dumb ass don't even know that he's from Columbia and I am from Mexico. Nice try, but don't even think you guys can drag anybody with brains into this kind of crazy bullshit.

Then I totally forgot about that stupid bullshit. And guess what, I got a letter from Korea AGAIN. It said that the editing guys in Korean publishing company already knows about me. That I am a boxer, that I am a literature geek. Also that I write sports columns to American and Mexican magazines. What's even more embarrassing and surprising is that some fucking fag fucking saw me fighting at a boxing match held in Cheon-an, Korea. From their point of view, if a very renowned literature-loving(I'm embarrassing myself to say this bullshit) boxer can write a recommendation for a Korean novel, it's just so fuckin' awesome and they're gonna go bonkers over it. And to be truly honest, some idiots might get it wrong and believe that real (Gabriel) Marquez has recommended that novel, and that'll help them sell off that crap. I was laughing and laughing my head off after reading that letter. It's such a pain in the ass I have to waste my precious time over this stupid bullshit, so it took me like good 8 days to even think about writing back to those annoying bastards. I said, "Look, you guys send me that crap asap before you go whining and begging me for a recommendation thing."

Response came with that novel thing attached. It was a total piece of crap, crappish, pathetic crap. Seriously, do you think I'd known a shit about an itty-bitty country like Korea? Except for Seoul and Cheon-an, those tiny little buggers are just so fucking unheard of. The only impression I got, is just that it's fucking pathetic so it's almost tragic. This stupid bullshit is about a guy without his fuckin nose? Come on. What the fuck with that? Are you trying to say Koreans cannot fuck cuz they don't got fucking nose? What the fuck..dunno what that has to do with the fact that you are korean but I'm telling you, there are so many missing parts in your pathetic brain, apart from the fact that you are a hopeless loser lacking so many other things.

HOW MANY TIMES DO I HAVE TO TELL YOU I TOLD

YOU I AM NOT FUCKING GABRIEL MARQUEZ!!!!!!!!!!!!!!!!!!!!! I am a fucking boxer and literature geek!!!!!!!!! Of course a boxer like me can write better than this crap, FAR MUCH BETTER that's for sure. And it's pretty obvious it doesn't make any difference if it's Marquez the boxer or Marquez the writer to you morons at all. I know I can't write as well as the writer but who gives a shit about it? It's starting to get a bit interesting cuz you guys would have no idea what the hell I'm talking about only because you are a bunch of idiots. So why don't I just get it over with, when you guys wouldn't even know if I'm writing about a boxing match I saw on tv last night, huh?

Guys, too bad you guys aren't getting nowhere and I don't know a shit about literature. What I do know is about uppercut, hook, and straight. Again I'm telling you, I am a BOXER. You got that? You guys are so annoying the hell out of me can't believe I'm writing this long crap over that stupid piece of shit.

I'll tell you what. Boxers fight. What they do is move people's mind and body. If their mind is moved, it means you feel damn good to see him beat the crap out of the opponent. Their body is moved, when they feel like beating the crap out of somebody themselves, or going to the stadium themselves to watch the crap coming out.

If you guys are trying to move somebody with your novels, don't you think you should at least be able to do this? Instead of annoying the hell out of someone like me?

Well, obviously you've been successful in moving one person. Finally you made me write about this crap.

I wish and wish many Koreans would read this crap. The world is not getting any worse only because you are reading this crap. The world is already shitty enough and you know that. Why do I have to be the only one suffering from this bullshit? For the peace of my mind, I think you guys should suffer too.

Once and for all I'm gonna say, I am Marquez the boxer, NOT Marquez the writer.

(BTW, is it true Korea's full of fucking plastic docs? I answered yours, you answer mine.)

참고기사 목록

- MK뉴스 / 2010년 07월 30일자 「현대인의 불안과 허무 실존의 날선 칼로 헤집는 20세기 문학의 문제적 신화」 / 허연
- 경기일보 / 2012년 03월 02일자 「정준미 개인전, 갤러리 이레서 3월 11일까지」 / 강현숙
- 경향신문 / 1992년 06월 13일자 「한국판 뉴키즈 서태지와 아이들 폭발적 율동 주가 상승」 / 박성수
- 경향신문 / 1996년 11월 15일자 「문학의 성 표현 한계 어디까지인가 장정일 『내게 거짓말…』」 / 조운찬, 박구재
- 경향신문 / 2011년 04월 10일자 「신입생 환영회 마친 대학생 숨져」 / 박태우
- 경향신문 / 2011년 10월 23일자 「대학생 음주량 10년 전의 절반으로 감소… 이유는」 / 정희완
- 경향신문 / 2011년 12월 26일자 「어른들은 모르는 우리들만의 세계」 / 특별취재팀
- 국민일보 / 2009년 06월 08일자 「中 교육계는 커닝과의 전쟁 중… 대학입시 가오카오 시행」 / 오종석
- 국민일보 / 2011년 08월 25일자 「화학적 거세… 나도 이제 사람이고 싶다」 / 김도훈, 윤여홍
- 노컷뉴스 / 2008년 11월 22일자 「너무 포근한 소설… 시민들, 막바지 가을 만끽」 / 조은정
- 뉴데일리 / 2011년 07월 06일자 「귀농하길 참 잘했네… 여수 돌산갓김치에 매료된 귀농부부」 / 박종덕

- 동아일보 / 1994년 08월 17일자 「다양한 장르… 짙은 사회성」 / 공종식
- 동아일보 / 1995년 09월 25일자 「돌아오는 서태지… 또다시 성공할까」 / 허엽
- 동아일보 / 1998년 06월 24일자 「서태지 새 음반 내달 7일 나온다」 / 김갑식
- 동아일보 / 2011년 07월 05일자 「외국산 캐릭터 밀어낸 뽀통령, 제2 뽀로로는 언제쯤…」 / 박승헌
- 동아일보 / 2011년 10월 18일자 「요즘 중학생들 공부? 관심 없음!」 / 이승태
- 매일신문 / 2011월 05월 30일자 「욕심 버렸더니 평생 잊지 못할 일… 사회인 야구서 히트노런 표병관 씨」 / 우태욱
- 머니투데이 / 2011년 12월 28일자 「대입 정시 모집 주요大 경쟁률↓ …하향·안정지원」 / 최은혜
- 문화일보 / 2011년 08월 18일자 「독방수감 신창원 자살 기도 중태… 왜?」 / 박천학
- 문화일보 / 2011년 11월 15일자 「성폭행범 화학적 거세 시행 넉 달… 집행 0」 / 김영주
- 부산일보 / 2010년 03월 13일자 「아동 성범죄」 / 이대성
- 서울신문 / 2011년 03월 02일자 「막장 신입생 환영회 세종대, 사과문이 역효과?」 / 맹수열
- 소년한국일보 / 2012년 01월 30일자 「재능교육 교육 잡지 Mom대로 키워라 논술력 키우는 방법 소개」
- 스포츠서울 / 2008년 02월 12일자 「두 손이 따로 놀아? 외계인 손 증후군」

/ 뉴스편집팀
- 아시아투데이 / 2011년 12월 28일자 「함평나비대축제, 5년 연속 대한민국 최우수축제 선정」/ 은희삼
- 에이블뉴스 / 2011년 09월 21일자 「강동구, 23일 장애아동 취학설명회 개최」/ 정가영
- 연합뉴스 / 1992년 06월 19일자 「병역 미필 대학생 조기 입영 붐」
- 연합뉴스 / 2011년 10월 05일자 「안면 콤플렉스 중학생에 집단 왕따… 학교 쉬쉬」/ 손상원
- 오마이뉴스 / 2012년 01월 01일자 「부부싸움 중에 문의하시는 건 곤란해요」/ 안세희
- 조선일보 / 2011년 08월 10일자 「종이 한 장으로 차량 훔치는 신종 범죄 주의보」/ 양승식
- 중앙일보 / 2011년 04월 05일자 「천안시보육정보센터」/ 강태우
- 중앙일보 / 2011년 12월 29일자 「12층 이사 왔어요, 아파트 녹인 7살 쪽지 그리고 이틀 뒤…」/ 김방현
- 투데이코리아 / 2010년 06월 09일자 「제2의 조두순 40대 남성, 대낮에 여아 성폭행」/ 박대웅
- 투데이코리아 / 2011년 09월 20일자 「탈옥수 신창원 독방 생활 벗어나… 일반실서 복역」/ 김민호
- 팝뉴스 / 2010년 07월 05일자 「최고의 화장실들 예술적이고 고급스러워」/ 김정
- 한겨레 / 1993년 06월 30일자 「서태지와 아이들 2집 음반 불티」/ 조선희

- 한겨레 / 1996년 01월 07일자 「김광석의 삶과 음악 한국 모던포크의 기둥」 / 김규원
- 한겨레 / 2012년 01월 03일자 「장애우 침 흘린다 걸레로 얼굴을… 초등생 도가니」 / 박종찬
- 한국경제 / 2011년 12월 15일자 「3종류 鐵 배합 · 인체공학 구조… 쌍둥이 칼에 담긴 기술개발 DNA」 / 김동욱
- 한국경제 / 2012년 02월 21일자 「악력 강할수록 오래 산다」 / 임기훈
- 한국일보 / 2008년 04월 29일자 「도쿄大 대학원 입시 부정 파문」 / 김범수
- 한국일보 / 2011년 10월 25일자 「친구들도 다칠까 봐 법정서 진술」 / 강철원

해설

'why'의 비극, 'how'의 희극
—강병융의 小說을 읽기 위한 또 하나의 허구적 間作

최정우

literature

소설가 강병융 씨,
『Y씨의 거세에 관한 잡스러운 기록지』출간

문학일보 | 0047년 5월 3일

　독특한 소설 하나가 최근 화제다. 소설가 강병융 씨가 얼마 전 출간한 『Y씨의 거세에 관한 잡스러운 기록지』(이하 『Y』)가 바로 그것. 『Y』에서 강 씨는 일견 매우 객관적이고 사실적인 듯 보이는 접근방식으로 기사, 편지, 사전항목 등 다양한 형식들을 종횡무진 나열하고 배치하는 특이한 구성을 통해 'Y'라는 한 허구적 인물의 삶을 퍼즐을 맞추듯 재구축하고 있다. 이 소설 속에서 'Y'는 동성애자이자 작가인 아버지와 화가인 어머니 사이에서 코가 없이 태어난 안면장애자로 설정된 인물이다. 그는 문학과 야구에 흥미와 재능을 보이지만 어린 시절의 심한 따돌림과 첫사랑의 기억에 대한 강한 집착 등으로 인해 절도와 아동성폭력을 저지르게 되고 이후 스스로 물리적인 거세를 하기까지 이르게 된다. 『Y』는 이 모든 과정들을 담담한 기사의 형식들을 통해 일견 매우 건조하고 주변적인 방식으로 그려냄으로써 역으로 그러한 삶이 지닌 진실성과 허구성 사이의 경계를 문제 삼고 있다는 문학계의 평가를 받고 있다. 문학평론가 최정우 씨는 이 소설에 대해 "특정인물의 구체적 정보를 희석시키기 위해 익명으로 약칭하는 'Y'라는 이니셜의 대명사가, 역설적으로 오히려 하나의 온전한 고유명사가 되고, 또한 다시금 보편적 보통명사로 이행하게 되는 어떤 문학적 변신과 반전의 효과에 주목해야 한다"고 말하면서, 더불어 "독자들은 이러한 변신과 이행의 과정을 통해 이 독특한 구성의 이야기가 결코 동성애자 아버지를 둔 한 장애아의 특별한 성장기가 아니라 현재 우리 모두가 처해 있는 어떤 보편적 조건과 한계들에 관한 이야기임을 알아야 할 것"이라고 주문했다. 현대사회에서 수많은 정보들이 전파되고 소비되는 주요한 수단 중의 하나인 소위 객관적 단신과 심층적 보도의 형식이 삶의 단면들을 단편적으로만 그려내고 있다고도 볼 수 있지만, 이 소설은 역설적으로 그렇게 일견 편협한 듯 그려진 단면들이 어떻게 하나의 삶을 다시 재구성할 수 있는가 하는 질문을 우리에게 거꾸로 되묻고 있는 작품이라는 진단이다. 조국과모국어 출판사, 0047년 4월 27일 간행, 13,850원.

medicine

물리적 거세인가 화학적 거세인가, 때 아닌 법의학 논쟁

법의학저널 | 0047년 6월 14일

최근 경기일대에서 연쇄적으로 성폭행과 토막살인 등 엽기적인 범죄를 저지른 오원만의 검거를 계기로 『Y씨의 거세에 관한 잡스러운 기록지』(이하 『거세』)라는 소설의 내용이 때 아닌 화제에 오르고 있다. 이 소설에서 다뤄지고 있는 화학적 거세와 물리적 거세 사이의 대비가 오원만 사건을 계기로 수면 위로 부상하게 된 것. 사형찬성자와 사형폐지론자 사이의 대립과는 별개로, 오원만 같은 범죄자가 다시는 이 사회에 발을 붙일 수 없도록 만드는 상징적인 일벌백계의 의미에서라도 성범죄를 저지른 죄인에게 물리적 거세를 시행해야 한다는 여론이 형성되고 있다. '사회를 걱정하는 마포구 천직 의사들의 모임'(이하 **사마천**) 소속 남혼병원 비뇨기과전문의 최정우 박사는 "물리적 거세는 의학적으로 국소마취만으로도 쉽게 시행될 수 있으며, 사안의 중대함과 범죄의 악랄함을 고려했을 때 육체적으로 극단적인 처방을 내릴 필요가 있다는 사실에 대해 범국민적 공감대가 형성되어야 한다"고 강한 어조로 주장했다. 최 박사는 특히 소설『거세』에서 주인공 'Y'가 스스로 화학적 거세를 신청하는 것에 그치지 않고 물리적 거세까지 직접 실행에 옮기는 행동이야말로 대한민국의 모든 성범죄자들이 본받아야 할 행동이라고 강조했다. 이에 **사마천** 소속 의사들은 물리적 거세의 도입을 위해 오원만의 재판이 열리는 법원 앞에서 지속적으로 시위를 벌여나갈 것을 결의했다. 반면 '사회적 기우들을 열정적으로 몰아내는 전직 의사들의 모임'(이하 **사기열전**) 소속 전직 생통병원 외과전문의 최정우 박사(동명이인)는 "성범죄를 저지른 수인에게 물리적 거세를 행하려는 것은 성문법의 정신과 죄형법정주의에 정면으로 위배되는 행동이며, 현대의학을 원시적 보복행위를 위해 사용하려는 전근대적이며 구태의연한 발상"이라는 반대 의견을 내놓아 논쟁에 맞불을 지폈다. 최 박사 역시 같은 소설『거세』를 언급하면서, 스스로를 거세하는 주인공 'Y'의 결정과 행동은 단순히 자발적인 반성의 징후가 아니라 비정상적인 사회의 억압이 야기한 '타살적 자해'라는 역설적 평가를 내렸다. 또한 **사기열전** 소속 의사들은 **사마천** 소속 의사들의 집단행동에 대항해 법원 앞에서 지속적으로 물리적 거세에 반대하는 일인시위를 이어나갈 것을 결의했다. 이러한 사태에 대해 청와대학교 법대 최정우 교수(역시 동명이인)는 "소설에서 다루는 허구적 내용을 현실의 법의학에 적용하려는 시도는 매우 허황된 것"이라며 특정 소설의 맥락과 현실의 성범죄를 연결시키는 모든 행위에 대해 깊은 우려를 표명했다. 그는 덧붙여 "물리적 거세냐 화학적 거세냐 하는 문제보다 더욱 시급하고 구체적인 것은 성범죄자들의 엘리베이터 이용을 전면적으로 금지하는 법안을 제정하는 일일 것"이라고 밝히면서 『거세』의 주인공 'Y'가 엘리베이터에서 겪었던 경험과 그 결과를 사례로 들었다.

music

불나방스타소세지클럽,
강병융 작가에 대해 '시대유감' 표명

오늘의음악 | 0047년 7월 7일

 최근 재결성을 선언한 밴드 불나방스타소세지클럽은 얼마 전 『음악춘추』와 가진 인터뷰에서 강병융 작가의 소설 『Y씨의 거세에 관한 잡스러운 기록지』의 특정한 내용을 문제 삼아 해당소설을 비판하고 나섰다. 소설 속에 등장하는 허구의 밴드인 '불나비스타일쏘세지글러브'가 자신들의 밴드 명칭을 무단 도용하여 의도적으로 왜곡 변형한 이름이며, 설상가상으로 자신들의 음악적 방향과는 전해 반대방향의 대척점에 서 있는 서태지와 아이들의 이미지를 그렇게 변형된 이름에 덧씌우는 일종의 '음악적 테러'를 가했다고 비난한 것. 이에 관해 대중음악평론가 최정우 씨는 다시 『음악춘추』에 기고한 논평을 통해 "비록 소설 속 밴드의 이름이 '불나방스타소세지클럽'과 유사한 것은 부정할 수 없지만 '이주노동' 등의 작명에서 확인할 수 있듯이 이를 현사회의 어두운 이면을 적시하고 폭로하는 패러디의 형식으로 이해하고 수용해야 하며, 아마도 진정 자유로운 음악이란 또한 무릇 그러해야 할 것"이라고 발 빠른 진화와 옹호에 나섰다. 특히나 불나방스타소세지클럽이 과거 해체하게 됐던 주된 이유들 중 하나가 쿠바의 부에나비스타소시얼클럽이 국제저작권법정에 제기했던 밴드명의 저작권과 관련된 소송이었음을 기억한다면, 이러한 불나방스타소세지클럽의 '도용' 주장에는 많은 무리와 비판이 따를 것으로 예상된다. 한편 불나방스타소세지클럽은 이러한 도용과 변형의 사례와 자신들에 대한 몰이해를 가감 없이 풍자하는 '시대유감'이라는 곡을 발표하며 자신들의 정당한 주장을 음악적으로도 계속 펼쳐나갈 예정이라고 밝혔다.

religion

개신교 단체,
소설『잡스러운』판매금지가처분 신청

메일리안 | 0047년 9월 18일

    최근 사회적으로나 음악적으로 많은 논란을 빚고 있는 강병융 씨의 소설『Y씨의 거세에 관한 잡스러운 기록지』(이하『잡스러운』)에 대해 이번에는 '개신교를 믿는 독실한 이들의 교우회'(이하 **개독교**)에서 강도 높은 성명을 발표하며 비판하고 나섰다. **개독교**는 이 성명을 통해 "『잡스러운』은 어린 시절의 트라우마를 구실로 삼아 절도와 아동성폭행 등 씻을 수 없는 과오를 저지른 범죄자에게 면죄부를 주는 비도덕적이고 반기독교적인 행태를 보이고 있는 소설"이라면서 "면죄부는 오직 하나님만이 인간에게 주실 수 있는 것으로서 작가는 소설이라는 이름으로 이러한 일이 가능하다고 주장하는 일종의 신성모독을 저지르고 있다"고 힐난하며 법원에 이 소설에 대한 판매금지가처분 신청을 내놓은 상태이다. 이에 대해 작가 강병융 씨는 일체의 구체적 답변을 거부하고 있다. 한편 연이어 두 번의 대통령 당선자를 예언했던 바 있는 (그러나 그 두 번 모두 실제 결과와는 정반대의 내용을 예언했던) 역술가 최정우 씨는 이러한 **개독교**의 비판에 대해 일고의 가치도 없는 주장이라고 일축하고 나서 네티즌들의 주목을 받고 있다. 그는 "강병융의 소설은 일종의 '도가니'로서 잡스러운 것들이 모여 만들어내는 하나의 세계가 어떤 허구적 진실성을 품고 있음을 보여주고 있다"고 말하면서 "서로 전혀 관계가 없게 보이는 여러 뒤섞인 사실들 안에서 하나의 길을 내기, 그렇게 길을 내는 사이에서 드러나는 몇 가지 진실들, 그 목소리들에 또한 귀를 기울여야 할 것"이라고 점잖은 충고를 던지는 것을 잊지 않았다. 이에 대해 **개독교**에서는 다시금 "이단의 목소리, 사이비의 목소리에는 귀를 기울이지 않겠다, 오직 하나님만이 정의가 어느 편인지 아신다"고 다소 격앙된 어조로 대응함으로써, 현재 양측 간의 물리적 또는 법적 충돌이 예상되는 상황이다.

psychology

오늘의 문학, 정신분석인가 정신의학인가

정신세계일보 | 0047년 10월 15일

본지에서 연속적으로 게재하고 있는 '정신분석인가 정신의학인가' 연재의 13번째 주제로 최근 많은 주목을 받고 있는 강병융 작가의 소설 『Y씨의 거세에 관한 잡스러운 기록지』가 다루어졌다. 이번 연재의 대담에 참여한 정신분석가 맹캉현 씨는 이 소설에 대해 "텅 빈 중심이라는 정신분석적 핵심 주제를 그 형식에서부터 잘 표현하고 있는 작품"이라고 평가하면서, "비어 있지만 동시에 그 비어 있음으로 인해 작동하는 기표의 구조를 다루는 작품"이라고 평가했다. 이러한 작품의 구조는 정신분석의 가장 핵심적인 교훈에 근접하고 있는 것으로서 "중핵을 다루지 않으면서 동시에 바로 그렇게 함으로써만 중핵을 드러내기"라는 역설적 형식을 띠며 "이는 정신분석적으로 말해 '실재에의 접근'을 표현하는 것"이라고 정의를 내렸다. 또한 맹 씨는 "'Y'라는 인물을 하나의 기표로 본다면, 그 동일한 기표는 계속

부유하면서 각각의 기사들 안에서 전혀 다른 맥락에 놓이게 된다"고 지적하면서 "그러한 상이한 맥락을 통해 동일한 기표는 시시각각 스스로 다른 것으로 변화하고 또한 주변을 변화시키는 것"이라며 존재presence와 부재absence의 변증법이 지닌 중요성을 강조했다. 예를 들어 나비가 가슴속에서 날아다니는 것 같은 느낌을 받는 'Y'의 감각은, 코가 없는 안면장애자로서 사회의 따가운 시선을 받는 주인공이 그에 대한 반대급부로 품게 되는 변신의 욕망을 표현하는 것으로서, 이는 이미 『양들의 침묵』이라는 정신분석의 고전을 통해 한니발 렉터 박사가 매우 설득력 있게 분석해놓은 바 있다는 주장이다. 이에 반해 정신과전문의 이시홍 박사는 "정신분석이라는 것은 어차피 소설과 비슷한 것이고, 문학적인 것이며 따라서 허구적인 것이므로, 그러한 분석은 일고의 과학적 가치도 없다"고 비판하면서 "허구적 소설과 현실적 사건에 동시에 적용해야 할 것은 바로 오로지 정신의학뿐"이라고 주장했다. 이 박사에 따르면, 가슴속에 나비가 날아다니는 느낌을 받았다는 'Y'의 주장은 정신분석적으로 해석될 때에는 단순히 허황된 '문학적 서술'이 될 수밖에 없는 지극히 화학적인 반응 곧 환각이며, 이러한 증상은 정신의학적인 약물치료를 통해 충분히 치료되고 극복될 수 있는 것이라는 설명이다. 덧붙여 그는 『양들의 침묵』이 정신분석의 고전이라기보다는 그 자체로 하나의 소설이며 곧 허구라는 사실을 강조하는 것을 잊지 않았다. 고질적인 조울증으로 고생했으나 정신분석과 정신의학의 병행치료로 현재는 거의 완쾌에 이른 남혼신경정신과병원의 환우 최정우 씨는 "『양들의 침묵』을 매우 재미있게 읽고 또 동명의 영화 속 조디 포스터와 앤터니 홉킨스의 연기도 인상적으로 기억하고 있으나 『Y씨의 거세에 관한 잡스러운 기록지』를 읽었을 때 다시금 조울증이 재발할지도 모른다는 환상에 사로잡혔다"고 고백했다. 최 씨는 매우 걱정 어린 시선으로 "한 명의 독자로서 소설 속 'Y'가 어서 마음의 평안을 찾았으면 좋겠지만, 동시에 똑같은 성장 환경을 겪은 사람들이 모두 절도범과 성범죄자가 되는 것은 아니라는 사실을 정상인들이 꼭 알아줬으면 좋겠다, 나는 나쁜 사람이 아니다"라는 말을 덧붙이기도 했다.

translation

추천사를 임의대로 번역하는 관행 사라져야

매일번역 | 0047년 11월 23일

강병융 씨의 소설 『Y씨의 거세에 관한 잡스러운 기록지』(이하 『기록지』)에 수록된 마르케스의 추천사가 의도적으로 왜곡 번역된 것으로 밝혀져 파장이 예상된다. 인터넷 서점 알라신에서 독서 블로그를 운영하고 있는 몇몇 열혈독자들에 의해 이 추천사 번역의 문제점이 제기된 것. 『기록지』는 그 말미에 프리랜서 번역가 이나영 씨가 번역한 마르케스의 추천사와 그 원문을 모두 싣고 있는데, 그 원문이 번역되는 과정에서 원래의 어조와 대의가 크게 변화되고 왜곡되어 일종의 오역이 이루어졌다는 주장이다. 처음 이러한 번역의 문제를 제기했던 알라신의 파워블로거 아이디 '놀자'는 이를 두고 "아전인수 격 번역의 대표적인 사례로 결코 좌시할 수 없는 기본적이고 근본적인 문제"라고 규정했다. 스페인어 전문번역가 최정우 씨는 "원문이 스페인어로 되어 있지 않아 정확히 판단을 할 수는 없지만 영어 원문에서 사용되고 있는 강한 불만과 부정의 표현들이 한국어 번역 안에서는 의도적으로 희석되고 여과되어 보다 유연하게 바뀌어 있는 것만은 분명해 보인다"며, "이번 논란을 계기로 추천사를 임의대로 일종의 주례사처럼 바꿔 수록하는 출판 관행에 경종을 울리는 기회가 되었으면 한다"는 희망을 밝혔다. 그러나 원문을 동시에 수록하게 될 때 당연히 예상할 수 있는 오역 지적의 문제를 강병융 작가나 출판사가 몰랐을 리 없다는 음모론이 제기되면서, 이러한 왜곡된 오역이 일종의 계산된 전략이 아닌가 하는 의문을 낳고 있다. 세계적인 작가 가브리엘 가르시아 마르케스가 아닌, 그와 이름이 비슷한 권투선수 후안 마누엘 마르케스에게 추천사를 부탁했던 상황 역시 이러한 음모론을 가중시키고 있는 형국이다. 이에 대해서 강병융 작가는 일체의 언급을 자제하고 있으며, 프리랜서 번역가 이나영 씨의 휴대전화는 현재 며칠 동안 계속 전원이 꺼져 있는 상태다.

culture

소설가 강병융, 노발문학상 수상

딴죽일보 | 0049년 3월 27일

노발문학상 심사위원회는 노르웨이 오슬로에서 열린 기자회견에서 소설가 강병융 씨의 『Y씨의 거세에 관한 잡스러운 기록지』(이하 『Y씨』)를 올해의 수상작으로 선정한다고 밝혔다.

심사위원 대표 스트린드베리 씨는 수상의 이유를 밝히는 성명에서 "『Y씨』는 파편적인 이미지들, 단편적인 사건들, 감정의 단면들의 우연적 배치와 필연적 연결을 통해서 어떻게 하나의 '정체성'이 구성되는가, 또한 어떻게 하나의 '파국'이 완성되는가 하는 문제를 가벼우면서도 심도 있는 필치로 그려내었으며, 그러한 점이 수상작 결정에 가장 큰 요인으로 작용했다"고 밝혔다. 한편 강병융의 노발문학상 수상에는 이 상의 심사위원 중 한 명이자 세계적인 작가인 가브리엘 가르시아 마르케스의 입김이 크게 작용한 것으로 알려져 화제가 되고 있다. 가르시아 마르케스는 강병융의 소설에 등장하는 코 없는 'Y'와 귀 없는 '태히'라는 인물 속에서 돼지 꼬리가 달린 인간의 또 다른 제3세계적 판본을 발견하고 기뻐했으며 이를 '우울한 변종'이라는 색다른 이름으로 명명했다는 후문이다. 제3세계 환상문학 전문가 최정우 씨는 "아마도 가르시아 마르케스는 자신의 대표작인 『백년 동안의 고독』에 등장하는 여러 명의 '아우렐리아노'가 『Y씨』 안에서 수도 없이 등장하는 똑같은 '오○○'라는 이름의 불특정다수로 변주되고 있다고 생각했을 가능성이 있다"고 하면서, "가르시아 마르케스가 아마도 바로 거기서 그러한 변주를 통해 소설 『Y씨』가 일견 특수한 집단으로 치부될 '우울한 변종'을 오히려 보편적 주체로서 적극적으로 드러내며 변모시키고 있는 과정을 목격했을 어떤 가능성"을 조심스레 점쳤다. 일견 주변적이고 기형적으로 보이는 어떤 특별한 주체의 모습이 실은 가장 정상적이고 보편적인 것이 알게 모르게 전제하고 있는 인간의 숨겨진 기원이자 은폐된 비밀이라는 것이다. 한편 세계문학계에서 노발문학상과 양대산맥을 이루고 있는 스웨덴 스톡홀름의 대발문학상 심사위원회의 수상쩍 발표가 몇 주 안으로 이어질 예정이어서 그 향방에 또한 귀추가 주목되고 있다. 수년 동안 대발문학상 후보로 계속 거론되고 (있으나 정작 아직 수상은 하지 못하고) 있는 시인 최정우 씨는 강병융 작가의 노발문학상 수상 소식에 대한 소회를 묻는 기자들의 질문에 다음과 같이 대답했다. "소설 『Y씨』는 어쩌면 '왜'의 비극이자 동시에 '어떻게'의 희극이라고 정의할 수 있을지도 모르겠다. 왜냐하면 그것은 한 사람에게 닥친 잔인한 변화가 '왜' 일어날 수밖에 없었는가 하는 문제에 대한 비극적 현실의 대답을 보여주지만, 그러한 현실의 불가해한 인과관계를 보여주는 '어떻게'의 방법론 자체가 지닌 건조함과 심드렁함으로 인해 지극히 희극적인 성격을 띠기도 하기 때문이다. 다시 말해 우리는 『Y 씨』를 하나의 희비극으로 읽어야 한다. 그 소설은 특수성과 파편성에 묻힌 보편성과 총체성을 이렇듯 지극히 희비극적인 방식으로, 양가적인 방식으로 보여주는 우리 시대의 또 다른 연대기일 것이다." 더불어 최 시인은 이 소설 안에서 'Y'의 삶이 파국으로 치닫고 와해되는 과정이, 그의 아버지 '강모'의 소설이 완성되는 과정, 그의 어머니 '장민영'의 미술작품들이 확립되어가는 과정, 그리고 같은 내용의 드라마로 완결되는 과정과 평행하게 이루어진다는 사실에 주목해야 한다고 말하기도 했다. "완성된다는 것은, 또한 와해된다는 것"이라는 말을 남기고 그는 자택 현관 안으로 사라졌다.

language

국립국어원,
'아마'를 국어사전에 등재키로 결정

국어만세신문 | 0051년 10월 16일

    국립국어원은 현재 거의 마무리 단계에 있는 새국어사전 편찬을 계기로 '아마'라는 신조어를 사전에 등재키로 결정했다고 밝혔다. '아마'는 몇 해 전 화제가 되었던 소설가 강병융의 작품 『Y씨의 거세에 관한 잡스러운 기록지』에서 주인공 'Y'가 동성애자인 아버지의 남성 파트너를 부르는 호칭으로 제안했던 것으로 '아빠'와 '엄마'를 합성한 신조어로 알려져 있다. 국립국어원은 강병융 작가의 작품이 2년 전 노발문학상을 수상한 일을 계기로 이성애와 동성애를 언어적으로 평등하게 다룬다는 진보적인 취지에서 이 '아마'라는 신조어를 표준어로 등재하기로 전격적으로 결정했다면서, 심사숙고를 통해 이루어진 이번 결정을 통해 차별 없이 평등한 국어사용이 우리사회 안에 뿌리 내렸으면 한다는 바람을 내비쳤다. 한편 '이성애자들의 상식적인 해결을 위한 모임'(이하 **이상해**)의 대표 최정우 씨는 성명을 통해 이번 국립국어원의 결정은 건전한 시민들이 지닌 국어에 대한 상식을 한참 벗어난 처사라며 이에 대해 범국민적인 반대투쟁을 벌여 나갈 것임을 천명한 상태이다. 이에 따라 앞으로 이 '아마'라는 새로운 단어를 둘러싸고 동성애인권단체 등과의 지속적인 마찰이 예상되고 있다. 이러한 반대에 대해 국립국어원은 따로 특별한 의사를 아직 표명하지 않은 상태이며 원안대로 진행할 것으로 예상된다, 아마, 아마도. 한편 국립국어원은 또한 '둥글다'라는 기존의 단어를 새국어사전에서 삭제하기로 예고하여 또 다른 방향에서의 파장이 예상된다. 국립국어원에 따르면 '둥글다'라는 단어는 현재에는 존재하지 않고 망각되고 상실되어 버린 둥글고 원만한 사회의 이상을 추구하는 추세에 따라 과거에 단체명이나 공간명 등에 무분별할 정도로 대단히 빈번히 사용되었으나 이미 현대사회에서 사어^{死語}가 된 지 오래이므로 더 이상 사전에 등재해야 할 이유가 없다는 입장을 밝혔다. 따라서 '둥글다'는 새국어사전 간행 이후 곧바로 새 편찬 작업에 들어갈 고어사전에 수록될 가능성이 높아졌다, 아마, 아마도. 참고로 오늘은 25절기 중 스물다섯 번째 절기인 '해설'이었다.

Y씨의 거세에 관한 잡스러운 기록지
ⓒ 강병융, 2012

초판 1쇄 인쇄 2012년 4월 24일
초판 1쇄 발행 2012년 5월 10일

지은이　　강병융
펴낸이　　강병철
주간　　　정은영
책임편집　장지희
편집　　　황여정 박소이 신주식
제작　　　고성은
마케팅　　조광진 장성준 김상윤 이도은 박제연
홍보　　　전소연
E-사업부　정의범 조미숙 이혜미

펴낸곳　　자음과모음
출판등록　2001년 5월 8일 제20-222호
주소　　　121-840 서울 마포구 서교동 396-33번지
전화　　　편집부 02) 324-2347　경영지원부 02) 325-6047
팩스　　　편집부 02) 324-2348　경영지원부 02) 2648-1311
이메일　　neofiction@jamobook.com
홈페이지　www.jamo21.net
독자카페　cafe.naver.com/jamoneofiction

ISBN 978-89-5707-656-9(03810)

잘못된 책은 교환해드립니다.
저자와의 협의하에 인지는 붙이지 않습니다.